KB064848

별곡이란 무엇인가

별곡이란 무엇인가

박경우 저

보고사

머리말

우리 시가 문학에서 '별곡'이라는 말이 작품명으로 쓰이는 예는 경기체가, 고려속요, 가사를 비롯하여 소설에 이르기까지 여러 장르에서 찾을 수 있고 그 작품 수도 적지 않다. 작품을 일컫는 말로서 기능하는 제명은 해당 작품의 어떤 특성을 담아내기 마련이다. 하지만 '○○별곡'으로 유형화할 수 있는 별곡류 시가들을 모아, '별곡'이라는 기표가 겨냥하는 내적 자질이 무엇인가를 분석하는 일은 지금까지 쉽지 않았다.

현대문학에서 제명은 작가가 창작한 작품의 일부이자 타작가의 작품과 변별하는 요소로 기능하는 경우가 많지만, 고전문학에서는 제명은 이전 시기의 작품 제명 관습을 전승하며 내적 특질을 상속받는 식으로 지어진 것이 더 많아 이전 작품과의 친연성을 보이는 기제로 사용되었다. '○○별곡'이라는 제명은 우리 시가 문학사에서 고려시대부터 800년 이상 지속적으로 사용되며 하나의 문학적 관습을 형성했다. 문제는 그 '제명 관습'의 내적 특질이 무엇인가에 대한 명확한 언급이 기록으로 남아 있지 않다는 것이다. 그래서 우리문학사에서 '별곡'은 옛 작가들이 그저 노래라는 의미로서 습관적으로 쓴 표현으로 치부되어 온 것도 사실이다.

그러나 '관습'은 사회성을 띠며 공공의 문화적 양태를 띤다는 점에서 개인적이며 무의식적인 '습관'과는 다르다. 남아 있는 자료의 양태가 무질서하고 수많은 익명의 작가들이 존재하며 일반 민중의 참여가 많다는 점에서 별곡류 시가는 현대의 빅데이터(Big Data)와 비슷한 맥락에 있다. 몇 개의 데이터로는 그 질서를 찾아낼 수 없지만 데이터가 많아질수록 전체가 지향하는 방향이 드러나며 데이터에 관여한 네티즌들의 사고와 욕망들을 읽어낼 수 있기 때문이다. 이는 한 시대를 살아가는 사람들의 공공의 사고이며 문화적 표현으로 판단해도 좋을 것이다. 별곡류 시의 제명 양태가 무질서하게 보이지만 그 안에는 분명히 옛 작가들이 제명에 담아내려고 했던 문학적 지향이 있었다.

이 책에서는 우선 '별곡(別曲)'의 관습적인 의미를 살펴 그 변동하는 의미태(意味態)들을 고찰하였다. 별곡의 의미는 표면적으로는 여러 모습으로 변동하지만 그 이면에는 '別曲'이라는 축어적 자의가 근원적인 의미를 지지하는 '기표(記表)'로서 지속적으로 전승되어 온 것으로 파악하였다. 변동하는 의미 층위로는 민요로서의 '별곡', 장르적 개념으로서의 '별곡', 악곡 또는 기법으로서의 '별곡', 사대부가 창작하고 민간에서 유행했던 노래로서의 '별곡', '變' 개념의 '별곡'을 추출할 수 있었고, '별곡'의 본원적인 의미로는 '別'이라는 글자의 축어적 해석에 주목하여 '어떤 기준으로부터 떨어져 있는 것이며, 무엇에 대한 대립항으로서 규범이나 규칙을 벗어나려는 어떤 속성'이라고 파악하였다.

이런 개념을 바탕으로 별곡류 시가는 시대적 추이에 따라 〈한림별곡〉단계, 〈상대별곡〉단계, 〈관동별곡〉단계, 〈상사별곡〉단계로 나누었는데, 이는 '별곡(別曲)'의 의미가 각 시대별로 어떠한 의미를 가지게 되었는지에 대한 고찰이었다. 그 결과 '별(別)'과 '곡(曲)'은 서로 대립항을 구성하여 '신(臣)의 음악과 왕(王)의 음악', '궁중악과 사대부의 음악', '경기체가와 가사', '사대부와 서민', '제명 규칙("공간관계어+별곡")과 규칙의 파괴', '변(變)과 정(正)'이라는 변이태를 가지면서 역사, 사회적 변이에 따라 다양한 의미들을 생산해 왔음을 알 수 있었다.

다음으로 '○○별곡'이 작품의 어떤 모습을 담아내고 있는지를 연구했다. 별곡류 시가의 문학 텍스트는 수백 년간의 문학적 관습을 형성하고 있기 때문에 작품 해석에 있어 개별 작가의 표현 의도나 삶이나 시대적 특징에 국한하여 그 의미를 찾으려고 하면 전체적인 의미망을 잡아내기 힘들다. 별곡류 시가의 제명 관습은 이미 경기체가, 속요, 가사의 장르 경계를 초월하고 있으며, 개인의 문학적 취향만으로는 설명되지 않는 큰 흐름을 타고 있었다. 이 책에서는 이런 점에 주목하여 별곡류 시가가 제명 관습에 의해 하나의 문학적 양식으로 묶일 수 있음을 주장했다. 제명 관습은 단순히 텍스트의 명칭만이 아니라 텍스트의 문학적 특질을 지표하는 것이었는데 별곡류 시가의 제명 관습은 문학적 공간을 표상하는 양상으로 나타났다.

문학적 공간이 설정되지 않는 문학작품은 없다는 점을 인정할 때, 별곡류 시가가 다른 작품군과 변별되는 점은 문학 공간을 제명에 드러냄으로써 공간적 지향을 분명히 독자에게 제시하며 표면화시키고 있다는 점이다. 공간명이 제명에 등장함으로써 독자에게 문학적 공간을 소개하는 역할을 하고, 또한 작품의 내용이 공간 이해와 맞물려 있음도 암시한다.

별곡류 시가는 '공간관계어+별곡'이라는 제명 관습을 형성·전승함으로써 일정한 범주의 의미망을 구축하고 있다. 우선 '별곡(別曲)' 앞에 공간관계어가 붙는 고정된 제명 관습을 형성하고 있으며, 각 장르별로 그 공간화의 양상을 유형화 할 수도 있었다. 경기체가계 별곡은 '-경(景)'에 의한 절편화, 속요계 별곡은 이질적 공간의 병렬, 가사계 별곡에서는 대상 공간의 분절에 의한 유기적 공간의 병렬 양상을 보였다.

장르적으로 상이한 작품들을 하나의 문학적 범주로 묶는 또 다른 장치로는 제명 속의 '별(別)'이라는 글자를 들 수 있다. '별(別)'은 '변(變)-신(新)-외(外)-진(眞)-실(實)'의 의미망을 갖는데 이 중 '변(變)-신(新)'은 장르변이, '외(外)-진(眞)-실(實)'은 공간화 양상과 관련하여 그 의미를 분석하였다.

우리 시가 연구사에서 '○○별곡'의 존재와 그에 대한 해명은 수차례 시도되어 왔으나 풀기 쉽지 않은 난제였다. 이 책에서는 기존의 해석이 연구자의 자의적 해석과 판단에 머물었던 점을 극복하고 자료들의 객관적인 양태를 정밀하게 분석하여 그 제명 관습을 찾아내고 그것이 작품 내의 문학적 공간을 어떻게 표상하고 있는지를 자세하게 밝혔다. 요컨대, 별곡류 시가의 제명 방식은 작가 개인의 파편화된 습관이거나 무의식적으로 '노래'의 별칭으로 쓰였던 것이 아니고, 작품 내적 공간을 고려한 의식적이며 관습적인 행위였다.

이 책은 필자의 박사학위논문이다. 문학 작품의 제명 관습을 비롯한 문학적 관습에 대한 연구는 아직도 가야할 길이 멀다. 10여 년이 흐르면서 문학적 관습에 대한 본격적인 연구를 고려속요와 시조, 가사를 중심으로 진행하고 있다. 이 책을 통해 문학적 관습에 대한 학계의 관심이 제고되기를 진심으로 바란다.

나의 문학적 관습에 대한 관심은 은사이셨던 고 최철선생님과 학문과 인생의 길에서 닮기를 간절히 바라도 누구에게도 부끄럽지 않은 스승, 윤덕진 선생님 덕분이다. 또한 김영수, 손종흠 선생님을 비롯한 고가연구회 여러 회원들의 질책과 충고가 부족한 이 글을 환골탈태시켰던 점도 여기에 적는다. 책의 교정을 맡아준 아내 조인옥과 아들 신현, 딸 시형이에게는 끝없는 사랑이 하루하루의 기쁨으로 빛나게 할 것을 이 책을 통해 약속한다.

7년 전, 보고사 사장님을 만나 이 책의 출판에 대해 논의한 적이 있었다. 조금 더 보론을 작성할 욕심이 출판을 늦추었지만, 문학적 관습에 대한 글들은 이제 별도의 책으로 내야 할 만큼 많아졌다. 나의 더딘 결정을 묵묵히 기다려 주시고 출판을 허락해 주신 김흥국 사장님께 심심한 감사의 마음을 전한다.

2016. 2. 4.

저자 박경우

차례

머리말 · 5

제1장 서론 · 13

1. 왜 '별곡'을 다시 논의하는가 13
2. 기왕의 논의에 대한 검토 16
3. 본격적 연구를 위한 설정 20

제2장 문헌 용례와 그 의미 추적 · 31

1. 문헌 용례로 본 별곡의 의미 31
    1) 民謠로서의 '別曲' 36
    2) 장르적 개념으로서의 '별곡' 40
    3) 악곡 또는 기법으로서의 '별곡' 43
    4) 사대부 창작, 민간 유행의 노래 '별곡' 48
    5) '변(變)' 개념의 '별곡' 57
2. 일탈적 본성 - '변(變)'의 의미 62

▎제3장 별곡류 시가의 제명 관습과 전승적 함의 · 79

1. 별곡류 시가의 제명 관습 ········· 82
   1) 〈한림별곡〉 단계 ········· 82
   2) 〈상대별곡〉 단계 ········· 88
   3) 〈관동별곡〉 단계 ········· 94
   4) 〈상사별곡〉 단계 ········· 97
2. 제명 관습의 전승적 함의 - '外 - 變 - 眞 - 實 - 新' ········· 100

▎제4장 별곡류 시가와 공간의식 · 117

1. 별곡류 시가와 공간의 관계 ········· 117
2. 별곡류 시가의 공간의식 ········· 127
   1) 절편화된 공간의식 : 경기체가계 별곡 ········· 127
   2) 병렬대립된 공간의식 : 속요계 별곡 ········· 165
   3) 형상화된 공간의식 : 가사계 별곡 ········· 185

▎제5장 제명 관습과 공간의식을 중심으로 본 별곡의 의미 · 223

▎제6장 결론 · 235

참고문헌 · 239

찾아보기 · 249

제1장

서론

1. 왜 '별곡'을 다시 논의하는가

우리 문학사에서 '○○별곡(別曲)'의 존재는 여러 가지 해석을 낳고 있다. 장르적으로는 경기체가(景幾體歌), 고려속요(高麗俗謠), 가사(歌辭)에 걸쳐 나타나며 시기적으로 고려에서 조선후기 더 나아가 현대에 이르기까지 '○○별곡)'이라는 제명(題名)은 지속적으로 재생산되어 왔다. 〈한림별곡(翰林別曲)〉을 '○○별곡'의 최초의 작품으로 볼 때 약 800년의 세월에 걸쳐 한 유형의 제명 관습(題名 慣習)을 형성하고 있는 셈이다. 하지만 장구한 제명 관습이 갖는 의미에도 불구하고 이에 대한 연구는 미진한 상태다. '별곡(別曲)'이라는 어의(語義) 자체에 대한 연구와 장르적 성격을 부여한 논의 등 주변 연구가 이미 이루어져 있지만, 정작 '○○별곡'을 하나의 제명 관습으로 보는 본격적인 연구는 부족한 듯하다.

'○○별곡'으로 불리는 작품들을 모아 보면(이 책에서는 이런 방식의 이름이 붙은 시가들을 총칭해서 '별곡류 시가(別曲類 詩歌)'로 부르기로 한다.[1]) 대체적으로 '공간관계어+別曲'의 제명 방식이 주류를 이루고 있음을 알 수 있다. 〈관동별곡〉, 〈백상루별곡〉, 〈서경별곡〉 등 '○○별곡'에 해당하는 작품들이 이 같은 방식을 따르고 있다. 다만 시기적으로 18세기 이후에 나온 가사들에서는 '공간관계어+별곡'의 제명 방식이 더 이상 적용되지 않는 현상이 발견된다.

'별곡(別曲)'이라는 명칭은 고려속요, 경기체가, 가사 등 여러 장르에 걸쳐 다양한 작품들의 명칭으로 쓰였기 때문에 선행 연구자들은 이를 장르명으로 쓰기도 하였다. 하지만 '別曲'의 함의를 정확히 밝혀내는 데 어려움이 많았고, '별곡(別曲)', '별곡체(別曲體)'니 하는 용어가 장르명으로 적합한가에 대한 의문은 여전히 남는다. 이병기[2]는 경기체가와 고려속요를 '별곡체', '별곡'이라는 장르명으로 사용하고자 하였고, 정병욱[3]은 고려시대의 시가형태 일반을 '별곡'이라고 하였으나, 이후 이에 대한 비판적 고찰들[4]이 제시된 이후로 '별곡'을 장르명칭으로 보는 논의는 더 이상 진전되지 않는 상황이다.

별곡이 현대적 의미의 장르론으로 접근할 수 없다고 하더라도 별곡류 시가의 향유자들이 '○○별곡'에 대한 어떠한 양식적인 이해도 없었으리라고 추단할 수는 없다. 똑같은 형태의 제명이 지속적으로 사용된다면 그 이면에는 제명에 대한 사용자들의 암묵적 합의가 있었을

---

1) 별곡류 시가를 장르적 구분에 따라 '경기체가계 별곡', '속요계 별곡', '가사계 별곡'으로 나누어 명명한다.

2) 李秉岐, 白鐵 共著, 『國文學全史』(新丘文化社, 1957), p.103.

3) 鄭炳昱, 『國文學散藁』(新丘文化社, 1960), pp.149~159.
鄭炳昱, 『한국고전시가론』(新丘文化社, 1993), pp.97~101.

4) 金文基, 「景幾體歌의 綜合的 考察」(『韓國詩歌의 硏究』, 螢雪出版社, 1981), pp.117~120.

것이라 생각할 수 있기 때문이다. 더구나 고려조에서 조선 중기에 이르기까지 '공간명'이 제명에 쓰이고 있는 현상은 제명에 대한 어떤 관습이 형성되어 있었을 가능성을 생각해 볼 수 있다. 고전시가의 향유는 양식적, 장르적 차원에서보다는 관습적, 연향적 차원에서 수용되었을 가능성이 더 크다고 보는 것이 바람직하기 때문이다.

별곡류 시가에 대한 제명 분석은 문학적 관습의 구체적인 양태를 살핀다는 점에서 의의가 있을 뿐만 아니라, '○○별곡'으로 불리던 경기체가의 시가사적 의의를 찾을 수 있다는 점에서도 필요한 연구다. 시가사적으로 경기체가는 매우 독특한 형태의 시가로서 장르적 돌연변이로 보는 견해가 있을 정도여서 전후 장르들과의 연계를 설명하기가 쉽지 않다.[5)] 연구자에 따라 그 형식적 연원을 향가, 고려속요, 중국의 사(詞) 등 각기 다른 입장에서 고찰하고 있는 사정이 그런 어려움을 대변해 준다. 그런데 경기체가가 타 시가 장르와의 현격한 형식적 차이에도 불구하고 '○○별곡'이라는 제명 방식을 공유한다는 점은 주목할 만하다. 경기체가에 적용된 제명 의식이나 타 시가에 적용된 그

5) 김태준(1932)은 경기체가를 역사적 영향관계가 분명한 장르로 보았으나 조윤제(1937)는 단가에서 장가로 변천하는 과도기의 유산으로 판단했다. 더 나아가 『국문학사』에서는 '국문학 자체의 발전적 요구와 한학자의 현실에 대한 불만으로 발생한 우리 문학사상 일종의 '기형적인 형태 문학'으로서 우리나라의 전통적인 시가의 형식을 떠나 전연 독창적인 새로운 형식으로 안출되었다고 덧붙였다. 이후 고정옥은 김태준의 견해를 따라 발전적인 입장에서 경기체가를 보았으며, 김사엽(1948)은 조윤제의 견해를 따라 '경기체가는 지금까지의 가요형식에서 발견할 수 없는 일종의 독특한 체제'라고 하였다.(『조선문학사』) 그 후 견해를 수정하여 고려속요에서 유래된 것으로 보았다.(『개고국문학사』) 이후의 연구자들은 시가사적, 장르적, 미학적 측면 등 대체로 발전적인 입장에서 경기체가를 이해하려고 노력하고 있는 것으로 파악된다.

것이 동일하다면 경기체가의 후속 장르에 대한 영향 관계를 설명하는, 한 가지 연구 성과를 더할 수 있으리라 기대한다.

그런데 '공간관계어+별곡'이라는 '제명 방식'이 존재했다 하더라도 풀어야 할 문제들이 남는다. 〈한림별곡〉을 위시하여 '○○별곡'에 해당하는 시가들에 왜 '별곡'이라는 명칭이 부여되었는지를 고찰하는 데에는 그것이 문학적 장치로서 제작된 것이라는 전제가 필요하다. 같은 주제, 비슷한 내용의 작품들이 어떤 것은 '○○별곡'이라 이름 붙여지고 또 어떤 것은 '○○곡(曲)'이나 '○○가(歌)', '○○록(錄)'으로 불린다면, '별곡'이라는 명칭이 과연 문학적 장치로 쓰인 것인가 하는 의구심을 가질 수 있다. 이 책에서는 이와 같은 의문에 대한 해명을 시도한다.

2. 기왕의 논의에 대한 검토

'별곡'에 대한 연구자들의 논의는 '별곡'을 장르명으로 보아야 한다는 입장과 그렇지 않다는 입장으로 대별할 수 있다. 김태준[6], 이병기(1961)[7], 양주동(1955)[8], 김사엽(1962)[9], 김기동(1969)[10], 정병욱(1971)[11],

6) 김태준, 「별곡의 연구」(《동아일보》, 1932년 11월 15일자 이후 13회분 연재). 김태준은 이 글에서 아악 중 가사에 대한 설명에서 '가사는 다시 장가와 단가로, 장가는 다시 별곡(별곡-신조)과 가(가), 곡(곡)으로 나뉜다'고 했다. 가사는 고려 중엽 이후 외국계의 어용적 한문체 악부악장 등에 반항하여 안축의 「관동별곡」, 「죽계별곡」과 같이 악부에 대립하는 '특별한 곡조'라는 의미에서 별곡이 생겨났다고 하고 형식은 중국의 사(사-시여, 전사) 장단구에 이두를 달아놓은 형태로 그 끝에 반드시 단장이 첨부되는 일정한 형식을 가진다고 했다.

7) "이런 체(경기체가)의 노래는 려조 고종 때 제유의 소작이던 한림별곡으로 시작하여, 근조 선조 때 권호문의 독락칠곡까지 350여년을 계승되어 온 것으로, 그 원형이든 변형이든 다른 별곡과는 다른 상이한 독특한 체, 즉 한림별곡체의 체로 되어

김창규(1971)[12] 등은 '별곡'을 장르명으로 사용할 것을 주장했으나(각주 참조) 그 근거가 주관적이어서 설득력이 없다. '별곡'이 장르명으로 부적절한 이유는 다음 몇 가지를 들 수 있다.

첫째, 별곡에 대한 장르적 접근을 경기체가와 속요에 한정하여 별곡의 의미를 논한다 하더라도, '별곡(체)'이라는 명칭이 '속요' 또는 '경기체가'라는 명칭보다 장르명으로 더 적합하다고 보기 어렵다. '별곡'이니 '별곡체'니 하는 명칭에서 속요와 경기체가의 장르 성격을 변별하기 어렵기 때문이다. 둘째, 가사에도 '별곡'이라 칭한 작품들이 많다는 점을 생각한다면 '별곡'이라는 명칭이 장르 명칭으로는 부적합하다

있다. 그리고 다른 별곡이란 청산별곡·서경별곡과 같은 민요체로 된 것을 그저 별곡이라고 부른다면, 이 한림별곡체는 「별곡체」라고 부르는 것이 마땅하다고 본다." 이병기, 『국문학개론』(일지사, 1965), p.123.

8) 양주동, 『려요전주』(을유문화사, 1955), p.230.

9) 김사엽, 『이조시대 가요의 연구』(학원사, 1962), p.96.

10) 김기동, 『국문학개론』(정연사, 1969), p.100.

11) "신라 사람들이 자기네의 노래를 향가라 일컬은 것과 마찬가지로, 고려 사람들은 중국계의 악부니 악장이니 하는 정악 또는 아악에 대하여 자기들의 노래, 즉 속악 또는 향악의 노래 이름을 별곡이란 말을 붙여서 지었던 것이다. 그렇기 때문에 고려 사람들은 한림별곡류의 이른바 경기체가의 이름에서나, 청산별곡류의 이른바 고속가의 명칭에서나 꼭 같이 별곡이란 말을 붙여서 노래 이름을 삼았던 것이다. 뿐만 아니라, 한림별곡류와 청산별곡류가 형태적인 면에서 보았을 때에, 다른 국문학상의 시가 형태와 비교하여 그 둘은 공통적인 특성을 지니고 있다는 사실을 아울러 생각할 때에, 고려 시가의 형태적 명칭으로 별곡이란 장르명을 사용함이 더욱 타당하리라고 생각한다." 정병욱, 『한국고전시가론』(신구문화사, 1993), p.98.

12) 김창규, 「별곡체가 연구(1), 『국어교육연구』 제3호, 1971, pp.43~64. 김창규는 경기체가를 '별곡체가'로 명명하고 이 이유를 다음과 같이 들었다. "별곡체가로 타당함은 중국의 것에 대한 우리 고유의 전래곡을 별곡이라고 관념적으로 호칭하였고, 또 고려 시가문학 자체를 별곡문학이라 한다면 이 별곡문학에서 영향 입은 바, 별곡체가가 바로 이런 기운 속에서 생성되었다고 관망하였다."

는 점 등을 들 수 있다. 결국 장르명으로 별곡을 사용하자는 논의는 자칫 '형식적, 내용적 통일성 결여'로 장르적 이해를 방해할 수 있다.

한편, 조윤제(1954)[13]는 '별곡'을 장르명으로 사용하지 않고, 작품의 장르적 지표를 고려하여 고려시가를 장가, 경기체가로 갈래지었다. 박성의(1974)[14]는 별곡의 의미가 시대에 따라 변화되었다고 주장하면서 '별곡'이란 명칭은 후대에 와서 장르적 의미가 사라지게 되었다고 했다.

이런 논의와는 별도로 '별곡'을 음악적 형식을 지시하는 용어로 보아야 한다는 입장도 있다. 정병욱은 중국의 아악에 대해 고려사람들이 자기들의 노래(속악·향악)를 '별곡'이라 이름 붙였다고 하면서[15], 경기체가가 음악적으로 기본형, 변격형, 파격형으로 나뉜다고 했다. 그러나, 음악적 형식에 대한 언급이 없을 뿐더러 경기체가는 그가 주장하였듯이 '기본형, 변격형, 파격형'으로 다기한 양상을 가지고 있어 음악적 정형을 이루고 있다고 볼 수 없다. 설령 경기체가에 음악적 정형이 있다 하더라도 '별곡'이라는 용어가 음악적 정형을 지시하는 용어가 될 수 없다. 예를 들어 〈오륜가〉, 〈불우헌곡〉, 〈성덕가〉 등 이칭의

13) 조윤제, 『한국시가사강』(을유문화사, 개정판, 1954), p.102.

14) 박성의, 「고려가요연구」(『민족문화연구』 제4호, 고대 민족문화연구소), p.86. ; 박성의, 『한국가요문학론과 사』(선명문화사, 1974), pp.165~170.

15) 정병욱, 『한국고전시가론』(신구문화사, 1993), p.98. ; '별곡'이 가창방식과 관련있다고 보는 논자로는 박노춘, 김창규(1971) 등을 들 수 있다. 박노춘, 「별곡 명칭의 일소고」(文湖 2, 1962), pp.31~35. "가사란 원래 가창하는 것이 본질이었으므로, 가창하게 될 때에는 「별곡」이라는 이름으로 불렀던 것을 알 수 있다. 그러던 것이 가창하지 않는 가사에까지 「별곡」이라는 명칭을 가용하는 경우가 생겨난 것으로 생각된다." 김창규는 앞의 논문(1971)에서 박노춘의 견해에 동의하며 별곡이 가창과 관련있음을 주장하였다. 이런 주장이 타당성을 획득하려면 시가사 전체를 아울러 명칭에 대한 고찰이 선행되어야 하는데 이에 대한 논증이 결여되어 있다.

경기체가가 다수 존재하기 때문이다. 더구나 〈청산별곡〉, 〈서경별곡〉까지 생각하면 '별곡'이란 용어가 음악적 정형을 지시한다고 볼 수 없음은 분명하다.

이상의 논의를 볼 때 별곡의 의미는 결국 문학적 접근을 통해 그 의미를 따질 수밖에 없다고 생각된다. 박성의[16]가 주장하였듯이 별곡 명칭에 대한 이해는 그것이 실제로 어떤 의미로 사용되었는지를 고려해야 한다. 명칭에 관한 기록이 전무하기 때문에 별곡류 시가에 함의된 의미는 결국 작품에 별곡의 의미가 어떻게 형상화되었는지를 연구하는 접근법이 밝혀 줄 것으로 생각된다. 또한 문학사적 흐름을 고려하여 시기별 의미가 다르다는 전제도 있어야 할 것이다.

이와 같이 별곡류 시가 작품에 대한 분석은 장르적 성격을 규명하는 것과는 별개의 작업이다. 이미 이종의 장르를 대상으로 하고 있는 바, 이는 '별곡' 명칭 시가 작품의 초장르적 공통소를 추출하는 작업을 의미한다. 만약 초장르적 공통소를 발견할 수 있다면 이는 고전시가 향유자들의 '별곡'에 대한 의식이 현대 연구자들의 선입관과는 달리 실제로는 개방된 양상을 띠고 있었다는 반증일 수 있다.

---

16) "이상 「별곡」이란 명칭에 대한 제설을 살펴보았거니와, 대개 별곡이란 명칭은 원래 중국의 악부·악장 등을 정악으로 한 데 대한 특별한 곡조란 뜻으로 사용하였음은 알 수 있을 것이다. 그러던 것이 중국의 정곡이 아니더라도 우리나라에서도 원래 있었던 원곡에 대한 다른 노래란 뜻으로 별곡이라고도 하게 되었으며, 가사 중에서도 특별히 가창할 수 있는 가사를 별곡이라고 부르기도 했는데, 나중에는 원곡이 있었건 없었건, 가창하는 가사든, 안하는 가사든 간에 후대에 내려올수록 그저 노래란 뜻으로 붙였고, 심지어는 이별의 뜻으로 별곡의 내용인 가사에 붙이기도 했던 것이다. 그러므로, 별곡이란 명칭은 나중에는 본래의 뜻과는 달리 막연히 쓰여졌음을 알 수 있다." 박성의, 앞의 책, p.169. 참조.

3. 본격적 연구를 위한 설정

이 항에서는 경기체가, 고려속요, 가사 등의 장르에서 '별곡'이라 명칭이 붙은 작품들을 선별하여 작품 내용, 문학사적 흐름, 명칭의 붙임새 등을 고려하여 '별곡' 명명의 의미를 추론하고자 한다. 경기체가는 총 24편의 작품 중 8개 작품[17)]이 이에 해당하고, 고려속요 중에는 〈청산별곡〉, 〈서경별곡〉이 해당한다. 가사는 『역대가사문학전집(歷代歌辭文學全集)』[18)]에 수록된 작품 중 별곡 명칭 가사(이본 포함 총 47종 129개 작품)를 중심으로 '별곡'이라 이름한 작품들을 대상으로 했다. 논의의 편의를 위해 '○○별곡'이라 이름한 작품들을 '별곡류 시가'라 칭하기로 한다. 이들 작품들을 놓고 '별곡'이라는 명칭에 함의된 독특한 의식이 무엇인가를 고찰해 봄으로써 그것이 지닌 역사적·문학적인 의미를 밝혀보고자 한다.

이 책에서는 '○○별곡'의 존재에 대한 해명과 함께 그 의미에 대한 연구를 시도한다. 특히 별곡류 시가의 제명 방식과 시대적 변화 과정 및 그 의미를 고찰하여 별곡류 시가가 초장르적 공통소를 지님을 해명한다. 또한 별곡류 시가를 장르별로 구분하여 각 계열별 공간 의식을 추출하고 그 의미를 고찰하도록 하겠다.

먼저 '별곡'의 축어적 의미를 파악하기 위해 중국과 한국의 자료를 바탕으로 '별곡'에 담긴 의미망을 추론해 낸다. 대상 자료는 중국의 자료로 『사고전서(四庫全書)』를 검색하였고, 국내 자료는 『한국문집총

---

17) 〈한림별곡〉, 〈관동별곡〉, 〈죽계별곡〉, 〈상대별곡〉, 〈구월산별곡〉, 〈화산별곡〉, 〈금성별곡〉, 〈화전별곡〉이 이에 해당한다.

18) 林基中 編, 『歷代歌辭文學全集』 1~50, 亞細亞文化社, 1992.

간(韓國文集叢刊)』, 『조선왕조실록(朝鮮王朝實錄)』, 『고려사(高麗史)』, 『오주연문장전산고(五洲衍文長箋散稿)』, 가사집, 고소설 등을 이용하였다. 이 자료들을 바탕으로 2장에서는 '별곡'에 대한 용어적 검토를 시도한다. 3장에서는 고려에서 조선에 이르기까지의 단계별 별곡의 의미를 고찰하고 '별곡'의 의미를 어떻게 해결할 수 있는지를 논한다. 4장에서 별곡류 시가와 공간의 관계를 각 장르별로 검토하고, 5장에서는 제명 관습과 공간의식이라는 관점에서 '○○별곡'을 어떻게 이해할 것인가를 논한다. 이와 같이 이 책은 '○○별곡'이라는 제명 관습과 공간의식을 살펴 별곡류 시가의 전승 양상에 대한 설명과 제명의 의미·기능이 무엇인가를 총정리하는 것을 목표로 하고 있다.

별곡류 시가의 명칭 양상과 작품 내용으로 볼 때, 여기에는 크게 두 가지가 관여하는 것으로 보인다. 하나는 사회적 제명 관습이고, 다른 하나는 공간의식인데, 이 두 가지 항목에 대한 고찰을 통해 별곡류 시가의 문학적 의미를 파악하고자 한다.

제명은 텍스트의 가장 상위의 문학적 표현물이다. 텍스트[19]의 의미와 해석을 전적으로 작가론에 의존하는 연구자는 드물 것이다. 텍스트는 그것이 공동의 언어로 표현된 것이기에 이미 태생부터 사회적 공유물의 성격을 가지는 것이다. 작가가 작품의 내용과 형식 그리고 제명을 결정하지만, 그것이 독자들에게 좋은 작품으로 수용되는 것은 작가가 이미 독자의 기호와 문예미감을 충족시킬 만한 장치를 텍스트에 갖추어 놓았기 때문이다. 따라서 독자나 텍스트가 작가에 종속되

19) 최유찬, 『문학 텍스트 읽기』(소명출판, 2004), pp.48~57 참조. 텍스트와 작품의 관계에 대해서는 이 책을 참조함.

는 것으로 볼 수 없고, 서로 유기적 관계에 놓여 있는 것으로 파악해야 한다. 문학 텍스트의 제명 설정도 작가의 자족적인 기호라기보다는 독자들을 향한 작가의 표현물이다. 그것이 텍스트의 성격을 가장 잘 요약하여 보여줌으로써 작품의 전달과 향유 및 지시를 용이하게 만들기 때문이다.

작가를 중심으로 시가에 대한 해석을 시도하고 문학사적 의의를 탐색한다면 작가의 생애와 사상에 대한 탐구로 시가 텍스트를 이해할 수밖에 없고 문학사적 의의 역시 몇몇 위대한 작가를 위시하여 논할 수밖에 없는 것이다. 가사 문학이 발전하게 되고 많은 향유층을 가지게 된 것은 몇몇 작가의 노력과 업적으로 국한시켜 평가할 일은 아니다. 그 발전의 배경에는 작품 향유의 주체가 되었던 독자가 분명히 존재하는 것이다. 또한 작가 역시 이미 이전 작품들의 독자였다는 점을 간과해서는 안 될 것이다. 이런 점에서 작품의 수용에 대한 연구가 좀 더 깊이 이루어져야 할 당위성을 갖는다.

한편으로 작가와 시대에 대한 고찰을 한 장르의 발전 및 쇠퇴에 직접 연계 짓는 연구 방식에도 문제가 있다. 소수의 작가에게 어떤 한 장르의 발흥의 업적을 돌리기보다 시대적 상황과 정신 및 문예미학에 초점을 두는 것은 물론 바람직한 연구 자세다. 그렇다고 몇 개의 개별 연구에서 도출된 장르 발전양상의 한 국면을 이종(異種)의 제장르의 발전 원인까지도 아우르는 한 시대의 조류로 파악하고, 더 나아가 이를 모든 장르 발전의 원리로 삼고 어떤 개별 장르든 똑같은 발전 원인을 가지게 된다는 도식적 결론을 이끌어내는 발판으로 삼는다면 이 역시 바람직한 연구 태도라 할 수는 없을 것이다.

한 시대를 관류하는 문예미학이 있다는 말과 그것으로 해당 시대의 모든 문예 현상을 설명할 수 있다는 말은 동의어가 될 수 없다. 다시 말해 주류가 되는 문예미학이 있고 그렇지 않은 예술미학도 있는 것이다.[20] 지식인인 양반사대부의 문예미학은 논리적 문예 이론으로 정립하여 그것이 한 흐름을 형성하여 당대의 주류적 문예미학으로 성립할 수 있었지만, 서민들의 예술미학은 논리적 정합성을 지니지 못함에도 불구하고 자신들의 예술미를 작품의 창작이나 향유를 통해 발현시켰다. 지식인들의 문학 텍스트에 남아 있는 객관적이며 논리적인 장르 이해와 창작 원리의 존재 사실뿐만 아니라, 작품을 향유하고 발전시켰던 일반 독자들의 수용의 원리가 있었다는 점도 인정해야 장르 발전의 실상에 근접할 수 있을 것이다. 즉 작가를 중심으로 한 연구방법에서 독자도 고려하는 연구방법으로 좀 더 포괄적인 연구 시각을 가져야 한다는 것이다.

본 연구는 독자들의 작품 이해의 원리가 별곡류 시가의 발전과 변화에 크게 영향을 미쳤다는 점을 전제로 한다. 특히 작품의 제명은 독자들을 위한 것이고 또 독자들에 의해 재명명되기도 한다는 점을 생각하면 제명의 설정은 창작 당시의 일반 독자들의 장르 이해에 부합하는 것이어야 한다고 본다. 또한 연구 대상으로 하고 있는 별곡 명칭의 시가들은 독자들의 관습적인 제명 이해를 반영하고 있다고 판단된다. 어느 작가도 제명 원리가 구체적으로 무엇이라고 설정한 예는 없음에도 불구하고, 많은 별곡류 시가 작품들이 생산과 동시에 일정한 원리로 제명이 만들어진다는 점은 제명 원리가 일반 독자들의 별곡류 시가

20) '별곡'은 방계에 속하는 문학현상이라 볼 수 있다. 주류에 속하는 '곡'으로부터 벗어나 있는 것으로 이는 주류 문학으로부터의 자유를 의미하는 것이다.

에 대한 관습적인 이해를 기반으로 하고 있었다는 근거가 된다.

제명 원리가 관습으로 이루어진 것이라면 작품의 내용이나 형식 역시 그러한 관습화를 거쳐 독자들에게 향유의 원리로 체화된 것일 수 있다.[21] 가사 〈관동별곡〉의 제명이나 내용에 익숙한 독자가 창작자의 입장에서 그와 유사한 작품을 만들어 낼 때에는 〈관동별곡〉의 제명 방식이나 표현방식을 따올 수밖에 없고, 그것은 〈관동별곡〉의 미감을 전승하는 것이기에 일반에 유행하게 되는 것으로 볼 수 있다. 〈관동속별곡〉이 여러 독자들에 의해 향유되었던 것은 작가 조우인의 역량만이 아니고 이미 선행 작품을 통해 이런 유형의 작품에 익숙한 독자들이 존재하고, 또한 그들이 쉽게 받아들여 향유할 수 있는 문학적 선행 요소들을 텍스트를 통해 구현했기 때문이다.[22] 이러한 과정이 반복되면서 한 유형의 시가군에 대한 이해가 축적되는데, 이것을 '관습화'라고 할 수 있을 것이다.

---

21) 이상섭(『문학연구방법』, 탐구당, 1973, pp.49~53.)은 문학특유의 관습에 대해 "문학이 속한 문화의 변천과 문학 내부의 어떤 요소들의 변천이 언제나 일치하는 것은 아니"라고 전제하며 문학적 관습을 인정하는 견해(해리 르빈)를 따르고 있다. 문학적 관습이 작품의 창작과 감상 그리고 장르의 소멸과도 깊은 관련이 있음을 논하였다.

22) 홍문표, 『문학비평론』(양문각, 1993), p.85. 참조. 이 책에서 홍문표는 커닝엄(J.V. Cunningham)이 "문학형식은 문학작품들을 분류하는 공식적인 원리도 아니고, 이념도 아니다. 그것은 오히려 작품 생산에 유효한 원리이다. 그것은 전통 속에서 인식되는 경험의 체계이며, 이전의 작품들과 그리고 전통 속에서 잔존하는 작품들의 기술에서 생기는 체계이다. 더구나 그것은 자료와 세부의 발견을 지시하는 체계이며, 전체의 배열을 조절하는 체계이다. 만일 문학형식이 관념이라면, 그것은 독자와 작가가 형식에 대하여 취하는 관념이라는 점에서만 관념이다"라고 하며 문학적 관습에 대해 말한 바 있다고 소개하고 있다. 아울러 문학적 전통과 관습에 관해 엘리어트(T.S. Eliot) – "전통이란 새것과 대치하기 위하여 그 자체를 끊임없이 재조정하는 것", 핫산(I. Hassan) – "전통의 압력은 행위의 취향", 스타이너(Steiner), 아우얼바하, 레빈, 릴레이, 데이셔스(Daiches)의 견해를 같이 보여주고 있다.

제명에 대한 일정한 이해의 틀뿐만 아니라 별곡류 시가를 감상하는 틀 역시 관습화라는 관점에서 이해할 수 있다. 별곡류 시가에 적용된 관습은 창작의 원리와 감상의 원리에 동시에 작용한다. 또한 관습화는 여러 작품들의 전승 과정을 통해 이루어지는 것이기 때문에 별곡류 시가의 초기 작품만 대상으로 해서는 그 관습화의 양상을 파악하기 어렵고 따라서 통시적인 흐름 속에서 관습화의 양상을 논하여야 한다.

관습화에 대한 연구는 김우창의 연구[23]를 들 수 있다. 그는 서양시를 관습시와 현실시로 대별하고, 전근대/근대, 전체적 이념/개인적 자유라는 기준으로 나누고 있다. 관습시는 전근대의 시형식으로 논리적 수사적 내용으로 인해 현실이 무시되고, 문체는 변론체이며, 역사적 사례가 제시되는 과거지향적 수사, 따라서 시간적·선험적·복고적이 된다고 보고 있다. 또한 관습시의 감정은 관습이 존중하고 공유하는 공적 감정이며 개인적 감정이 아니기 때문에 독창성, 참신성이 문제시 되지 않는다고 보았다. 시문학사에서 시를 과연 2개의 항으로 나눌 수 있는가도 문제이지만, 이를 우리 고전시가에 적용하여 이해하려는 시도는 설득력을 갖기 힘들다. 그의 논의에 따르자면 고전시는 모두 관습시이며 현실적 요소가 없거나 약한 것으로 보아야 하는데, 과연 우리 고전시가의 내용이 비현실적이고 개인적 감정이 무시된 것인가는 의문시된다.

김우창의 〈관습시론〉을 기반으로 시조에 나타난 관습시적 특징을 논한 연구로는 손공자와 유수열의 논문을 들 수 있다.[24] 김우창이 서

---

23) 金禹昌, 「慣習詩論-그 構造와 背景」(서울대학교논문집 『人文社會科學』 제10권, 서울대학교, 1964), pp.77~106.

양시를 관습시와 현실시로 구분하면서 우리 시가의 경우 시조를 관습시로 거론하였는 바, 두 논문에서는 이를 심화시킨 것이다. 하지만 김우창의 관습시론은 특정한 장르나 시기에 국한하여 논의되고 있는 것이 한계다. 그가 관습시를 현실시와 대비적인 것으로 규정하여 보편원리의 세계관에 대한 확인, 관용구, 수사기법에의 경도 등을 그 특질로 내세운 것, 그리고 근대와 전근대라는 시기적 구분을 관습시를 규정하는 잣대로 삼은 것도 관습시론을 특정시기, 특정장르에만 국한시켜 논의하게 된 이유가 된다.[25]

하지만 '관습'이라는 것이 근대 이후의 문학에는 적용되지 않는 것이라고 볼 수 없고, 또한 문학 자체가 관습적 요소를 이미 내포하고 있는 것으로 보아야 한다면 '관습시'를 특정 장르에 국한시키는 논의는 한계를 지닌 것으로 파악할 수밖에 없다. 김우창의 관습시론은 관습시의 개념을 창안하였다는 의의에도 불구하고[26] 우리 시가 문학에 적용하기에는 무리가 있다.[27] 다만 관습이라는 것이 문학적 양식의 선택과

---

24) 손공자, 「蘆溪詩歌의 特質에 관한 硏究」(이대 석사논문, 1985). ; 유수열, 「사설시조의 텍스트 구성 원리 연구 -선행 텍스트 수용 작품을 중심으로-」(서울대 국어교육과 석사논문, 1996).

25) 김우창 역시 "르네상스나 18세기는 관습시의 시대였던 동시에 합리주의 또는 이성주의의 시대였다"고 하여 특정 시기를 전제로 관습시론을 전개하고 있다. 김우창, 앞의 논문, p.97. 참조.

26) 관습시를 규정하는 것은 김우창이 말한 '보편 원리의 세계관이 군림'하는 것으로 잣대를 삼을 것이 아니라, 무엇이 '보편적 가치'로 당대에서 인정되었는가를 기준으로 삼아야 한다. 18세기의 평시조가 관습시로 규정될 수 있는 것은 그것이 성리학적 세계관이라는 '보편 원리의 세계관'을 담아냈기 때문이 아니고, 성리학적 세계관을 보편적 가치로 인정하는 당대의 관습 때문이다. 마찬가지로 개인의 자유가 보편적 가치로 인정받는 현대에는 '인간 소외'나 '개인의 자유'가 관습적 주제로 받아들여질 수 있다.

지속의 주요한 바탕이 된다는 점은 이 책의 논지와 부합하는 듯하다.

한편, 문학적 관습은 작가 층위의 관습과 독자 층위의 관습으로 대별할 수 있다.[28] 작가 층위의 관습은 역사·전기비평에서 주장하듯이 작가의 영향과 관련하여 당대 독자나 후대의 작품에 미치는 관습화된 영향을 말한다. 즉, 작가나 작품의 직접적이고 독자적인 영향을 말하며 이는 특정 작가나 작품을 상기하는 역할을 한다. 독자 층위의 관습이란 선행 작품들에 대한 독자들의 이해이며, 특정 작품의 영향을 벗어나 작품군에 대한 이해의 폭을 의미한다. 특정 작품군에 대한 이해는 장르에 대한 것일 수도 있고, 작품 형식이나 내용, 소재에 대한 것일 수 있다. 이는 감상의 차원에서 이루어지는 것이기 때문에 독자 층위의 관습이 직접적으로 텍스트에 표출되기는 어렵다. 다만 유행과 유통이라는 측면에서 어떤 텍스트가 독자들에게 더 많이 수용되었는가에 대한 연구를 통해 독자 층위의 관습에 부합하는 텍스트와 그렇지 않은 텍스트를 구분할 수는 있을 것이다. 독자의 수용을 적게 받은 텍스트는 결국 독자 층위의 관습을 이해하지 못한 것으로 문학사에서 소략하게 다루어질 수밖에 없다.[29] 따라서 작가 층위의 관습은 고정

---

27) 그는 "한국시에 있어서 신문학 이후의 시와 그 이전의 시조는 바로 현실시와 관습시로 구분이 되는 것 같다"고 했는데 이는 현대라는 시점에서 관습적 요소가 있는 시와 현실적 요소가 있는 시로 나누고자 했기 때문에 이분법적으로 한국시를 파악한 것으로 보인다. 시점을 여러 시 장르의 발생 시기별로 나누어 고찰한다면 그 안에서도 관습시와 현실시로 나누는 것이 가능하다. 어느 한 시대를 기준으로 관습시와 현실시로 나누어진다는 견해는 좀 더 수정할 필요가 있어 보인다.

28) 작가 층위의 관습은 텍스트의 영향으로, 독자 층위의 관습은 독자의 수용으로 생각할 수 있다.

29) 수용미학의 입장에서 독자의 기대지평에 부합하지 못한 문학 텍스트는 결국 도태될 수밖에 없다.

적이며 텍스트 내적인 것임에 비해 독자 층위의 관습은 가변적이며 텍스트 외적인 것이다.

그런데 이 두 층위의 관습은 서로 분절된 형국이 아니라, 서로 경쟁하며 융합하는 형국을 보인다. 관습은 유사한 작품에 대한 접근을 쉽게 하며 동시에 관습은 유사한 작품에 대해 식상하게 한다. 따라서 관습은 파기되고 변화한다. 이상섭(1973)이 말한 것처럼 "독자는 언제나 안심하고 있을 수 있도록 관습의 준수를 기대하는 반면, 단조로움을 깨뜨릴 수 있도록 관습의 새로운 이용을 원하는 것이다. 이리하여 관습은 그 자체의 변천과정을 갖게 되는 것"[30]이라고 생각된다. 작가 층위의 관습은 유명한 텍스트의 영향으로 나타나지만, 그것과 유사한 형식과 내용의 텍스트가 양산되면서 독자들에게는 단조로움으로 받아들여지기 때문에 독자들의 새로운 미감을 충족시키거나 이끌어낼 수 있도록 독자 층위의 관습에 부합하는 새로운 문학적 성취를 요구하는 것이다. 독자 층위의 관습은 작가가 당대의 문학적 관습을 인지하고 그것을 텍스트에 반영함으로써 독자들에게 더욱 근접하려는 전략을 포함한다. 이러한 과정을 통해 장르가 변화하고 발전하며, 신장르가 형성되는 것이다.

별곡류 시가의 제명은 작가 층위의 관습이 하나의 문학적 기표로 드러난 예에 해당한다. 〈한림별곡〉, 〈청산별곡〉, 〈관동별곡〉, 〈상사별곡〉 등 '○○별곡'의 제명이 장르와 시대를 뛰어넘어 지속적으로 사용된 것은 관습적 차원의 제명 의식이 전제되어 있었기 때문이다. 그 제명 관습을 추출하여 의미를 살피는 것이 이 글에서 제시하는 연구방

---

30) 이상섭, 앞의 책, p.52.

법의 하나다.

한편, 별곡류 시가는 그 하위 항목을 경기체가계 별곡(〈한림별곡〉류, 〈상대별곡〉류), 속요계 별곡(〈청산별곡〉류), 가사계 별곡(〈관동별곡〉류, 〈상사별곡〉류)로 나눌 수 있다. 별곡류 시가의 변이 과정을 시대순으로 나누어 고려조의 〈한림별곡〉단계, 조선 초의 〈상대별곡〉단계, 조선 중기의 〈관동별곡〉단계, 조선 후기의 〈상사별곡〉단계로 구분한다. 이렇게 별곡류 시가는 장르적 변화를 동반하기 때문에 그 변화의 동인이 무엇인가에 주목할 필요가 있다. 장르란 근본적으로 세계를 파악하는 방식이기 때문에 공간관의 변이에 따른 장르의 변이라는 논리가 성립할 수 있다. 장르의 변이에도 불구하고 불변하는 '별곡'이라는 개념은 보편적인 규범을 내함하고 있다. 이 규범의 의미는 '변(變), 신(新), 외(外), 진(眞), 실(實)'로 잡히는데 이 의미가 단계적으로 실현되는 양상은 단계마다의 공간관(세계관)에 따라 다르게 나타난다. 그 공간 의식을 작품 속 공간 양상 분석을 통해 밝히고 '별(別)'의 보편적 규범과 어떻게 접합되는지 밝힌다면 별곡류 시가의 제명 의식과 공간 의식의 관계를 규명할 수 있으리라 생각한다. 다음 장에서는 위와 같은 논지를 바탕으로 별곡류 시가의 발전 양상과 그 공간 의식을 고찰하고자 한다.

제2장

문헌 용례와 그 의미 추적

1. 문헌 용례로 본 별곡의 의미

'별곡(別曲)'의 자의(字意)를 파악하기 위해서는 별곡이 '곡(曲)'에 대한 대칭어인가 아니면 독립적으로 쓰인 어휘인가에 대한 전제가 필요하다. 곡에 대한 대칭어라면 '곡(曲)'이 무엇인가에 초점을 맞추어 어의를 파악해야 하겠고, 독자적으로 쓰인 어휘라면 그 존재양상을 따져 '별곡'이라는 표현에 함유된 의미를 추론해야 할 것이다.

먼저 곡에 대한 대칭어로 본다면, 곡이 무엇을 말하는 것인지 밝혀야 한다. '곡'은 한자대사전에서 "노래, 악곡(樂曲)"이라 하여 일반적으로 가락 있는 '노래'라는 의미로 쓰인다. 그런데 단순히 노래라는 의미를 넘어 중국의 원나라 때부터는 장르적인 의미로 쓰이기 시작하는데, 이에 관한 유약우의 견해를 소개하면 다음과 같다.

> 곡(曲)과 산곡(散曲)은 원(元)나라 때 시작되었다. 사(詞)와 같이 곡작가(曲作家)들도 기존한 레퍼터리로부터 곡(曲)을 택하고, 거기다가 가사(歌詞)를 집어넣으면 된다. 이것들은 '백(白)(보통 言)'이라고 불리는 대사

> (臺詞)의 일절(一節)들과 대조해서 '곡(曲)'이라고 불리는 노래가 되는 일절(一節)을 이룬다. 곡(曲)은 운율적으로 사(詞)와 비슷하지만, 근본적으로 채용된 그 사(詞)는 하나의 또 다른 레퍼터리에서 나오는데, 그것은 또 다른 운율(韻律)의 형태(形態)를 일으킨다. 그것들을 일으킨 음악(音樂)의 대부분은 없어졌지만 5백이 넘는 이러한 운(韻)들은 현존하고 있다. 곡(曲)에 있어서 행(行)들은 길이가 일정치 않으며 '친자(襯字)(끼워 넣은 말)'라고 하여 부가어(附加語)들이 삽입될 수도 있으므로 음절수(音節數)에는 사(詞)보다 더 많은 융통성(融通性)이 부여되어 있다. 그러나 조형(調型)과 압운(押韻)은 엄격하게 지켜져야 한다. …… 시인(詩人)들은 정상적인 곡(曲)으로 채용된 운율(韻律)들을 사용하여 서정적(抒情的) 작품(作品)을 쓰기도 한다. 이러한 작품들을 '산곡(散曲)'이라고 부른다.[1)]

곡(曲)은 송(宋)의 사(詞)와 공통점이 있는 장르이다. 기존의 노래가락(曲)에 새로운 가사를 입히는 방식을 '전사(塡詞)'라고 하는데[2)] 곡(曲)과 사(詞)는 이 전사의 기법을 공유하고 있었다. 이 기법에 의하면 새로운 작품이 등장할 때마다 '별사(別詞)'가 생기는 셈이다. 이에 비해 별곡류 시가에는 하나의 가사에 여러 곡이 존재한 것은 아니므로 중국의 '곡(曲)'의 개념과는 유다른 것이라 해야 할 것이다.

만약 '곡'이 별곡의 대칭어였다면 현존하는 별곡류 작품들과 원곡(元曲)은 '곡(曲)'이라는 대칭점을 가지게 되고 별곡의 특징도 '曲'의 속성에 기대어 파악될 수 있을 것이다. 그러나 위 인용문에서 보는 바와 같이 '곡(曲)'의 형식이나 제작원리가 우리의 별곡류 시가와는 큰 차이

---

1) 劉若愚 著 李章佑 譯, 中國學叢書『中國詩學(The Art of Chinese Poetry)』(韓國中國學會 編, 同和出版公社, 1984), p.50.

2) 김학주,『중국문학개론』(新雅社, 1977); 嶺南中國語文學會 編,『中國語文學通論』(三進社, 1985), p.348. 참조.

가 있어 이를 직접적으로 연결 지어 논하기는 어렵다. 다만 곡(曲)이나 사(詞)의 제작이 '전사(塡詞)'의 원리를 가진다는 점과 고려 후기에 사(詞)가 고려 문인들에게 전래되었다는 점은 우리의 가사 작품에 현존하는 과음보현상을 설명하는 단서가 된다는 점에서 주목할 만하다.[3]

한편 '곡'을 중국의 원곡(元曲)과 직접 연결짓기보다는 고려 이후에 생긴 한문체의 악부·악장을 말하는 것으로 보고 '별곡'을 그에 대립하는 신조(新調)로 본 견해(김태준[4]), 정곡(正曲)이나 원곡(原曲)(우리노래)에 대한 파생곡으로 보는 견해(조윤제[5], 이병기[6]) 등이 별곡을 곡에 대한

3) 윤덕진, 「16~17세기 가사 문학의 양상」(『한국시가연구』 9집, 2001), pp.33~35. 참조.

4) 金台俊, 『別曲의 硏究』, 東亞日報(1932년 1월 15일부터 13회 발표) "歌辭一名 歌詞는 高麗中葉 以後에 外國係의 漢文體로 된 樂府·樂章·樂歌等에 反抗하여 安軸의 關東別曲·竹溪別曲과 같이 樂府에 對立하는 特別한 曲調라는 意味에서 別曲이라는 것이 생겨나서 當時의 別曲은 御用的 漢文體의 樂府樂章에 가끔 代用되었다. … 이 보다 앞서서 唐樂과 鄕樂의 中間에서 純全히 朝鮮歌謠도 아니고 그렇다고 純全히 中國의 長短句도 아닌 바 一種의 歌詞가 생겨서 唐樂과 樂章에 올렸으므로 樂府·樂章에 對立하는 意味에서 이것을 新曲調 惑은 別曲이라는 名稱으로 冠하였다. -別曲은 正曲에 新調는 舊調에 각각 相對的으로 된 文句이지마는 結局 同一한 것을 指稱한 것이다."

5) 趙潤濟, 『朝鮮詩歌史綱』(乙酉文化社, 1954), p.109. "이것은 高麗 睿宗朝에 支那雅樂이 渡來한 以後 雅樂 唐樂이 宮中音樂의 標準이 되었으니까 惑은 그것을 正曲이라보고 이를 그에 派生한 別曲으로 보아 무엇 무엇 別曲이라 한 것도 같다. 그러나 또 한편 이렇게도 생각이 될듯하다. 즉 支那가 아닌 그 自體의 元曲에 대한 別種曲調라고도 볼 듯 하니 마치 西京曲이 本是 있었던 것을 後世에 다시 다른 曲調를 지어서 그의 別曲이 西京별곡이 있다싶이."

6) 李秉岐, 『國文學全史』(新丘文化社, 1957), pp.102~103. "世宗實錄 卷 146에는 滿殿春이라는 曲目이 보이고 또 樂章歌詞에는 滿殿春別詞라는 曲目이 있어 前者의 그것과 區別함에 別詞라 적혀 있음을 본다. 이는 곧 元來 있던 滿殿春曲과는 嚴然히 區分되는 다른 노래로서의 滿殿春別詞를 뜻함이라고 볼 수 있을 것이다. 要컨대는 別曲이란 名稱은 이리하여 形成되었고 따라서 그 最初의 意義는 元來 있던 原曲에 對立하는 別曲이란 뜻이었을 것이다. …… 따라서 우리는 青山別曲

대칭어로 본 견해인데 '별곡'이라는 자의에 맞추어 해석을 이끌어 내고 있다.

'별곡'을 비대칭어로 본 논자로 최정여[7]는 속조(俗調)에 박(拍)을 써서 부른 것을 별곡이라고 한다는 견해를 보였고, 서수생[8]은 별곡이 동방고유의 노래라는 뜻이 아닐까 추측하였다. 이러한 논의는 '별곡'을 자의적 차원에서 해석하지 않고 관용적인 의미로 파악하고자 한 것으로 앞의 논자들의 견해와 층위를 달리한다. 하지만 최정여의 견해는 조선 후기 가사의 경우를 볼 때 악곡을 수반하지 않는 경우에도 '○○별곡'이라고 제명을 한 예가 많기 때문에 국악의 한 가지 현상으로만 이해하는 것이 적합할 듯하다. 또한 서수생처럼 별곡의 의미를 동방 고유의 노래라고 한다면 한자투성이인 경기체가 작품들에 대해서는 적합한 설명이 되지 않는 경우가 발생하며, 또한 '별곡'이라 명칭하지 않은 우리 고유의 노래들에 대한 해명이 필요할 것이다.

별곡의 의미가 자의적 수준에서 밝혀지지 못하는 것은 앞서 논한 바와 같이 중국의 곡의 개념이 우리 별곡류 시가와 직접적인 관련을 찾을 수 없는 까닭이다. 결국 '자의'를 넘어 관습적 의미, 별곡류 시가의 창작·향유 당시의 통용되는 의미가 무엇이었는가를 살펴보는 것

西京別曲과 같은 民謠體로 된 것을 그저 別曲이라 부른다면 이 翰林別曲體는 別曲體라 부르는 것이 마땅하다고 본다."

7) 崔正如, 「別曲의 諸問題」, 제6회 全國語文學硏究發表大會 要旨(『語文學』 제25호, 1971.11). "종래 우리 음악은 樂譜上 리듬을 잡는데 唐樂器인 拍과 鼓로서 잡아주는 것과 拍樂器를 쓰지 않고 鼓로서만 잡아주는 두 系列이 있다. … 俗調에 拍을 써서 부른 것은 別曲, 俗調를 그대로 부른 것은 別曲이라고 이름 붙이지 않았다."

8) 徐首生, 「靑山別曲 小考」(慶大師大 敎育硏究 1輯, 1963), p.30. "曲 또는 別曲에 큰 뜻이 있는 것이 아니라…… 中國의 漢曲 곧 中國詩歌文學에 나타나는 樂府 등 民間歌樂曲에 대립하여 東方固有의 노래(歌曲) 우리의 노래란 뜻이 아닐까 한다."

이 필요하다. 요컨대 '별곡'을 무엇에 대한 대칭어가 아닌 독자적 의미를 표현하는 기표로 보고 현전하는 문헌의 기록들을 통해 '별곡'이라는 명칭에 담겨있는 의미를 추론하고자 한다.

조선조의 문헌에서 '별곡'은 주로 〈한림별곡〉이나 송강의 〈관동별곡〉을 가리킨다. 하지만 〈한림별곡〉의 경우에 제명에서 '한림'을 떼고 '별곡'만 언급한 예는 없고 〈관동별곡〉은 별곡이라고 지칭한 사례가 있다.

> 관동별곡(關東別曲) 정송강지소작야(鄭松江之所作也) 오가유녀례능창<u>별곡</u>(吾家有女隷能唱<u>別曲</u>) 여아시매청지(余兒時每聽之)[9]

또한 작품을 언급할 때에 작가명과 별곡이 함께 쓰여 작품명을 환기하는 예를, 정철의 〈관동별곡〉과 안축의 〈죽계별곡〉을 간접적으로 표현한 기록에서 찾을 수 있다.

> ① <u>송옹별곡</u>세쟁전(<u>松翁別曲</u>世爭傳) 옥절동귀망약선(玉節東歸望若仙) 정견구치무외사(定見驅馳無外事) 즉지근력미중년(卽知筋力未中年)
> 건유예국순유속(褰帷濊國詢遺俗) 리극봉산도절전(理屐蓬山到絶巓) 북지사군남성연(北地使君南省掾) 각련분수묘풍연(却憐分手渺風煙)[10]
> ② 이공지시(二公之詩) 영인격절(令人擊節) 송강소저이별곡(松江所著二別曲) 차인이공지시(叉因二公之詩) 익복회자(益復膾炙) 지금전송(至今傳頌)[11]

---

9) 김득신, 『柏谷集』〈關東別曲序〉, 韓國文集叢刊, 104_141a.

10) 이안눌, 『東岳集』 권22, 拾遺錄 上, 〈奉別江原道朴東亮監司〉; 유계, 『市南集』, 〈奉呈關東伯金仲文求和〉에도 같은 표현이 있음.

11) 沈宰, 『松泉筆譚』.

③ 필마춘풍적고성(匹馬春風吊古城) 성지유견야인경(城池唯見野人耕) 욕지당일번화사(欲知當日繁華事) 청취안후별곡성(聽取安侯別曲聲)12)

④ 安侯別曲安文貞軸(안후별곡안문정축) 유죽계별곡륙장(有竹溪別曲六章) 견죽계지(見竹溪志)13)

한편 '별곡'이라는 용어가 독자적으로 쓰인 때에는 민요, 장르개념, 악곡, 국악의 연주방식, 타령, 변조(變音) 등 여러 층위에서 그 함의를 발견할 수 있다.

1) 民謠로서의 '別曲'

중국 문헌에 등장하는 '별곡' 관련 기록을 찾기 위해 『사고전서』를 검색한 결과 ① 작품명에 '별곡'이 사용된 경우, ② 작품 내용에 '별곡'이 사용된 경우로 대별할 수 있었는데 시작품의 경우 대부분 '이별곡(離別曲)', '춘별곡(春別曲)', '고별곡(古別曲)', '억별곡(憶別曲)' 등과 같이 이별의 의미로 사용된 제명만이 보이고, 내용 중에 '별곡'이라는 어휘가 들어간 악서나 잡문을 보아도 대개가 이별곡이라는 의미로 쓰였다. 적어도 중국 문헌에는 '이별의 노래'라는 의미 이외의 뜻으로 '별곡'을 제명으로 쓴 예는 발견되지 않았다.

우리 문헌에서도 '이별곡'의 의미로 '별곡'이 사용된 예[14]가 많이 발견되는데 대부분 한시의 제명[15]이나 시구 등에서 나타난다. 중국의

---

12) 『退溪先生文集』別集 卷1, 〈順興途中醉歸〉.

13) 『退溪先生文集』攷證 卷8 別集 詩, 〈順興道中醉歸〉.

14) 오도일, 『西坡集』, 卷2, 152_024b. 辛酉 又以守禦從事 點兵于關東 與完山通判夜飮 通判見余煙花之情冷淡 戲使一妓向我唱別曲 余亦戲吟 紅燭淸樽夜未央 一筵絲竹擁華堂 佳人莫唱江南曲 天末分携易斷腸.

경우와는 다르게 '별곡'이 이별곡이 아닌 다른 뜻으로 쓰인 예는 이승휴의 『제왕운기(帝王韻紀)』와 익재 이제현이 급암 민사평과 소악부(小樂府)에 대해 언급한 대목에서 찾을 수 있다.

① 朝野肅穆無欺弊(조야숙목무기폐)
士女熙熙分別行(사녀희희분별행)
行不賚門不閉(행불뢰문불폐)
花鳥月夕攜手遊(화조월석휴수유)
別曲歌詞隨意製(별곡가사수의제)[16)]

조야가 공경하니 속임질 전혀 없고,
남녀는 화락(和樂)하여 좌우로 길 나누며
양식 없이 여행하고, 문 닫는 법 전혀 없다.
화조월석(花鳥月夕) 좋은 시절 손잡고 놀고 놀아
별곡가사(別曲歌詞) 노래들을 마음대로 지어 읊다.

② 어제 곽충룡을 만나보았는데 그의 말이, ㈀급암(及菴)이 소악부(小樂府)에 화답을 하려고 하였으나 같은 일에 말이 겹치기 때문에 하지 않았다고 한다. 나는 그에 대해서, ㈁유빈객(劉賓客)이 지은 죽지가(竹枝歌)는 기주와 삼협 지역의 남녀들이 서로 즐기는 사연이고 소동파는 이비(二妃)·굴원(屈原)·초회왕(楚懷王)·항우(項羽)의 일을 엮어서 장가(長歌)를 지었는데 옛사람의 것을 답습한 것이었던가? ㈂급암만은 별곡(別曲)으

15) 한 가지 예를 들면 다음과 같다.
유몽인, 『於于集』 卷1, 〈朝天別曲 奉呈西伯韓益之浚謙〉, 霜臺傳譜翰林通 關判東西別曲同 無復柁樓歌渡海 誰將廣樂重朝宗 純忠奉上當明世 盛事光前仗我公 賡載鹿鳴吾不讓 新聲須使繼王風, 063_316b.

16) 李承休, 『帝王韻紀』, 新羅條. 번역은 이규보·이승휴 저 박두포 역, 『東明王篇·帝王韻紀』(을유문고 160, 을유문화사, 1974) 참조.

> 로써 마음에 느낀 바를 취하여 새로운 가사(歌詞)를 짓는 것이 옳을 것이다.' 하고 ㉣두 편을 지어 도발(挑發)한다.[17]

『제왕운기』는 외침이 잦았던 이승휴 당대에 우리 민족의 독자성을 주장하기 위한 사서(史書)이며 동시에 대중에게 널리 읽히기 위한 영사시(詠史詩)[18]라는 점에서 의의가 있다. 특히 고려의 계보를 고구려와 연계시킴으로써 정치적으로 중국의 압박 하에 있었던 당대를 역사적 고증을 통해 극복하려는 의도를 가진 것으로 생각된다. ①에서 '별곡가사'는 신라의 남녀들이 마음대로 지어 읊는 노래, 즉 민요에 가까운 것으로 생각된다. 마음대로 짓는다는 점에서 복잡한 형식이 없다는 것을 알 수 있고, 보통의 남녀가 짓는다는 점에서 민요적인 성격을 찾을 수 있다. 위 대목은 신라 혁거세왕 시대의 모습을 노래한 것인데 중국의 영향을 덜 받았던 신라의 지리적 위치를 생각하면 별곡가사는 신라의 독자적 노래라고 볼 수 있다.

①은 신라에 관한 기록이기는 하지만 기록한 시대가 고려 중기라는 점이 중요하다. 이승휴가 '별곡'을 민요로 생각하고 있었고 그 저서가 민족적 자존심이 훼손되는 시기의 고려인들을 대상으로 한다는 면에서 '별곡가사'라는 말은 당시 고려인에게 통용되는 용어이어야 하며 동시에 사대의식과는 유다른 민족의식을 반영한 용어이어야 하기 때문이다. 따라서 '별곡가사(別曲歌詞)'의 '곡(曲)'의 의미는 중국의 곡(曲)

17) 『익재집』, 「益齋亂稿」 卷4, 002_537a. 昨見郭翀龍 言及菴欲和小樂府 以其事一而語重 故未也 僕謂劉賓客作竹枝歌 皆夔峽間男女相悅之辭 東坡則用二妃, 屈子, 懷王, 項羽事 綴爲長歌 夫豈襲前人乎 及菴取別曲之感於意者 翻爲新詞可也 作二篇挑之.

18) 陳寧寧, 「帝王韻紀研究」(『韓國語文學研究』 Vol.9, 1969) 참고.

즉, 중국식 시가를 의미하는 것으로 해석할 수 없다. 만약 곡(曲)이 중국 시가를 의미한다면 '별곡'의 함의에서 우리의 독특한 궁중악곡이 배제되거나, 적어도 중국 시가에 못 미치는 변방의 노래 정도의 의미를 구성한다고밖에 달리 말할 수가 없다. 이런 이유로 『제왕운기』의 '별곡가사'는 지금의 사전류에 나타난 '별곡'의 의미처럼 '중국의 한문시가에 대하여 운(韻)이나 조(調)가 없이 된 것'이라 정의할 수 없다. '중국의 시가에 대한 대칭어'라는 논리는 고려의 문헌 기록으로 볼 때 타당한 것이 될 수 없다. 다시 말해 고려대에 쓰인 '별곡'이라는 표현은 중국시가에 대한 별칭이 아니라 순수한 우리 노래, 즉 '민요'로서의 뜻이 강하였을 것이라 추측할 수 있다.

한편, ②에서 '별곡'의 함의를 밝혀야 할 대목은 "及菴取別曲之感於意者 翻爲新詞可也"이다. 이 부분은 소악부를 어떻게 지어야 할지 어려워하는 급암((ㄱ))에게 창작의 동기를 부여((ㄴ))하고 소악부 창작의 원리((ㄷ))까지 밝히며 그 예로 새로 두 편의 노래를 지어((ㄹ)) 보인다는 점에서 매우 시사하는 바가 크다. 특히 '별곡'이 다름 아닌 민요와 관련된다는 점을 주목해 보아야 한다. 예로 든 두 편의 노래가 제주도의 민요를 한역한 것이라는 점이나, (ㄴ)에서처럼 이미 널리 퍼져 있는 일(또는 관련된 노래)을 새롭게 재구성한 것을 창작 원리로 내세우고 있는 점을 통해 볼 때 인용문에서의 '별곡'은 바로 민요를 가리키는 말이라고 해석해도 좋을 것이다.

익재가 민요를 '별곡'이라고 명명하였다면 이 때의 별곡의 의미는 무엇일까? 상층 문인들 사이에서 즐기는 정격의 곡이 아니라 서민들 사이에서 유동적 가락을 지닌 민요를 '별곡'이라고 표현했을 가능성이 있다. ①의 자료에서 본 바와 같이 '별곡가사'가 민요적인 의미로 쓰였을 것이라는 점도 익재의 '별곡'의식이 결국 민요적 인식과 연계되어야 하는 것으로 판단할 수 있을 것이다.

하지만 고려말에 〈한림별곡〉, 〈관동별곡〉, 〈죽계별곡〉이 존재했던 상황을 놓고 볼 때, '별곡'이 곧 '민요'라는 식의 해석은 곤란하다. 〈한림별곡〉은 궁중에서 창작된 것은 아니지만, 실제로는 궁중을 중심으로 연행되었고 위의 노래들이 모두 민요적 성격과는 거리가 멀기 때문이다. 고려시기에 지어진 경기체가 작품들에 한정해 추론해 볼 때 '별곡'의 의미는 공식적인 자리에서 쓰이는 정격 궁중악이 아닌 사대부들의 사적 향유[19]의 노래를 통칭하는 것으로 보는 것이 좋겠다.

조선조에 이르면서 〈한림별곡〉이 사적 향유에서 공적 향유로의 변이를 겪게 된다. 국왕이 직접 〈한림별곡〉의 향유를 지시하며[20] 궁중에서의 향유가 공식화되게 된다. 고려 궁중악의 개편과 관련하여 여말선초의 상황을 정확히 재구할 수 없기 때문에 이는 어디까지나 추론일 뿐이다.

2) 장르적 개념으로서의 '별곡'

'별곡'이 장르적 개념으로 분류된 경우는 교취당(交翠堂) 이현(李俔)의 〈백상루별곡(百祥樓別曲)〉을 들 수 있다. 『교취당집(交翠堂集)』에서는 〈백상루별곡〉을 '별곡'이라는 항목에 두어[21] 이 작품을 '별곡'이라

---

19) 〈한림별곡〉의 향유와 관련하여 고려시대의 기록이 전혀 남아 있지 않기 때문에 고려의 궁중에서 〈한림별곡〉이 사용되었는지에 관한 정확한 고증은 불가능하다.

20) 『태종실록』, 증보판 CD-ROM 국역 조선왕조실록 제1집, 서울시스템 한국학데이타베이스연구소. 이하 조선왕조실록 기사들은 여기서 인용함. 卷26 13年 7月 18日(乙未). "너희들은 한림별곡(翰林別曲)을 창(唱)하면서 즐기라."

는 문학적 형식으로 인식했음을 알 수 있다. 그렇지만 문집이 간행된 것은 이현의 10대손 이관수(李寬秀) 등이 선조의 유고가 간행되지 못하고 유실될 것을 염려하여 유기일(柳基一) 등에게 교정을 받아 1925년에 간행된 점을 고려하면, 이때의 별곡이라는 항목은 20세기 초의 장르 의식을 반영한 것이라 하겠다. 적어도 20세기 초에는 별곡을 하나의 장르적 개념으로 받아들인 것인데 그 이전 시대에는 장르적 개념의 별곡을 발견하기가 쉽지 않다.

정극인, 이수광은 장가(長歌)라는 표현으로 경기체가를 지칭하였는데 정극인의 경우[22] 제명 자체에 별곡이라는 표현을 쓰지 않았고(〈불우헌곡(不憂軒曲)〉), 이수광[23]은 경기체가와 다른 양식의 노래를 모두 장가라고 묶었는데 '긴 노래'라는 단순한 의미를 넘어서지 못하고 있어 장가 역시 별곡을 대체할 만한 장르적 개념은 아니었다고 해야 하겠다.

이황은 별곡이라는 용어를 독립시키지 않고 '한림별곡지류(翰林別曲之類)'라는 말로 경기체가 전체를 지칭한 예가 있다.

> 저 '한림별곡'과 같은 류는 문인의 구기에서 나왔지만 긍호와 방탕에다 설만과 희압을 겸하여 더욱이 군자로서 숭상할 바 못 되고, 다만 근세에 이별이 지은 '육가'란 것이 있어서 세상에 많이들 전한다. 오히려 저것(육가)이 이것(한림별곡)보다 나을 듯하나, 역시 그 중에는 완세불공의 뜻이 있고 온유돈후의 실이 적은 것이 애석한 일이다.[24] (괄호는 인용자)

21) 李俔『交翠堂集』卷4 참조.

22) 謹作**長歌**六章短歌二章 或與朋友歌詠 或夜歌且舞 頌禱之勤 殆無虛日.

23) **長歌**則感君恩 翰林**別曲** 漁父詞最久.

24) 〈陶山十二曲跋〉, 如<u>翰林別曲之類</u> 出於文人之口 而矜豪放蕩 兼以褻慢戱狎 尤非君子所宜尙 惟近世有李鼈六歌者 世所盛傳 猶爲彼善於此 亦惜乎其有玩世不恭之

이황이 '한림별곡과 같은 류'라고 칭한 것들은 경기체가 장르에 한정하는 것 같다. 이황이 〈도산십이곡발〉을 쓸 당시(1563)에는 가사 〈관동별곡〉은 아직 창작되지 않았고 가사 문학이 본격적으로 발달하지 않았지만 이황 자신이 〈도덕가(道德歌)〉·〈금보가(琴譜歌)〉·〈상저가(相杵歌)〉 등의 가사를 창작하였고 정철의 〈성산별곡〉(1560), 백광홍의 〈관서별곡〉(1555), 허강의 〈서호별곡〉 등 동시대의 여러 문인들에 의해 가사문학이 향유되던 시기임을 감안하면, 당대 사대부 사이에 호응을 얻어 불리던 가사문학과 분명한 구분을 위해 '한림별곡지류'라고 지칭하였던 것이다. 또한 이별(李鼈)의 육가(六歌)와도 구별하고 있어 어느 정도의 장르의식을 가지고 지칭한 예라 하겠으나 이후 문인들에 의해 장르 명칭으로 본격적으로 사용되지 못했다는 점에서 한계를 가진다.

유몽인(柳夢寅:1559~1623)의 〈조천별곡 봉정서백한익지준겸(朝天別曲奉呈西伯韓益之浚謙)〉에 보면 〈한림별곡〉과 〈상대별곡〉을 묶어서 '별곡'이라 칭한 예가 있다.

霜臺傳譜翰林通(상대전보한림통)
關判東西別曲同(관판동서별곡동)
無復柁樓歌渡海(무부타루가도해)
誰將廣樂重朝宗(수장광악중조종)
純忠奉上當明世(순충봉상당명세)
盛事光前仗我公(성사광전장아공)
賡載鹿鳴吾不讓(갱재록명오불양)
新聲須使繼王風(신성수사계왕풍)

意 而少溫柔敦厚之實也.

〈상대별곡〉의 전하는 악보는 〈한림별곡〉과 통하고
관문의 동서는 나뉘었으나 별곡은 같다.
다시 타루는 없어도 노래는 바다를 건널 것이니
누가 장차 성대한 음악으로 조종을 두텁게 하겠는가?
오로지 충심으로 위를 받들어 밝은 세상을 맞으니
성대한 일 앞을 빛냄은 우리 공의 힘이로세.
〈녹명〉에 화답하는 것도 나는 사양하지 않겠으나
새로운 곡조로 모름지기 왕풍을 잇고자.[25)]

단지 두 작품만을 거론한 것이기 때문에 이를 장르명으로 쓴 것이라 추단할 수는 없지만 '별곡'이라는 명칭이 외따로 쓰였다는 점은 주목을 요한다. '○○별곡'이 '○○곡', '○○가', '○○송', '○○이별가', '별○○' 등 제명의 혼용 속에서 무작위적 제명으로 나타난 것이 아니라 '별곡'에 대한 인식을 바탕으로 전승되었음을 추측할 수 있다. 다만 그것이 장르적 의미까지 아우르고 있는지는 위 자료만으로는 알기 어렵다.

별곡이 장르적 개념으로 쓰이기까지는 상당한 시간이 필요하였으며 그만큼 여러 방면에서 사용된 별곡의 의미가 하나의 개념으로 묶이기까지는 혼란이 있었던 것으로 보인다.

3) 악곡 또는 기법으로서의 '별곡'

『금보신증가령(琴譜新證假令)』「현금동문유기(玄琴東文類記)」[26)] 〈고금

---

25) 『於于集』 卷1, 063_316b ; 번역은 최재남, 『서정시가의 인식과 미학』(보고사, 2003) 참고.

26) 「현금동문류기」는 1620년에 편찬되었지만, 수록내용은 합자보의 형태에 따라 한글

금보견문록(古今琴譜聞見錄)〉에는 『안상금보(安瑺琴譜)』 등의 악보에 보이는 거문고 곡조의 여러 기술적인 면들을 기록하고 악보를 소개하고 있다. 여기에는 '별곡'이라는 제명 하에 〈여민락〉, 〈영산회상〉, 〈보허사〉, 〈한림별곡〉, 〈감군은〉의 곡조명이 하나로 묶여있다.[27] 이 악보에서의 '별곡'의 의미를 따지기 위해 어떻게 '별곡'이라는 항목으로 각기 성격이 다른 작품들이 묶일 수 있는지 알아보아야 하겠다.

조선 후기에 당악이 향악화되면서 송사(宋詞)였던 〈보허자〉와 중국 고취악계통 음악이었던 〈여민락〉이 기악곡화 되었으며, 특히 향악화된 〈보허자〉의 변주곡이 조선후기에 많이 파생되었고, 〈보허자〉에서 파생된 미환입·세환입·양청환입·우족락환입 등은 정악인 〈영산회상〉의 악곡들과 함께 연주됨으로써 '별곡'이란 정악의 새로운 연주형태를 만들었다.[28] 이처럼 '별곡'이란 명칭은 도드리방식과 관련한 연주방법[29]을 나타내는 말로 쓰이기도 하였다. 하지만 국악에서 '별곡'이라는 용어는 좀 더 다양한 의미로 쓰이고 있어서 어떤 하나의 개념으로 확정짓기에는 무리가 따른다. 『국악대사전』에는 다음과 같이 '별곡'을 정의하고 있다.

> 曲名 영산회상(靈山會相)을 상영산(上靈山)부터 군악(軍樂)까지 순서에 따라 연주하지 않고 영산회상에 도들이와 계면가락도들이 등을 곁들

의 반포 년대(1443)와 악학궤범 편찬년대(1493) 사이의 것으로 추정된다. 김우진, 『거문고 구음의 변천과 기능에 관한 연구』(『관재 성경린 선생 팔순기념 국악학논총』, 1992), pp.106~107.

27) 『玄琴東文類記』 〈古今琴譜聞見錄〉에 보임.

28) 宋芳松, 『韓國音樂通史』(一潮閣, 1995), p.490.

29) 張師勛, 『國樂論考』(서울大學校出版部, 1993), p.168. 참조.

> 여 연주하는 곡. 정상지곡(呈祥之曲) 또는 천년만세(千年萬歲)라고도 하며, 다음과 같이 여러 가지 편법에 의하여 연주된다. (1) 영산회상의 상영산부터 시작하여 중영산(中靈山)·세영산(細靈山)·가락덜이까지 연주하고 삼현도들이 4장 끝 장단에서 거문고가 남려(南呂)로 〈살깽 살깽 살깽〉하고, 세 번(6박) 탐으로써 곧 도들이 초장으로 넘어가고, 도들이 7장 끝에서 다시 계면조의 가락으로 변조시키고 삼현도들이 4장으로 넘어간 다음, 하현도들이·염불도들이·타령·군악까지 마치고, 이어서 계면가락도들이·양청도들이·우조가락도들이까지 연주하는 법. (2)(1)의 순서에서 계면가락도들이·양청도들이·우조가락도들이를 빼고, 군악에서 끝마치는 방법. (3) 도들이로부터 시작하여 그 7장 끝에서 계면조의 가락으로 변조하여 영산회상 5째 곡인 삼현도들이 4장으로 넘어간 다음, 계속하여 군악까지 끝마치고, 다시 계면가락도들이·양청도들이·우조가락도들이까지 연주하는 방법. (4)(3)의 순서에서 계면가락도들이·양청도들이·우조가락도들이를 빼고, 도들이에서 시작하여 그 7장에서 계면조가락으로 변조하여 삼현도들이 4장으로 넘어간 다음, 하현도들이 이하 군악까지 연주하고 끝마치는 방법. 이와 같이 거문고 회상의 구성을 여러 가지로 달리 하여 연주하는 까닭으로 영산회상에 대하여 별곡(別曲), 즉 딴 구성에 의한 곡이라는 뜻에서 붙여진 이름임.[30]

한편, '별곡타령'이라는 곡명도 전하고 있어 국악계에서도 '별곡'은 여러 층위의 의미망을 가지고 있다. 지영희가 계승한 민간풍류 음악 중에 모음형식과 악곡명에서 국립국악원 전승 영산회상계통과 취타계통인 만파정식지곡과 비슷한 민간풍류영산회상계통과 취타풍류 한바탕이라는 곡이 전하는데 민간풍류영산회상의 악곡구성을 살펴보면 대영산–중령산–잦영산–삼현도드리–염불도드리–삼현타령–별곡타

30) 장사훈, 〈국악개요〉(『국악대사전』, 세광음악출판사, 1961), p.74.

령 7곡으로 구성되어 있고, 취타풍류 한바탕의 악곡구성은 취타-길군악-길타령-삼현타령-염불타령-별곡타령 등 6곡으로 구성되어 있다.[31] 별곡타령은 영산회상계통 모음곡의 한 부분으로 군악과 유사한 선율을 가지고 있어 군악계통의 음악으로 추측되고 있다.[32]

이규경은 『오주연문장전산고』에서 효종 때 2차에 걸친 라선정벌을 자세하게 소개하고 있는데, 그 가운데 별곡 관련 기사가 발견된다.

> 시황이 …(중략)… 전포를 벗고 북을 치며 일어나 배 안에서 춤을 추며 승전곡을 연주한 것이다. 원수가 크게 기뻐하여 아선으로 올라와 꿀과자를 내놓으며 노래 듣기를 청하니, 시황이 장가 만조로써 일어나 춤을 추었다. 여러 나라 장수들이 함께 말하기를 "이 음악은 우리가 즐기는 것이 아니니, 청컨대 다른 음악을 연주해 주시오" 하였다. 시황이 〈보허사〉로써 별곡으로 바꾸자 청인과 한인들이 넓적다리를 치며 비통해하지 않을 수 없어 또한 일어나 춤을 추게 되었다.[33]

배시황이 원수의 요청에 의해 처음에 부른 노래는 아마도 우리의 가락을 지닌 노래(長歌)였을 것이다. 청인들이 노래를 청해 듣고자 했을 때 배시황은 조선의 노래를 듣고자 하는 것으로 생각했을 것이나, 정작 노래를 들려주자 청인들이 이해하지 못했다. 따라서 그들이 이

31) 김종찬, 「국립국악원 전승 '군악'과 지영희가 계승한 "취타풍류 한바탕"의 '별곡타령' 비교고찰」(중앙대학교 교육대학원 석사논문, 2002).

32) 위 논문 참조.

33) 「是愰」…(중략)… 解戰袍擊鼓 起舞船中 奏勝戰之曲 元帥大喜 移上我船 饋以油蜜果 請聞歌 「是愰」以長歌慢調起舞 諸國將士皆曰 此樂非吾所樂 請奏他樂 「是愰」以步虛詞化別曲 淸、漢人莫不擊股悲踴 亦爲起舞(『五洲衍文長箋散稿』 「羅禪辨證說」).

해할 수 있는 곡조인 詞(보허사)를 연주했다고 보아야 하겠다. 보허사를 연주한 것은 그것이 당악(宋詞)이기 때문에[34] 청인과 한인들이 이해할 수 있는 음악이었기 때문이다.

고소설 〈배시황전〉으로 송신용(宋申用) 사본인 〈비시황젼〉과 윗부분을 비교해보면 '보허자', '별곡'이라는 용어 대신 '여민락'이라 했고, 내용도 다소 과장되고 허황된 면이 있음을 알 수 있다.

> 시황이 젼포을 벗고 이러나 츔츄어 승젼곡을 노릭ᄒᆞ고, 니어셔 여민낙주ᄒᆞ니, 청한인이 무릅흘 두다려 들르ᄆᆡ, 태평안락 음악에 곡졀 몰루건마는, 다만 흠션ᄒᆞ여 져의 신세 셜윗썬지 모도 타루ᄒᆞ다가, 쏘한 다 이러나 츔추니,원부수 셔로 도라보아 가로ᄃᆡ(후략)

〈비시황젼〉에서는 『오주연문장전산고』와 다르게 〈보허사〉 대신 〈여민락(與民樂)〉으로 곡목을 바꾸었다. 그런데 〈여민락〉을 '별곡'이라 칭한 기록이 있어 주목할 만한다.

> 與民樂(여민락) 乃御前別曲(내어전별곡) [35]

위의 배시황과 관련한 상기의 두 기록에 나타나는 〈보허사〉와 〈여민락〉은 결국은 '별곡'이라는 점에서 공통점을 가진다. 또한 〈여민락〉

---

34) 엄밀하게 말해 보허자가 향악화한 것. 선조 이후에 보허사는 기악곡으로만 전승함.

35) "玄石 郡人也 善擊腰鼓 少以樂工 屢入內宴 老歸鄕里 年今七十有三歲 白頭伶叟病還鄕 自說先朝入上陽 一曲昇平與民樂 錦溪花落月蒼蒼 與民樂 乃御前別曲 十年南北五銅魚 羯鼓春風淚濕裾 不及梨園老弟子 少時曾得侍鑾輿"李安訥, 『東岳集』 권10 錦溪錄 〈戲示任玄石絶句二首〉, 『韓國文集叢刊』, 民族文化推進會, 078_149a.

은 『현금동문유기』에서도 별곡으로 묶여 전하는 바, 위의 기록들은 모두 음악적 관점에서 '별곡'을 논한 것이다. 한편으로 이규경이나 〈비시황젼〉의 저자가 승전을 자축하는 연희를 벌이는 대목을 묘사할 때 각각 〈여민락〉과 〈보허자〉로 달리 표현한 것은 서술의 초점이 곡명에 있지 않고 곡명을 아우르는 음악적 장르명(별곡)에 초점이 있었다는 점을 알 수 있다. 결국 『오주연문장전산고』, 〈비시황젼〉의 별곡 관련 대목에 나타나는 음악의식은 당시 궁중악을 전제로 하고 있으며, 이때의 '별곡'은 악곡이나 음악적 기법을 말하는 것이라고 할 수 있겠다.

4) 사대부 창작, 민간 유행의 노래 '별곡'

앞 절에서 살핀 바대로, '별곡'에 대한 국악계의 견해를 종합해 보면 대체로 궁중악과 관련한 상층의 예술로 이해하고 있는 듯하다. 하지만 조선 중기에는 '별곡'이라는 용어가 사대부들에 의해 지방에까지 널리 파급되었다. 이와 관련하여 신광한(申光漢)의 한시를 보이면 다음과 같다.

① 村號老人那不軾(촌호로인나부식)
里名貧士愛玆來(리명빈사애자래)
南陽耆舊龐公最(남양기구방공최)
西漢文章楊子才(서한문장양자재)
亭宇已空雲物改(정우이공운물개)
酒旗何處杏花開(주기하처행화개)
樵兒未解風流遠(초아미해풍류원)
猶唱蛇山別曲廻(유창사산별곡회)

마을 이름은 노인들도 도무지 알지 못하나,
동리 이름 빈사리(貧士里)를 사랑해 왔노라.
남양 땅 노인으론 방공이 최고고,
서한의 문장은 양자 재주 으뜸이지.
亭宇 이미 비었고 경치도 바뀌었는데,
살구 활짝 핀 주막은 어드멘고.
나무하는 아이들은 멀어져 간 풍류를 알지 못하고
오히려 사산별곡을 부르며 돌아오도다.

蛇山別曲(사산별곡) 安亭居士所撰也(안정거사소찬야) 稷人至今猶歌之(직인지금유가지)

사산별곡은 안정거사가 찬한 것이다. 직인들이 지금까지도 부른다.[36]

② 무릇 문장을 짓는데 민첩하여 글씨와 그림, 쌍육과 바둑, 의학지식 및 잡기에 이르러서는 또한 그 기묘함을 이루었다. 더욱 시사(詩詞)에 재주가 있어 일찍이 호남의 여러 고을의 이름으로써 별곡 10장을 지었으니 그 뜻이 매우 깊고 말이 아름다웠다. 남쪽 지방에서는 지금도 전해져 읊어지고 있다.[37]

①에서는 〈사산별곡〉이 초동들에 의해 불린다고 하여 별곡은 계층적으로도 상하계층이 공히 부르는 노래를 지칭하는 말로 쓰였다. ②에서는 여원군(礪原君) 송연손(宋演孫)을 기리면서 그가 호남의 여러 고을을

36) 申光漢, 『企齋集』 別集 卷三, 〈題安亭〉, 『韓國文集叢刊』, 022_423b. 〈사산별곡〉은 이름만 전해져 내려오며 내용은 알 수 없다. 다만 안정이 은거했던 직산에서 초동들에 의해 불려졌다는 점에서 민요적인 성격이 강했을 것으로 추측된다.

37) 申光漢, 『企齋集』, 〈贈吏曹判書礪原君宋公神道碑銘〉, 『韓國文集叢刊』, 022_510b. "(전략)… 凡爲文章捷敏 至書畫博奕醫方雜技 亦臻其妙 尤工於詩詞 嘗以湖南列邑之名 著別曲十章 極盡巧麗 南方至今傳誦之 …(後略)"

노래한 별곡을 지었다고 했으니 아마도 '읍지가(邑誌歌)' 형태의 노래라고 생각된다. 여기에서도 '별곡'이란 말이 사용되는데 이처럼 조선 중기에 이르면 전계층에 걸쳐 두루 사용되는 용어로 자리잡게 된다. 이런 양상은 17,18세기에도 계속 이어진다.

오도일(吳道一)의 『서파집(西坡集)』에는 현전하지 않는 〈선사별곡(僊槎別曲)〉이라는 작품명이 보이는데 이와 관련한 기록을 보이면 다음과 같다.

① 松陰月影政婆娑(송음월영정파사)
穩泛蘭舟泝碧波(온범란주소벽파)
一曲僊槎新樂府(일곡선사신악부)
何如蘇老玉樓歌(하여소로옥루가)

소나무와 달 그림자는 정녕 너울너울 춤추는 양 비추이고
고요히 떠가는 아름다운 배는 푸른 물결 거슬러 올라가네
〈선사별곡〉 한 곡조는 새로 만든 악부인데
어찌하여 늙은 노인 〈옥루가〉를 부르는가

新製僊槎別曲(신제선사별곡) 使妓隊歌之(사기대가지) 僊槎卽縣號(선사즉현호)[38]

새로 〈선사별곡〉을 지어 기녀들에게 부르게 하다. '선사'는 현의 이름이다.

② 공의 나이 40세에 울진에 있었는데(이때 함벽정과 태고헌을 지음), 마을의 평소 이름을 따서 또한 〈선사별곡〉을 지었으니[39], 거국연군의 뜻

38) 吳道一, 『西坡集』 卷3 詩○東遷錄 癸亥夏 從亞諫出補蔚珍縣 丙寅春 召還《東遷錄》〈舟中口占〉, 152_040b.

을 부친 것이다. 지금 〈관동악부〉에 전해진다.[40]

③ 선사에 한번 척배되고 다시 관동으로 옮겨지니 그 임금을 사랑하고 나라를 걱정하는 정성의 지극함이 노래를 지어 부르는 중에 발함과 같았다. 마음을 밝게 하고 옷단을 바르게 하여 오랑캐의 험함으로써 조금이라도 꺾어 억누르지 못하게 하였은즉, 어찌 평생에 수립한 뜻이 아니리요.[41]

①은 작가가 39세 되던 숙종 9년(1683) 계해년 때의 일이다. 이 해 윤6월 오도일은 사간이 되어 상소하여 송시열(宋時烈)의 태조대왕 취호가상(徽號加上) 논의를 반대한 박태유(朴泰維)를 옹호하다가 곧 우의정 김석주(金錫胄)의 논척을 받고 울진 현령으로 나가게 된다. 그곳에서 〈선사별곡〉을 지었는데 ②에는 악부에 전해진다고 하여 당시에 유행되었던 노래임을 암시하고 있고, 또한 주제가 거국연군이라 밝히고 있어 ③에서의 '애군우국'이라는 말과 일치하는 것으로 나타난다.

위의 기록을 통해 볼 때 '별곡'은 악부에 오르는 '노래'라는 의미로 사용되었음을 알 수 있다. 노래의 형태는 악부에 올렸다는 기록으로 보아 〈서호별곡〉처럼 악곡을 동반한 것이라 추정되고, '편장가영(篇章歌詠)'되었다는 것도 이런 추정을 뒷받침해 준다.

---

39) 숙종 10년, 작가 40세 때, 〈僊槎志〉와 〈僊槎別曲〉을 지음.

40) 吳道一, 『西坡集』〈年譜〉, 152_549a. "公四十歲 在蔚珍 (枡涵碧亭太古軒) 邑素號又製僊槎別曲 以抒去國戀君之思 至今播在關東樂府."

41) 吳道一, 『西坡集』卷30 附錄 〈祭文〉(鄭寅賓), 韓國文集叢刊, 民族文化推進會 편, 152_592c. "屹然千仞壁立於頹波之中 惟以抑邪扶正爲己責焉 相與上下論議者 儘是一代之擧 擧而雖以鷗浦之剛方 廣陵之伉直 凡有議 必先就質於公而後行之 其見重於士友如此 而由是睢盱側目者 滋益甚焉 <u>一斥於僊槎 再遷於關東 而若其愛君憂國之誠 至發於篇章歌詠之間</u> 而曠懷坦襟 不以夷險小挫抑焉 則豈非平生樹立."

한편 작가가 51세 되던 숙종21년(1695) 을해년 3월에는 금강산을 유람하는 도중 다시 울진을 방문하게 되는데, 아래 자료를 통해 볼 때 그가 지었던 〈선사별곡〉이 지속적으로 향유되고 있음을 알 수 있다.

④ 僊槎(선사) 卽余桐鄕(즉여동향) 涵碧亭(함벽정) 亦余所刱建(역여소창건) 而于今十有餘年(이우금십유여년) 按節重臨(안절중림) 實夢寐之所不到也(실몽매지소불도야) 憑欄撫迹(빙란무적) 感吟述懷(감음술회)

'선사'는 곧 나의 동향이고 '함벽정' 역시 내가 세운 건물로서 지금까지 십 여 년이 지났는데 안찰절도사로 다시 부임하니 실로 꿈에도 생각지 못한 것이다. 난간에 의지하여 흔적을 어루만지며 느낀 바를 읊으며 옛정을 서술한다.

此閣吾曾刱(차각오증창)
重遊夢豈營(중유몽기영)
相迎沙鳥白(상영사조백)
無恙海山青(무양해산청)
宦迹雲泥異(환적운니이)
人生鬢髮明(인생빈발명)
僊槎留一曲(선사류일곡)
宛似昔年聽(완사석년청)

이 누각 일찍이 내가 지은 것인데
다시 와서 노닐 줄 꿈에나 바랐겠는가?
서로 반가운 양 새들은 모래밭을 하얗게 덮고
근심없는 바다와 산은 푸르기만 하네
환로와 운니(자연)가 어긋나는 것
백발 인생이 되어서야 분명해지네
선사에는 노래 한 가락 그대로 남아 있어
그 옛날 듣던 것인양 완연하기만 하네[42]

⑤ 夢寐何曾此會期(몽매하증차회기)
相看歡極復如癡(상간환극부여치)
綺羅擁座多新面(기라옹좌다신면)
父老登筵半白髭(부로등연반백자)
千里離懷斜日後(천리리회사일후)
一年春事落花時(일년춘사락화시)
僊槎舊曲臨岐唱(선사구곡림기창)
解使歸驂發故遲(해사귀참발고지)

꿈에라도 어찌 이 만남을 기약할 수 있으리
서로 바라보고 좋아하기를 바보같이 되풀이하네
비단치마 벌여 않은 자리엔 새로운 얼굴도 많건만
대자리에 앉으신 어른들 수염이 희끗희끗
천리 이별한 정, 저녁 노을 진 후에 더하고
한 해 봄의 일은, 꽃이 떨어진 때에나 알게 마련이지
선사의 옛 가락, 갈림길에 이르러 부르는데
돌아가는 참마를 풀어 출발을 더디게 하고 싶네.[43)]

④와 ⑤에서는 〈선사별곡〉이 울진 지방에서 지속적으로 향유되었음을 알 수 있다. 이 또한 ①에서처럼 이 노래에 대한 창작 및 연행 상황이 문집에 기록으로 남아 있음에도 불구하고 실제 작품이 실려 있지 않은 것은 우리말 노래로 되었기 때문일 것이다.

이처럼 별곡은 사대부층이 부르는 노래로 창작되어 지역, 정자를 중심으로 향유되었던 '우리말 노래'의 개념으로 통칭되었음을 알 수 있다. 이러한 우리말 노래 개념은 여말의 익재 이제현이 별곡을 민요

42) 吳道一, 『西坡集』 卷6《關東錄》, 152_116a.
43) 吳道一, 『西坡集』 卷6《關東錄》〈太古軒與鄉之諸父老會飮敍別〉, 152_116a.

의 의미로 쓴 것과 맥락이 닿는다고 할 수 있겠다.

또한 김홍욱(金弘郁)의 『학주전집(鶴洲全集)』의 칠언절구에도 민요적 의미의 별곡이 사용된 것을 알 수 있다.

> 秋來禾黍匝平原(추래화서잡평원)
> 壟上村歌日夕喧(롱상촌가일석훤)
> 不是伶園新別曲(불시령원신별곡)
> 聲聲渾似感君恩(성성혼사감군은)
>
> 가을이 되니 벼, 기장이 온 들판에 가득하고
> 밭두렁에서 부르는 민요가락은 해 진 후에도 한창이네
> 이게 바로 영원의 신별곡은 아니더라도
> 되뇌이는 노랫가락 〈감군은〉 비슷하네.
>
> 右麻谷農歌(우마곡농가)[44]

제명에서 '농가(農歌)', 즉 민요라고 하고 있고 2구에도 '촌가(村歌)'라고 해서 이 시에서의 노래는 민요임이 분명한데 작가는 이를 '신별곡(新別曲)'이라고 하고 있다. 물론 이때의 별곡은 농부들의 용어가 아니고 기생들이 부르는 노래로 작가가 자의적으로 붙인 것인데 이를 〈감군은(感君恩)〉과 비슷하다고 해서 앞서 살핀 바와 같은 국악적 의미의 '별곡'의 의미가 중첩되어 있다. 주지하는 바와 같이 〈감군은〉의 내용은 민요적 성격과 거리가 멀기 때문에 작가가 〈감군은〉과 비슷하다고 한 것은 형식적인 면을 말한 것이다. 아마도 작품 속의 민요가

---

44) 金弘郁, 『鶴洲全集』 卷之五, 〈次朴慶州睡隱 弘美丹丘八景韻〉, 韓國文集叢刊, 102_055b.

도드리형식의 노래였기 때문에 반복되는 소리를 표현하기 위해 '성성(聲聲)'이라 표현했고, '별곡'이라는 도드리양식의 모음곡 중의 하나인 〈감군은〉과 비슷하다고 표현하고 있다고 생각된다.

사대부의 민요, 좀 더 넓게는 우리말 노래에 대해 관심을 가지고 그것을 별곡이라는 말로 표현했다는 것은 중국의 시와 유다른 우리 가락의 독자성을 인정한 것이라는 점에서 의의가 있다. 물론 별곡이 민요의 동의어일 수는 없다. 다시 말해 별곡은 민요적인 의미를 내포하고 있지만 민요 그 자체를 말하는 용어는 아니었으며 어디까지나 양반 상층문화가 투영된 어휘였다고 보아야 하겠다. 하지만 우리말 노래를 긍정하고 이를 표현하는 어휘를 만들어 나갔다는 점은 주목해야 한다.

다음은 제명만 전하는 〈완산별곡(完山別曲)〉[45]에 관련한 기사이다.

> ① 전라도 관찰사 이석형(李石亨)이 전주 부윤(全州府尹) 변효문(卞孝文)이 제술한 《완산별곡(完山別曲)》을 바치니, 어서(御書)에 말하기를, "소용이 없다." 하고, 명하여 관습 도감(慣習都監)에 두게 하였는데, 이 곡은 말[辭]이 허황되고 뜻이 비루하여 사람들이 모두 웃었다.[46]

> ② 사은사(謝恩使) 행 상호군(行上護軍) 강순(康純)과 행 대호군(行大護軍) 이석형(李石亨) 등이 명(明)나라로부터 돌아왔는데, 이석형(李石亨)이 말하기를, "중국(中國)은 다만 성곽(城郭)만이 높고 웅장할 뿐이며, 그

---

45) 일반적으로 경기체가로 보는 경향이 있음. 하지만 경기체가라는 주장은 '별곡'이라는 제명을 근거로 추측한 것에 불과함.

46) 『世祖實錄』 卷3, 2年 1月 20日(庚寅). "全羅道 觀察使 李石亨 進 全州 府尹 卞孝文 所製 完山別曲 御書曰 無所用也 命藏于慣習都監 是曲辭荒意鄙 人皆笑之."

나머지 문물(文物)들은 모두 귀중히 여길 것이 없다." 하니, 들은 사람들이 이를 비난하였다.[47]

①에서 이석형(李石亨)이 세조에게 바쳤던 노래는 〈완산별곡〉이라는 노래로 전주부윤 변효문(卞孝文)이 제술했다는 점으로 보아 민요는 아닌 것 같으나, '말(辭)이 허황되고 뜻이 비루하여 사람들이 모두 웃었다'라는 것으로 보아 민요적 요소를 많이 담은 우리말 가사일 것 같다. 전라도 관찰사로 갔던 이석형이 궁중에 소개한 이 노래에 대한 평가는 냉혹했던 것으로 보이는데 이는 이석형의 우리말 노래에 대한 가치평가가 그 시대 사람들과 달랐던 데에 원인이 있다고 생각된다. ②에서 이석형은 중국에 사은사로 다녀온 후 중국의 문화를 비하하는 발언을 해서 비난을 당하는데 이는 이석형이 지닌 우리 문화에 대한 주체적 의식을 반증하는 사례라 생각된다. 중국 것과 우리 것이 크게 다를 것이 없다는 생각은 결국 우리 문화에 대한 주체적 자각과 맞물린다. 이석형의 이러한 의식은 말이 허황되고 뜻이 비루하다고 폄시하는 〈완산별곡〉을 오히려 높이 평가하는 것으로 나타난 것으로 해석할 수 있겠다.

47) 『世祖實錄』 권17, 5년 7月 17日(丙申). "謝恩使行上護軍 康純 行大護軍 李石亨等來自 大明 石亨言 中國 唯城郭高壯而已 其餘文物 皆無足貴 聞者譏之." 이석형은 우리 문화에 대한 자긍심을 바탕으로 중국문화를 비판한 것 같다. 변효문이 지었다는 〈완산별곡〉도 한문체로 된 가사라기보다는 우리말 노래로 된 가사일 것으로 생각된다.

5) '변(變)' 개념의 '별곡'

신흠(申欽)의 『상촌고(象村稿)』에는 다음과 같은 별곡 관련 용어가 보인다.

> 번천(樊川) 두목(杜牧)의 시는 원래 변음(變音)에 속한다. 그러나 그 재지(才智)만큼은 널리 뛰어나 거칠 것 없이 치달리는데 이는 아무나 감당할 수가 없다. 생각건대 그의 사람됨도 필시 그 시와 비슷했으리라 여겨진다. 장편(長篇) 가운데 〈두추랑시(杜秋娘詩)〉나 〈장호호시(張好好詩)〉·〈군재독작(郡齋獨酌)〉 등에 나오는 말들은 그가 창시한 별곡(別曲)이라고 해야 할 것이다.[48]

위 글에서 신흠은 '별곡'을 어떤 의미로 쓴 것인가? 물론 중국 문헌에는 이들 시를 별곡이라고 칭한 예가 없다. 이는 우리나라에서만 쓰는 문학적 용어로 중국시를 평한 것으로 보아야 한다. 일단 신흠이 두목의 시를 '변음(變音)'이라고 한 의미부터 살펴보자. 변음(變音)이란 음악적인 개념으로 청음(淸音)에 대비되는 것인데 그 구체적 의미를 추론하기 위해 신흠 당시에 있었던 악서(樂書)인 『악학궤범(樂學軌範)』 서문을 자료로 예시한다.

> 노래는 말을 길게 하여 음률에 조화시키는 것이며, 춤이란 여덟 방향의 바람을 따라서 그 음절을 맞추는 것이니, 이는 모두 하늘에서 법을 받은 것이요, 사람의 지혜에 의하여 마련된 것이 아니다. 하늘과 땅의

---

48) 신흠, 『象村稿』 권50, 漫稿上 〈晴窓軟談〉, 韓國文集叢刊, 072_330a. "樊川之詩固變音也 然其才橫逸豪俊不可當 意者其人亦必似其詩乎 長篇中杜秋好好郡齋獨酌等語 自是新腔別曲"

> 중화를 얻으면 곧 바르게 되어 그의 본체의 모양을 얻게 되며, 혹 그 중화를 잃으면 곧 사람의 마음이 너무 넘치어 간사에 흘러서 이내 두 가지의 변음(變音)[49]은 그 참됨을 소모하게 되며, 네 가지의 맑은 음[四淸]은 그 근본을 빼앗기게 되어 임금과 백성, 일과 물건의 구별이 문란하여진다. 그러나 소리에 변음과 청음이 있음은 음식이 짜고 싱거운 것이 있는 것과 같아서, 오로지 큰 국과 현주의 맛만을 쓸 수 없고, 다만 바른 소리가 언제나 주가 되어 능히 변음을 견제하여 중화의 기운에 어그러지지 않게 하면 된다.[50]

『악학궤범』에서 변음은 바른 소리의 대위적 개념으로서 견제되어야 할 것으로 보고 있다. 변음은 청음과 함께 쓰여야 할 음악적 요소이지만 중화를 위해서 항상 절제를 받아야 한다. 이러한 개념은 시를 평하는 데에도 그대로 쓰여 시가 저속한 내용을 담고 있거나 사대부의 유교적 세계관을 드러내지 못하고 왜곡하는 것을 비평하는 용어로 쓰인 것 같다. 신흠은 두목(杜牧)의 시가 '바른 소리'를 담지 못한 것이라 논하고 있다. 두목(杜牧)의 『두번천집(杜樊川集)』 서두에 나오는 작품들이 위에서 언급한 〈두추랑시(杜秋娘詩)〉, 〈장호호시(張好好詩)〉, 〈군재독작(郡齋獨酌)〉인데 이는 각각 '두추랑'이라는 여인의 기구한 삶, '장호호'라는 기생의 일생, 그리고 우국의 정서를 우울하게 형상화한 것으로 신흠의 문학관으로 보았을 때 '변음(變音)'이라 할 만한 것이었다.

그런데 이런 작품들을 '별곡'이라고 칭한 것은 무슨 의미일까? 신흠은 별곡을 '변음'이라는 점에서 파악한 것 같다. 이상의 논의에서 본 바와 같이 '별곡'은 음악적 형식의 측면보다는 내용적 측면에서 파악된,

49) 變宮과 變徵를 가리킨다.

50) 『續東文選』 卷16 〈樂學軌範序〉.

다소 복합적이며 용어 사용자마다 개별적 정의가 발생하는 미규정의 관용어였다. 신흠 역시 별곡을 내용적 측면에서 파악했으며 그것을 '정(正)'과 대비되는 '변(變)'의 의미로 쓰고 있다는 점은 주목할 만하다.

이와 같은 '변(變)'의 의미를 이이(李珥)의 글에서도 찾아 볼 수 있다.

> 한번 움직이고 한번 멈추는 것을 '기(氣)라' 하고, 움직이게 하고 멈추게 하는 것을 '이(理)'라고 한다. 무릇 양자 사이에 형상이 있어 혹 오행의 정기(正氣)를 … 혹은 천지의 괴기(乖氣)를 받기도 하고 혹은 음양이 서로 부딪힘에서 생겨나기도 하고 혹은 양기(二氣)의 발산에서 생기기도 한다. 이런 이유로 일월성신이 하늘에서 아름다운 것과 바람, 구름, 우뢰, 번개가 땅에 하강하는 것과 바람과 구름이 일어나고 우레와 번개가 이는 것이 기(氣)가 아님이 없는 것이다. 이런 까닭으로 하늘에서 아름다운 것이고 땅에 하강하는 것이며 풍운이 생기는 까닭이요, 번개와 우레가 생기는 까닭이니 이는 '이(理)'가 아닌 것이 없는 것이다.
>
> 이기(二氣)가 진실로 조화되면 저 하늘에 걸린 것도 절도를 잃지 않으며, 땅에 내리는 것은 반드시 때에 맞추게 되어 바람, 구름, 우뢰, 번개가 모두 화기(和氣) 속에 있을 것이니 이는 이(理)의 상(常)이요, 이기(二氣)가 조화되지 못하면 그 움직여감이 절도를 잃고 그 발하는 것이 때를 잃어서 바람, 구름, 우뢰, 번개가 모두 괴기(乖氣)에서 나오게 되니 이는 이(理)의 변(變)이다.
>
> 그러나 사람이란 천지의 마음이어서 사람의 마음이 바르면 천지의 마음 역시 바르게 되고 사람의 기가 순하면 천지의 기 역시 순해지는 것이다. 그런즉 이(理)의 상(常)과 변(變)을 어찌 한결같이 천도(天道)의 탓으로만 돌려야 되겠는가?[51]

51) 『栗谷先生全書』 卷之十四 雜著一 〈天道策〉. 044_310c, "一動一靜者 氣也 動之靜之者 理也 凡有象於兩間者 或鍾五行之正氣焉 或受天地之乖氣焉 或生於陰陽之相激 或生於二氣之發散 是故 日月星辰之麗乎天 雨雪霜露之降于地 風雲之起 雷

이이는 23세 때 과거 답안으로 〈천도책(天道策)〉을 지었는데 이는 자연 현상 중 변괴에 대한 설명으로서 이(理)의 변(變)은 결국 괴기(乖氣)를 가져오고 이는 자연의 변괴현상을 부른다는 내용으로 되어 있다. 여기에서 '변(變)'은 '정(正)'에 반대항으로 설정되어 있다. '변(變)'은 결국 조화를 잃어버린 것으로 '이(理)'에 의해 통제되지 못하고 순화되지 못한 것을 말한다.

중국의 왕사정(王士禎)의 경우 현실의 부조리를 노래한 두보(杜甫)의 시를 '변(變)'으로 인식한 것으로 보면[52] 중국과 조선에서의 '변(變)'의 개념은 '정(正)'에 대한 대립항으로서 순정(純正)하지 못한 것을 이르는 것이었음을 알 수 있다. 『시경(詩經)』에도 아(雅)와 변속(變雅)를 구분하여 설명하면서 변(變)의 음악을 주로 시대를 민망히 여기고 풍속이 병든 것을 다룬 시가로 보고 있으며[53], 주세붕도 변아(變雅)의 개념으로

電之作 莫非是氣也 其所以麗乎天 其所以降于地 風雲所以起 雷電所以作 莫非是理也 二氣苟調 則彼麗乎天者 不失其度 降于地者 必順其時 風雲雷電 皆囿於和氣矣 此則理之常也 二氣不調 則其行也失其度 其發也失其時 風雲雷電 皆出於乖氣矣 此則理之變也 然而人者 天地之心也 人之心正 則天地之心亦正 人之氣順 則天地之氣亦順矣 然則理之常 理之變者 其可一委於天道乎"

52) 王士禎이 杜甫를 大家로 인정하면서도 杜詩를 變風變雅로 보고 있는 것도 두시가 현실 사회의 혼란상을 그려냈기 때문이다. ; 翁方綱, 『石洲詩話』 권5, "그(왕사정 : 필자주)의 논리는 어떤 체격에는 마땅히 어떤 작가를 써야 한다는 것이다. 말하자면 '난리의 서술은 마땅히 杜甫를 내세운다'는 식이다. 그러니 선생이 내심 어찌 變風變雅로써 杜甫에 비교하려 하지 않았겠는가? 其論某體格當用某家也 曰 亂離敍述 宜用老杜 然則 先生意中 豈不意以變風變雅視杜矣" ; 琴知雅, 「王士禎・申緯 詩歌創作論 比較硏究」, 延世大 博士論文, 1998, pp.51~68. 참조. ; 위의 신흠의 변음의 개념도 왕사정의 변의 개념과 일치한다고 생각된다.

53) 『詩經』 〈詩經集註序〉, 또 아와 송은 주나라 성주 시대의 조정이나 교묘의 노래 가사로, 그 언어가 화평하고 씩씩하며 그 뜻이 관대하고 조밀하여 그것을 지은 사람은 왕왕 성인의 무리였으니 이것은 만세의 정하여진 법이요, 바꿀 수 없는 좋은 가사였다. 또 아의 변화된 것은 이 또한 한 시대의 어진 이와 군자들이 시대를 민망

〈쌍화점〉 같은 노래들을 분류하고 있는 것으로 보아[54] 변(變)의 개념은 시가를 분류하는 하나의 기준이 됨을 알 수 있다.[55]

별곡이 '변음(變音)'에 해당하는 것, 즉 '정(正)'에 대한 대위적 개념이라면 '변(變)'으로서의 기능은 무엇인가? '변(變)'의 개념에 속하는 것이 '민요, 우리말 가사, 비궁중악'이라고 볼 수 있다면, '정(正)'의 개념에 속하는 것은 '중국악, 궁중악(정악), 한문(시)체의 가사 등'이라 할 수 있다. 다시 말해 '정(正)'이 '진(眞)'과 통한다면 '변(變)'은 '가(假)'와 통할 것이다. '별곡'은 사대부의 문예적 관습에서 보면 '정(正)'이 아니라 '변(變)'에 속하는 것이다. 〈한림별곡〉에 대한 후세의 평가도 그렇거니와 한시문을 문예라고 생각하고 우리말 노래는 속된 것으로 취급하여 문집에도 넣지 않는 풍조는 문예적 '정(正)'과 '변(變)'의 개념이 무엇인가를 잘 보여주는 예이다. 이렇게 보면 결국 '별곡'이란 '정(正)', 즉 기존의 문예관에 대한 '변(變)'의 개념으로 볼 수 있다.

히 여기고 풍속이 병든 것을 읊은 것으로 성인이 선택한 것은 그 충후하고 비통한 마음과 선한 것을 베풀고 사특한 것을 폐쇄시키는 뜻으로 한 것이니, 이것은 후세에 문장을 잘하는 선비가 능히 미칠 수 있는 바가 아니다. "若夫雅頌之篇 則皆成周之世 朝廷郊廟樂歌之詞 其語 和而莊 其義 寬而密 其作者往往聖人之徒 固所以爲萬世法程而不可易者也 至於雅之變者 亦皆一時賢人君子閔時病俗之所爲 而聖人取之 其忠厚惻怛之心 陳善閉邪之意 尤非後世能言之 士所能及之"

54) 『무릉잡고』 원집 권5, 『문집총간』 27, pp.12~13. "비록 變雅라 할지라도 역시 빈객을 대접하는 잔치에서 노래하지 않았는데 하물며 정·위의 음란한 음악을 연주했겠습니까?", "雖變雅 亦未嘗歌於賓筵也 況奏以鄭衛之淫聲乎"

55) 『詩經』의 正·變에 대한 인식은 조선조 문인들에게도 익숙한 것이었다. 李宜顯(1669~1745)의 글 참조. 『陶谷集』 卷27, 雜著, "詩以道性情 詩經三百篇 雖有正有變 大要不出溫柔敦厚四字"

2. 일탈적 본성 – '변(變)'의 의미

하나의 기표(記表)가 특정한 기의(記意)와 만나 사회적 의미를 구성하는 것은 우리의 언어생활에서 흔히 접하는 현상이다. 그런데 기의가 먼저인가 기표가 먼저인가, 즉 어느 것을 중심으로 그 관계가 형성되었는가를 따지는 일은 결코 쉽지 않다. 다시 말해 기표와 기의의 관계는 유동적이다. 그런데 한 번 사전에 등재되면 그 의미는 확정되고 기표와 기의의 관계가 정의되어 고정화된다. 사전은 기표를 중심으로 그 의미와의 관계를 설명하고 있다. 기표에 어떤 의미가 담겨 있다고 생각하는 관념은 자칫하면 기표와 기의의 관계를 주종관계로 오도할 수 있다. 주지하다시피 기표와 기의는 결정적인 것이 아니고 항상 유동적 관계에 있기 때문이다.

'별곡'이라는 기표 역시 그 기의가 어떤 하나의 것으로 고정되지 않는다. 앞 장에서 살핀 바와 같이 별곡은 민요, 악곡, 장르 등 여러 층위의 기의를 포괄하고 있으면서 역사적 사회적 흐름에 따라 기표와 기의가 새롭게 재구성되어 왔다. 이런 관계는 사전적 의미보다는 관습적 의미라는 측면에서 설명될 것이다. 지금까지의 연구가 사전적 의미에 주목하여 '별곡'의 의미를 밝히고, 그것을 하나의 기의로 확정하려고 했다는 점을 부정하기는 어려울 듯하다. '별곡'의 축어적 의미 그 자체도 중요하지만 이 용어가 지닌 관습적 의미도 매우 중요하다.

'○○곡'이 아니라 '○○별곡'이라고 명명하였을 때 그 기표가 주는 의미는 곡에 대한 이해가 전제된다. '별곡'이라는 기표가 주는 생경함(형식주의자들의 용어로는 '낯설게 하기')은 새로운 문학적 욕망을 표현해 내려는 문학인에게는 매우 매력적인 표현법이다. 이전에 별곡이라는 명칭의 용어가 존재하지 않았다는 점, 축어적 해석[56]으로는 '곡(曲)'에 대한 상대어 또는 반의어로서의 의미도 추출할 수 있다는 점, 별(別)의 의미를 확장시켜 보건대 정격 궁중악이 전문 음악인에 의해 왕조나 왕을 찬양하는 공적 성격을 가진 것에 비해 곡(曲)의 형태를 공유하면서도 '따로(別)' 사대부에 의한, 사대부만을 위한 노래라는 의미를 구성할 수 있다는 점에서 '별곡(別曲)'의 의미는 매우 중층적이다.

그러나 단순히 '別(다르다)'은 의미로는 하나의 '문학적 관습'을 형성할 수 없다. '별(別)'의 의미는 어디까지나 '곡(曲)'의 함의에 따라 상대적 층위에서 파악되는 수동적인 모습을 취할 수밖에 없는 것이다. 〈한림별곡〉처럼 많은 궁중악 중에서도 유독 하나의 작품에만 '별(別)'의 제명이 붙을 때에는 그 제명의 함의를 규정하지 않아도 '특별한 그 작품'을 제외한 여타의 작품들의 특성과 대비되는 것으로 이해하면 되는 것이지만, '별(別)'이라는 제명이 여러 작품들에서 나타나기 시작하면 그 의미가 모호해지게 된다. 다시 말해 이때의 '별(別)'은 무엇에 어떻게 상대되는 개념인가 하는 의문에 대해 설명할 수 있어야 하는데 '별(別)'이 여러 작품일 때에는 이미 '별(別)'(특별한)이 가진 축어적 의미는 약화된다.

그렇다고 해서 축어적 의미가 완전히 사라져 버리는 것은 아니다. 다만 '별(別)'이라는 글자의 축자적 어석과 그 비유적(문학적) 해석 간의 긴장이 생겨 항상 그것을 의식할 수밖에 없다는 것이다.

---

56) 박병철, 「은유와 의미」(『大同學會』 제11집, 大同哲學會, 2000.12).

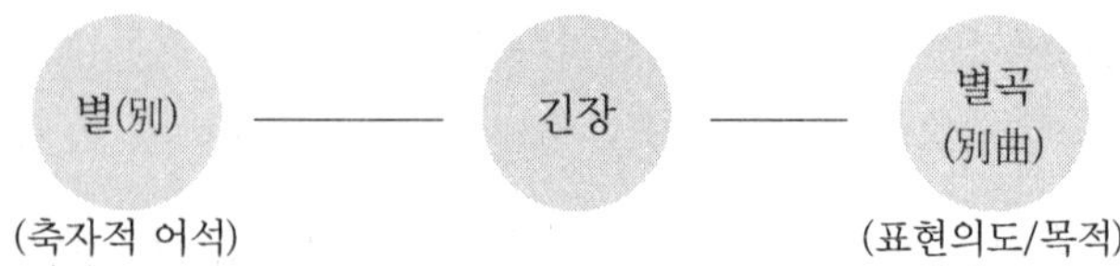

글자에 대한 축어적 또는 축자적인 의미는 그 단어가 재구하는 2차, 3차의 언어적 의미와 일정한 거리를 가질 수 있다. 이는 글자(언어) 자체가 가진 모호성과 더불어 의미를 완전히 담아낼 수 없다는 기호의 한계를 전제한 것이다. 단어의 뜻, 기표로서의 글자의 의미도 사실은 언어대중의 관습적인 이해와 맞물려 있다. '별곡'이라는 기표 역시 그러한 관습적인 이해와 무관하지 않다고 판단된다.

별곡류 시가에서의 관습이라는 것은 말하자면 초기 별곡류 시가들의 공간 의식을 계승하는 것이라 볼 수 있다. 후기의 별곡류 시가의 작가들이 수용자로서 전대의 공간 의식을 계승했기 때문에 별곡류 시가에는 일정한 문학적 원리 또는 경계로 하나의 작품군을 형성할 수 있었다. 별곡류 시가는 애초에 어떤 문학적 틀, 즉 공간 의식이나 제명 원칙을 강요하지 않았다. 〈한림별곡〉이나 〈죽계별곡〉의 작가가 별곡류 시가를 창안한 것이 아니라 수용자들에 의해 관습화된 결과일 뿐이다. 그런 점에서 〈한림별곡〉 등 고려 시대에 나타난 별곡류 시가의 제명 관습이나 공간의식은 그 자체로 비결정적인 성격을 갖는다. 이는 어디까지나 후대의 수용자에 의해 그 의미가 여러 작품에 표출된 것에 불과하다.

작가가 의도하건 의도하지 않건 간에 어떤 유형의 작품으로 묶이는 작품군에는 분명히 어떤 공통점이 있게 마련이다. 그 공통점은 작품 간에 전승되어 독자들에 의해 인지되는 문학적 요소일 것이다. 시적 언어 자체를 결정적인 것으로 보느냐 비결정적인 것[57]으로 보느냐도 이와 관련된 문제이다. 만약 시적 언어가 결정적인 것이어서 작가가 작품 속의 모든 문학적(시적) 내용과 감동을 미리 생각하고 언어로 표현한 것이라면 독자는 수동적인 존재일 수밖에 없다. 이런 관점에서 보면 별곡의 제명 관습이라는 것은 작가가 의도적으로 만들어 놓은 것으로 파악된다. 후기의 별곡류 시가들은 차치하고 초기의 별곡류 시가, 즉 〈한림별곡〉, 〈죽계별곡〉 등에 작가가 의식적으로 '공간관계어+별곡'의 제명 방식을 반영하였다는 것인데 이에 대한 규명이 쉽지 않게 된다. 다른 명칭의 제명들에 대해서도 각각 작가의 제명 의식을 설명할 수 있어야 하는데 사실상 불가능하다. 이는 결국 접근 방식이 잘못된 것이다. 제명이라는 것 자체가 독자를 위한 기호라는 점을 생각한다면 제명 관습이라는 것도 결국 여러 작품들에 걸쳐 서서히 드러나야 하는 것으로 독자들의 제명 이해 방식[58]이 후대의 작품의 제명

---

57) 가스통 바슐라르 저, 곽광수 옮김, 『공간의 시학』(동문선, 문예신서 183, 2003) 참조. 바슐라르는 이 책에서 시적 교감의 현상에 대해 독자의 상상력의 비결정성을 논하고 있다. 그는 "상상력은 외계의 대상의 이미지를 받아들여, 그것을 스스로 궁극적인 것, 즉 이상적인 것으로 삼고 있는 상태로 변화시켜 가는데, 그 작용이 우리들의 외적인 삶이나 실용적인 목적이나 생리적인 욕망과는 전혀 관계없는 것이기에 독자적인 것이다."고 설명하면서 시적 상상력의 독자성을 강조했다.

58) 이와 관련하여 바슐라르의 시학을 살펴보면, 독자들의 상상력을 단순히 외계의 대상들의 이미지를 기억하는 정신 기능으로 보지 않고 외계의 대상들의 이미지와는 관계없이 독자적인 법칙에 의한 작용을 가지고 있다고 주장한다. 다시 말해 독자들이 시작품을 감상하는데 사용하는 상상력이 작가가 결정해 놓은 외계의 대상의 이미지의 단순 수용이 아니라 독자적인 시적 교감이 이루어진다는 것이다. 시를 하나의 존재로 인식하고 있는 그의 시학은 작품과 독자가 각각 독립적인 존재임을 강조하고 있는 것으로 파악된다. 별곡류 시가의 제명 방식 역시 작품들 간의 영향관계가 독자들의 수용이라는 측면에서 접근되어야 하고, 이는 이 작품군에 대한 독자들의 감상 방식과 그것을 상징적으로 표현하고 있는 제명 관습으로 드러난다. 따라서 이 논문에서는

에 유전되는 것으로 파악해야 마땅하다.

한편으로 작가 역시 독자라는 점을 생각해야 한다. 별곡류 시가의 작가들이 선행 작품들에 대한 충실한 독자들이었고 그렇기에 그들의 작품과 제명은 일반 독자들의 별곡류 시가에 대한 인식을 표상한다고 볼 수 있다. 바슐라르의 시학에서도 마찬가지이지만 시가 결정적이지 않고 비결정적이라는 입장에 있는 연구자들은 언어기호 자체가 가지고 있는 독자성을 인정하고 있다. 그렇게 볼 때 별곡의 제명은 그 내용과 긴밀하게 연관되어, 독자들의 이 작품군에 대한 인식을 반영하고 있다.

'별곡'을 제명으로 하는 본질적인 이유는 '별곡'이라는 조어가 가지는 축어적 의미망과 전대의 별곡류 시가들과 작가들에게서 발견할 수 있는 관습적(전승적) 의미에서 찾을 수 있다.

먼저 〈한림별곡〉의 전승이 가진 의미를 살펴보자. 〈한림별곡〉은 아래 자료에서 보는 바와 같이 시기적으로 고려말에서 조선조 후기에 이르기까지, 전승범위로는 조선조에서 중국에 이르기까지 매우 광범위한 전승 내력을 지니고 있다.[59]

> 이날 강옥(姜玉) 등이 황주(黃州)에 이르니, 선위사(宣慰使) 성임(成任)이 선위례(宣慰禮)를 행하고 여악(女樂)을 쓰니, 김보(金輔)가 말하기를, "내가 본국(本國)에 있었을 때에 기생 옥생향(玉生香)의 집에서 자라며 한림별곡(翰林別曲)과 등남산곡(登南山曲)을 익히어, 일찍이 경태 황제(景泰皇帝)의 앞에서 불렀다." 하고, 즉시 기생 3, 4인을 불러서 부르게 하고, 말하기를, "이 곡(曲)은 내가 전에 들었던 것과 다르다."[60]

제명에 들어 있는 공간 기호가 작품 내적 감상과 밀접한 관계가 있는 것으로 파악했다.

59) 조선조의 문인들이 〈한림별곡〉을 수용한 상황에 대해서는 김기영(「〈관동별곡〉의 유통 양상에 대하여」, 『자연시가와 시가교육』, 이회, 2002)의 논문을 참조.

'별곡'이 '축어적 의미'를 완전히 벗어나지 않고 그것이 항상 의미규정에 있어 긴장의 한 축으로 작용하고 있는 이유가 여기에 있다. 〈한림별곡〉은 가장 초기의 별곡류 시가이기 때문에 이 작품의 '별곡'에 대한 이해를 다른 별곡류 시가에 의존할 수 없다. 선행하는 작품이 없는 상태에서 〈한림별곡〉에 대한 이해가 이루어지기 때문에 축어적 차원의 해석이 바탕이 된다. 별곡류 시가가 여러 가지 관습적 의미를 획득하면서도 그 축어적 의미를 계속 유지하는 것은 〈한림별곡〉과 같이 오랜 시간 광범위한 지역에서 전승되는 작품이 있었기 때문이다. 이런 점에서 송강의 〈관동별곡〉 역시 유사한 기능을 가지고 있다고 할 수 있을 것이다.

별곡류 시가의 전승에 대해서는 다른 자료를 통해 그 일면을 살필 수 있다.

> 우리나라의 가사는 방언을 섞어서 지었기 때문에 중국의 악부와 나란히 견줄 수 없다. 근세의 송순·정철의 작품이 가장 좋으나, 사람 입에 널리 오르내리는 일에 그침에 불과하니 애석하다. 긴 노래로는 감군은·한림별곡·어부사가 가장 오래 되었고, 근세에는 퇴계가·남명가, 송순의 면앙정가, 백광홍의 관서별곡, 정철의 관동별곡·사미인곡·속사미인곡·장진주사 등이 널리 세상에 유행된다. 그 밖에는 수월정가·력대가·관산별곡·고별리곡·남정가 등 종류가 매우 많다. 나에게도 또한 조천곡 전·후의 두 곡이 있으나 또한 유희일 뿐이다.
>
> 세상에 전하기를, 고공가는 선왕께서 지으신 거라고 한다. 세상에 널

60) 『世祖實錄』 권46, 14年 4月 1日(庚寅). "是日 姜玉等至黃州 宣慰使成任行宣慰禮用女樂 金輔曰吾在本國時 長於妓玉生香家 習翰林別曲及登南山曲 嘗於景泰皇帝前唱之 卽招妓三四人唱之曰 此曲與吾前所聞異矣"

리 유행하고 있다. 완평 이원익이 또 고공답주인가라는 것을 지었다. 그러나 내가 들으니, 어제가 아니고 허전의 작인 것을 세상에서 잘못 전한 것이라고 한다. 허전은 진사로서 무과에 급제한 사람이다.[61)]

이수광(李睟光 : 1563~1628)의 『지봉유설(芝峯類說)』이 지어진 17세기에는 〈퇴계가(退溪歌)〉, 〈남명가(南冥歌)〉, 송순(宋純)의 〈면앙정가(俛仰亭歌)〉, 백광홍(白光弘)의 〈관서별곡(關西別曲)〉, 정철(鄭澈)의 〈관동별곡(關東別曲)〉·〈사미인곡(思美人曲)〉·〈속사미인곡(續思美人曲)〉·〈장진주사(將進酒詞)〉 등이 널리 유행하였고, 그밖에도 〈수월정가(水月亭歌)〉, 〈역대가(歷代歌)〉, 〈관산별곡(關山別曲)〉, 〈고별 리가(古別離曲)〉, 〈남정가(南征歌)〉 등이 있고, 〈한림별곡(翰林別曲)〉은 오래 전에 지어진 것으로 인식하고 있었다. 이수광 당시에 유행하던 노래들 중 별곡류 시가로 〈관서별곡〉과 〈관동별곡〉은 널리 유행하여 〈한림별곡〉 이후 가장 영향력 있는 작품으로 등장했다. 〈관동별곡〉은 〈한림별곡〉과 마찬가지로 조선 후기까지 지속적으로 향유되었고 여러 문인들에 의해 수용되었다. 이렇게 〈관동별곡〉은 〈한림별곡〉의 기능을 그대로 이어받아 별곡류 시가의 발전에 중요한 역할을 한다.

그런데 〈관동별곡〉은 〈한림별곡〉이 가지는 별곡의 의미를 똑같이 계승하지는 않는다. 우선 장르적으로 경기체가와 가사라는 형식적인

61) 『芝峯類說』 卷14 文章部7, 歌詞. “我國歌詞 雜以方言 故不能與中朝樂府比並 如近世宋純鄭澈所作最善 而不過膾炙口頭而止 惜哉 長歌則感君恩, 翰林別曲, 漁父詞最久　而近世退溪歌南冥歌宋純俛仰亭歌白光弘關西別曲鄭澈關東別曲思美人曲續思美人曲 將進酒詞盛行於世 他如水月亭歌歷代歌關山別曲古別離曲南征歌之類甚多 余亦有朝天前後二曲 亦戱耳 俗傳雇工歌爲先王御製 盛行於世 李完平元翼又作雇工荅主人歌 然余聞非御製 乃許埏所作 而時俗誤傳云 許埏以進士登武科者也.”

차이가 있고, 향유 공간에 있어서도 궁중에서의 연향공간이 아닌 사적 공간에서의 향유라는 차이를 보인다. 즉 별곡의 축어적 의미, 즉 '일반적인 궁중악과는 다른'이라는 축자적 의미를 넘어 새로운 의미를 생성한다. 이는 〈한림별곡〉이 형성해 놓은 의미, 즉 신진 관리를 위한 경기체의 궁중악이라는 의미의 '별곡'에서 궁중에서 유리된 자연 공간에서 유자적 도를 읊는 사적 음악이라는 의미로 변화된 모습을 보여준다. 이는 〈한림별곡〉의 '별곡'의 의미를 다시 한 번 벗어나는(別) 것이다. 이와 같이 가사계 별곡은 별곡의 축자적 의미를 계승하면서 새로운 문학적 관습을 형성하였다. 이런 현상을 단계별로 대표 작품을 선정해 정리하면 다음과 같다.

P[62]별곡의 요건 : 전국적 유행, 후행 작품들의 모범으로 작용

P별곡 → 〈한림별곡〉
P'별곡 → 〈관동별곡〉
P'별곡 → 〈상대별곡〉
P''별곡 → 〈상사별곡〉

P'별곡 : P별곡의 관습, 제약으로부터 탈피, 그 이하에 유사한 별곡 작품군을 생성시킴.
P''별곡 : P별곡과 P'별곡의 관습, 제약으로부터 탈피, 그 이하에 유사한 별곡 작품군을 생성시킴.

62) 'parental'의 약자로 표기함.

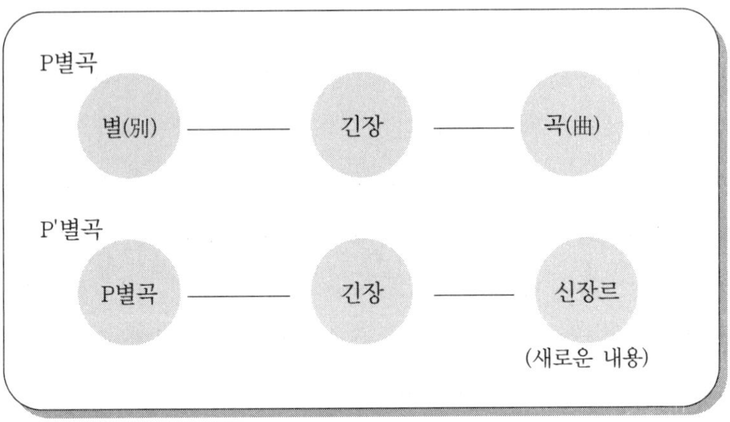

1 P**별곡 단계**(축어적 긴장) ; 〈한림별곡〉

‘별곡’이 고정되지 않은 여러 층위의 의미를 획득했던 것은 고려부터 현재에 이르기까지 약 8백여 년에 이르는 ‘○○별곡’ 형식의 제명 사용 관습 때문이기도 하지만, 그보다는 ‘별곡’이라는 용어를 구성하는 ‘별(別)’이라는 기표의 기능 때문이다. ‘별(別)’은 어떤 기준으로부터 떨어져 있는 것이며, 무엇에 대한 대립항으로 규범이나 규칙을 벗어나려는 어떤 속성[63]을 말하는 것으로 생각된다.

63) 이는 앞장에서 논한 ‘變音’의 개념과도 일치한다.

〈翰林別曲〉을 보면 그 당시 궁중악이 왕을 위한 음악이며 왕실과 국가를 위한 것임에 비하여 이 노래는 臣을 위한 노래였으며 그 관습은 조선조에도 계속적으로 이어져 신하를 위로하는 자리에서 불린다.[64] 즉 〈한림별곡〉은 고려 후기의 궁중악적 규범으로부터 벗어나 있는 것으로 '별곡'의 의미를 구성한다. 이런 새로운 제명 방식은 경기체가 장르에 영향을 주어 '○○별곡' 형식의 제명을 가진 많은 작품들을 배출한다. 더 나아가 조선조의 가사 문학에도 영향을 주어 경기체가 장르가 아닌 가사에 '○○별곡'의 제명이 사용됨으로써 명칭 자체가 지닌 '별(別)'의 속성을 이어 나간다. 다시 말해 '별(別)'이 어떤 규범·관습으로부터 벗어나려는 속성을 가졌기 때문에 '○○별곡' 형식의 작품들이 하나의 군을 형성하면서 어떤 규범 또는 관습을 구성하면 곧 그것을 파괴하고 일탈하려는 현상을 보인다는 것이다.

〈한림별곡〉은 '별곡'의 의미를 최초로 보여준다는 점에서 중요한 작품이다. 하지만 이 때의 별곡의 의미는 아직 문학적 코드로 적용되기 이전의 상태이다. 그저 다른 궁중악과는 다른 층위의 노래라는 뜻으로 '별(別)'이라는 수식어를 붙였을 뿐이다. 이것이 문학적 코드로 자리잡은 것은 동시대의 작품인, 안축의 〈관동별곡〉, 〈죽계별곡〉이 나타난 이후의 일이다. 하지만 안축의 작품들이 '별곡'의 함의를 형성하는 데에 크게 기여한 것 같지는 않다. 이 작품들의 전승은 안축의 고향 주변 인물들과 가계에 한정하여 이루어졌기 때문이다. 그보다는 〈한림별곡〉[65] 자체가 가진 오랜 전승력이 '별곡'의 함의를 차츰 이루어내

64) 『太宗實錄』, 卷26, 13年 7월 18日(乙未), "너희들은 한림별곡(翰林別曲)을 창(唱)하면서 즐기라.", 賜酒肉于藝文館 館官獻松子 上賜酒肉 仍命曰汝等唱翰林別曲以歡.

게 된다.

2 P'별곡 단계(축어적 해석 탈피) ; 〈관동별곡〉

조선조에 들어와서 〈한림별곡〉의 별곡 함의를 보완하고 한정한 작품으로 權近의 〈상대별곡〉을 들 수 있다. 〈상대별곡〉은 두 가지 점에서 이전 단계의 별곡들을 계승하고 있다. 첫째, 〈한림별곡〉처럼 궁중에서 불렸고, 득의한 사대부 관리를 위한 노래라는 점을 들 수 있다. 둘째, 〈관동별곡〉, 〈죽계별곡〉처럼 개인의 작품이라는 점이다. 또한 내용적으로도 앞 시대의 작품들과 차별을 보인다. 〈한림별곡〉이 득의한 사대부의 자긍한 모습과 유희적 모습을 담은 것에 머물렀다면 〈상대별곡〉은 이에서 한 걸음 더 나아가 새로운 국가의 중책을 맡은 관리

---

65) 翰林의 의미는 그 1차적, 즉 축자적 의미를 벗어날 수 없다. 이는 어떤 문학적 표현도 그 축자적 의미에서 자유로울 수 없다는 전제에서 그렇다. 한림이 그 자체로 '선비'를 의미한다하더라도 그것은 축자적 의미로부터 연유한 것이지 '한림'이라는 표현과 '선비'라는 표현이 동일한 내포를 가진 것은 아니기 때문이다. 또한 고려조의 한림과 조선조의 선비는 그 성격이 동일하지 않다는 점도 고려해야 한다.

66) 여기에서의 신장르란 이전에 별곡이라 이름이 붙여지지 않았던 영역에 별곡이라는 제명을 처음으로 적용하기 시작한 대상 장르라는 의미이다.

67) 현대의 장르개념이 아니라, 조선조 문인들의 막연한 문학적 경계인식이라 보아야 하겠다.

의 모습을 형상화하고 있어 목적론적 창작동기를 발견할 수 있다. 안축의 작품들이 개인적인 감회를 서술하고 있는 것에 비해 〈상대별곡〉은 공적인 자리를 전제로 하고 있다는 점도 주목해서 볼 대목이다.

이 단계의 별곡은 제명 설정에 있어 일정한 관습을 형성하고 있음을 알 수 있다. 고려조에서 조선조 18세기에 이르기까지 '○○별곡'은 '공간관계어+별곡'의 형식으로 제명이 구성된다. 경기체가, 가사 등 이 단계에 해당하는 거의 모든 작품들이 이 형식을 따른다.[68] 고려조의 〈한림별곡〉이나 조선조의 〈상대별곡〉이 신(臣)의 음악으로서 정격 궁중악으로부터 벗어난 것이라면, 조선조의 〈관서별곡〉, 〈관동별곡〉, 〈금강별곡〉 등은 다시 〈한림별곡〉의 규범을 일탈하여 臣의 음악이 아닌 사대부의 음악으로 가려는 시도였다고 할 수 있다. 조선 중기에 이르러 가사를 중심으로 사대부들 사이에 '○○별곡'의 제명이 유행하고 이는 별곡은 곧 사대부의 노래라는 관습을 형성한다. 조선 후기에 들어서면서 사대부의 노래였던 별곡은 서민들의 참여로 관습의 일탈을 다시금 겪으면서 그 속성을 지속시켜 나간다.

---

68) 이 주장에 대한 예외는 〈미인별곡〉, 〈자경별곡〉이 있으나 이는 원래 제목이 없던 것을 연구자가 붙인 것이다. 적어도 18세기까지 이 가설에서 벗어나는 작품은 거의 없는 듯하다. 19세기에 들어는 〈상사별곡〉, 〈물레별곡〉처럼 공간관계어가 아닌 어휘가 제명에 등장하게 된다. 이에 대한 구체적 논의는 졸고(「'別曲' 名稱의 含意에 對한 考察」, 『동방고전문학연구』 5호, 東方古典文學會, 2003)에서 다루었으므로 여기에서는 줄인다.

3 P''별곡 단계(제명 관습 탈피) ; 〈상사별곡〉

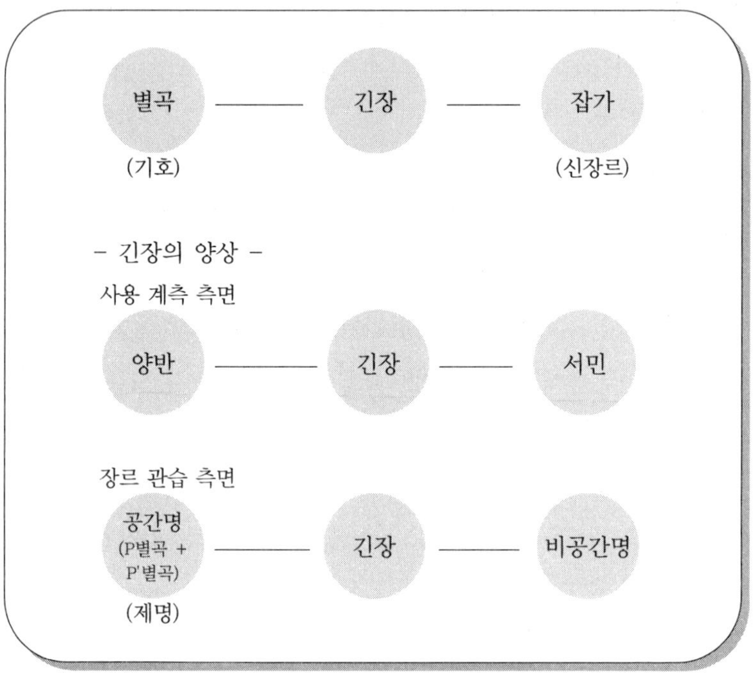

19세기에 들어서면서 가사 창작에 서민들이 대거 참여하고 그 결과 〈상사별곡〉, 〈몽환별곡〉, 〈가사별곡(歌詞別曲)〉 등의 작품명에서처럼 공간관계어가 아닌 어휘가 제명에 들어오면서 그 형식이 깨지는데, 이러한 현상은 별곡(別曲) 자체가 지니고 있는 속성이 변한 것이 아니라 오히려 그 속성이 명확히 확인되는 것으로 보아야 한다. '공간관계어+별곡'이라는 제명 방식 역시 양반 중심의 작가들이 만들어 놓은 관습화된 규범이기 때문에 다른 시 정신을 가지고 있는 서민 작가들은 양반들의 관습으로부터 일탈하려는 경향을 제명이나 율격 등에서 보여준다고 생각된다.

처음 '별곡'이라는 의미가 축어적으로 해석되어 '궁중악과는 다른 노래'라는 뜻으로 '다르다'는 점에 초점을 두었다면, 별곡류 시가가 지속적으로 만들어지면서 형성(발전, 지속, 보완, 한정)된 '별곡'의 의미는 축어적 해석의 차원을 벗어나 관습적 의미의 차원으로 넘어가게 된다. 마치 축어적 의미의 '별곡'은 더 이상 그 의미를 지닐 수 없게 된 '죽은 비유(dead metaphor)'와 같다고 하겠다.

요컨대 [1]~[3]의 도표에서 공통적으로 보이고자 하는 '별곡'이라는 기표의 속성은 '이전 단계의 장르·관습' 등을 탈피하여 새로운 의미를 창출했다는 점이다. 결국 '별곡(別曲)'의 의미는 '기존 장르를 초탈하려는 문학적 욕망'이라고 볼 수 있겠다.

이상의 논의에서 살펴본 바와 같이 '별곡(別曲)'의 '별(別)'의 의미는 무엇에 대한 대립항으로서, 기준이 아닌 모든 것(여집합의 개념)을 말한다고 생각되며, '별(別)'이라는 글자에 담긴 축자적 의미, 즉 기본적 의미는 항속적으로 남아 있다고 판단된다. 각 단계별로 시가 발전에 큰 영향을 미쳤던 작품들로 인해 별곡류 시가가 일정한 의미로 고정되어 관습화되는 현상도 보이는데 별곡류 시가는 이러한 고정적 의미에 머물지 않고 고정화된 의미를 벗어나 새로운 의미를 찾아 나섬으로써 '별곡(別曲)'의 '별(別)'의 의미, 즉 축자적 의미를 지속적으로 전승해 나간다.

'별(別)'의 의미는 러시아 형식주의 문학의 주요한 특성으로 거론했던 '낯설게 하기'와 맥락이 닿는다. 기존의 문학적 관습으로부터 벗어나 새롭고 다른 문학적 형식·내용을 만들어내려고 했던 것이 바로 '별곡'의 속성이라고 보면 그것이 바로 '낯설게 하기'나 마찬가지다. 새로운 P별곡이 만들어질 때마다 별곡은 이전과는 다른 의미를 창출하고 한 시대를 이끌어 나가게 된다. 〈상사별곡〉 등 19세기 이후의 별곡류 시가는 제명 관습이라는 틀을 벗어나면서 '별(別)'의 의미를 지속적으로 계승해 나갔다.

조선조의 '별곡'의 의미는 축어적 의미를 벗어나 그 자체로 새로운 의미망을 형성하게 된다. 이는 '별곡'의 제명 붙임이 어떤 의식적 이해(기존 별곡류 시가가 가진 관습적 사용법과 작가가 추가시킨 새로운 의미의 결합)를 전제로 하고 있다는 의미이다. 어떻게 보면 '별곡'이라는 용어는 애초부터 폐쇄적인 사용법(한정적 사용)을 지양하고 개방적 사용법을 지향하고 있는 듯하다.

'별곡'은 그 일탈적 속성으로 인해 어떤 한 의미에 머무르지 않고 거듭 그 의미의 일탈을 이루어 왔다. 그 과정에서 여러 가지 의미를 산출하지만 그것이 별곡의 속성은 아니다. 일탈 그 자체가 '별곡'의 속성이었고 그 양상이 우리 시가사에서 다양한 모습으로 드러나 있는 것이다. 더 나아가 현대에 이르러 '○○별곡'이 시에서뿐만 아니라 다른 장르(소설, 수필 등)에서도 〈학원별곡〉, 〈무녀별곡〉처럼 광범위하게 쓰이고 있는 것도 별곡이라는 용어에 담겨 있는 別의 속성이 지속적으로 계승되기 때문이다. 다시 말해 별곡의 의미는 역사적 사회적 흐름에 따라 지속적으로 변화해 왔지만, 그 용어가 지닌 본원적인 속성은 변화하지 않고 현대에까지 이르게 되었다는 것이다.

앞 절에서는 '별곡'의 의미를 문헌에 나타난 용례를 통해 5가지로 구분하여 살펴보았다. 그런데 이런 의미들은 별곡 용어의 사용자에 따라 다르게 나타나기 때문에 어떤 원리를 찾기가 쉽지 않다. 연구자에 따라 '별곡'의 의미를 규정하는 바가 다른 것도 문헌의 용례에서 일정한 제명 원리를 찾을 수 없었기 때문이다. 이 글에서는 이를 '별곡' 의미의 가변적 특성으로 규정하고자 한다. 용어에 대한 규정이 가변적일 수 있는 것은 용어 자체가 가지고 있는 성격 때문이다. '별곡'은 '별곡'이라는 단일어로 사용될 때의 의미와 '○○별곡'이라는 조합어로 사용될 때의 의미가 다르게 나타난다. 즉 단일어로 사용될 때는 앞 절에서 살핀 '민요', '악곡', '변(變)', 등 여러 가지 의미로 사용될 수 있다. 이는 '별곡'이라는 단어에 수식어가 붙지 않음으로써 자의적인 사용이 가능했기 때문이다. 하지만 '○○별곡'처럼 수식어가 붙고 그 수식어가 일정한 성격을 가질 때에는 '별곡'의 의미가 제한적일 수밖에 없다. '○○별곡'은 '공간관계어+별곡'의 조어법을 따르고 있는데 이때 '공간관계어'는 '별곡'의 의미를 한정하는 역할을 하게 되며, 동시에 '일정한 틀' 안에서 '별곡'의 의미를 구성하게 된다. 그 '일정한 틀'은 이 글에서는 제명 관습과 공간의식으로 파악하고 이를 바탕으로 '일정한 틀'에 대한 해명을 시도한다.

'별곡'의 의미와 '○○별곡'에서의 '별곡'의 의미는 각각 가변적 의미와 본원적 의미로 규정할 수 있다. 본원적 의미란 조어법 상으로 공간관계어인 앞 단어의 수식과 '별곡'이라는 뒷 단어의 의미 조합으로 인해 한정되어 나타나는 의미망을 말한다. 별곡의 의미가 고려조에서부터 조선 후기에 이르기까지 장르를 넘나들며 그 의미가 지속적으로 변화했는데 그 속에서도 일정한 의미망을 유지하는 것이 있다면 바로 '별(別)'이라는 기표일 것이다. 고려조 별곡류 시가인 〈한림별곡〉류, 〈청산별곡〉류와 조선초의 〈상대별곡〉류 그리고 조선 중기의 〈관동별곡〉류는 모두 '공간관계어'를 공통으로 제명에 두고 있다. 경기체가·속요에서 가사로 변화·발전하면서도 제명 상의 변화가 없다면 이는 기호의 변화가 아니라 의미의 변화로 해석할 필요가 있다. 즉 '별(別)'의 의미 자체가 여러 층위를 가지고 있는 것이어서, 별곡류 시가의 변이(장르

변이, 향유 공간의 변이)에도 불구하고 기호를 변화시킬 필요가 없었다는 것이다. 위에서 살핀 바와 같이 별곡이라는 용어가 지닌 본원적 속성은 '일탈'이었고 이는 앞 절에서 살핀 '변(變)'의 의미와 부합한다.

제3장

별곡류 시가의 제명 관습과 전승적 함의

먼저 '○○別曲'이라 명칭한 시가 작품들을 시기별로 정리하면 다음과 같다.

(a) 고려조

- 경기체가 〈한림별곡(翰林別曲)〉, 〈죽계별곡(竹溪別曲)〉, 〈관동별곡(關東別曲)〉

(b) 조선 초기(태조~성종이전)

- 경기체가 〈상대별곡(霜臺別曲)〉, 〈구월산별곡(九月山別曲)〉, 〈화산별곡(華山別曲)〉
- 고려속요 〈청산별곡(青山別曲)〉, 〈서경별곡(西京別曲)〉

(c) 조선 중기(성종~임란전)

- 가사 〈관서별곡(關西別曲)〉, 〈관동별곡(關東別曲)〉, 〈성산별곡(星山別曲)〉, 〈미인별곡(美人別曲)〉, 〈백상루별곡(百祥樓別曲)〉, 〈환산별곡(還山別曲)〉, 〈서호별곡(西湖別曲)〉, 〈청회별곡(淸淮別曲)〉
- 경기체가 〈화전별곡(花田別曲)〉, 〈금성별곡(錦城別曲)〉

(d) 조선 후기(임란~)
-가사 〈입암별곡(立巖別曲)〉, 〈관동속별곡(關東續別曲)〉, 〈매호별곡(梅湖別曲)〉, 〈강촌별곡(江村別曲)〉, 〈연행별곡〉, 〈서정별곡(西征別曲)〉, 〈숑양별곡(崧陽別曲)〉, 〈금당별곡(金塘別曲)〉, 〈낙은별곡(樂隱別曲)〉, 〈금강별곡(金剛別曲)〉, 〈탐라별곡(耽羅別曲)〉, 〈신기별곡〉, 〈속신기별곡〉,〈단산별곡(丹山別曲)〉, 〈임천별곡〉, 〈기성별곡(箕城別曲)〉, 〈금강별곡(金剛別曲)〉, 〈마천별곡〉, 〈녕삼별곡(寧三別曲)〉, 〈향산별곡(香山別曲)〉, 〈상사별곡(相思別曲)〉, 〈동점별곡〉, 〈교주별곡(交州別曲)〉, 〈봉래별곡(蓬萊別曲)〉, 〈도산별곡(陶山別曲)〉, 〈석촌별곡(石村別曲)〉, 〈화양별곡(華陽別曲)〉, 〈황남별곡(黃南別曲)〉, 〈산외별곡(山外別曲)〉

(e) 시기 미상 - 〈가사별곡(歌詞別曲)〉, 〈감사별곡(憾死別曲)〉, 〈강호별곡(江湖別曲)〉, 〈경호별곡〉, 〈금션별곡〉, 〈남창별곡(南昌別曲)〉, 〈ᄃᆡ동별곡〉, 〈몽환별곡(夢幻別曲)〉, 〈물레별곡〉, 〈백석정별곡(白石亭別曲)〉, 〈보양별곡(普陽別曲)〉, 〈선루별곡(仙樓別曲)〉, 〈청루별곡〉, 〈청루원별곡(靑樓怨別曲)〉, 〈호정별곡(湖亭別曲)〉, 〈환향별곡〉, 〈황산별곡〉

위에 보인 별곡류 시가(別曲類 詩歌)들을 살펴보면 '○○別曲'이라 하는 제명에서, '○○'에 해당하는 용어는 대체로 '공간관계어'임을 알 수 있다. '관동(關東)', '서경(西京)', '상대(霜臺)', '백상루(百祥樓)', '서호(西湖)', '관서(關西)', '금강(金剛)', '탐라(耽羅)', '입암(立巖)', '교주(交州)', '기성(箕城)' 등이 그에 해당한다. 이 중에는 지리공간을 지시하는 것, 추상적 자연공간을 지시하는 것, 구체적 자연공간을 지시하는 것, 작가의 누정을 가리키는 것 등 대체로 공간과 관계된 뜻을 지녔다.[1] 따라서 별곡류 시가는 '공간관계어+별곡'의 틀로 제명을 설정하고 있다

1) 이런 가설에 벗어나는 작품들에 대해서는 다음 장에서 논의한다.

고 말할 수 있다. 이런 가설이 어느 시대나 장르를 초월하여 성립한다고 볼 수 있을지에 대해서는 좀 더 면밀한 연구가 필요하다.

별곡류 시가를 시기별로 나누어보면 그 제명 의식의 변화가 어떠한지 분명히 알 수 있다. 별곡류 시가의 태동기라고 볼 수 있는 고려조에는 〈한림별곡〉이 이 시기를 대표하는 작품이 된다. 〈한림별곡〉은 경기체가의 모범으로 인식되었을 뿐 아니라 향유 전승의 폭이 크기 때문에 이 시기의 경기체가들은 〈한림별곡〉을 전범으로 했을 것으로 생각된다. 조선초의 별곡류 시가로는 권근(權近)의 〈상대별곡〉이 대표성을 띤다. 이 작품은 전조의 〈한림별곡〉을 내용과 형식면에서 계승하면서 조선조의 관리들의 위용을 찬양하는 노래다. 조선조 악장 문학으로 대표성을 띠고 있어 이 작품을 중심으로 시기 구분을 하였다. 조선 중기에는 사림들에 의해 사대부 음악이 발달하는데 그 대표로 송강의 〈관동별곡〉을 들 수 있어 이 시기를 〈관동별곡〉 시기로 잡는다. 서민들에 의해 별곡류 시가가 지어지기 시작하는 조선 후기에는 〈상사별곡〉이 대표성을 띤다고 파악하고 〈상사별곡〉 시기로 명명하여 논의를 펴겠다.

	시대 특징	대표작품	기타 작품들
고려조	경기체가 중심	〈한림별곡〉	〈한림별곡〉, 〈관동별곡〉, 〈죽계별곡〉
조선초	경기체가 중심으로 한 악장	〈상대별곡〉	상대별곡 이후의 작품들
조선 중기	양반 가사 중심	〈관동별곡〉	〈관동속별곡〉, 〈금강별곡〉 등
조선 후기	서민 가사 중심	〈상사별곡〉	〈물레별곡〉, 〈감사별곡〉 등

이 장에서는 시기별로 구분하여 전대의 '별곡' 명칭의 의미가 후대에 어떻게 전이되고 있는지를 기술적으로 살피도록 한다. 별곡류 시

가의 최초의 작품이라 할 수 있는 〈한림별곡〉을 중심으로 고려조의 별곡의 의미(a)와 그것이 선초의 작품들에는 어떻게 변용되었는지(b), 이후 가사에서 최초의 별곡류 시가라 할 수 있는 〈관서별곡〉이 나타난 조선 중기(c)와 조선 후기(d)의 별곡류 시가들은 각각 어떻게 별곡의 의미가 작품에 형상화되었는지를 고찰하는 것이다. 이 중 고려 중기(c)는 사대부들이 우리 노래 문학을 새롭게 인식하기 시작한 시기로 이른바 성정미학관(性情美學觀)이 성립된다. 이런 성정(性情)[2]에 대한 문학적 접근은 시조, 가사문학의 융성에 밑거름이 되었다. 조선 후기(d)는 이전의 별곡류 시가들에 대체로 일관되게 붙여졌던 '공간관계어+별곡'의 틀이 깨어지고 비공간어가 별곡류 시가의 제명(〈상사별곡〉 등)으로 붙여지게 된다.

1. 별곡류 시가의 제명 관습

1) 〈한림별곡〉 단계[3]

'별곡'이라는 말이 어떤 문학적 양식 또는 특정한 시가를 명명하는

---

2) "인간의 철학적 윤리적 태도로서 갖추어야 할 그리고 잘 다듬어진 성품" 정요일, 「韓國 古典文學 理論으로서의 道德論 硏究」, 서울대 박사논문, 1984, pp.11~52 참고.

3) 고려조를 별곡류 시가의 발생기로 본다. 발생기는 아직 '○○별곡'에 대한 장르적 또는 형식적 인식이 확고하지 않았던 때이다. 〈한림별곡〉을 대표작품으로 선정한 것은 이 작품이 지속적으로 문인들 사이에서 연행되었고, 중국에까지 알려질 정도로 광범위한 전승력을 갖고 있기 때문이다. 결과적으로 〈한림별곡〉은 별곡류 시가의 모델로 작용하게 된다. 이 단계의 별곡류 시가로는 〈한림별곡〉, 〈죽계별곡〉, 〈관동별곡〉, 〈서경별곡〉, 〈청산별곡〉이 있다.

말로 쓰이게 된 것은 언제부터인가? '별곡'이라는 제명이 처음으로 쓰인 작품은 고려 고종 때 지어졌다고 추정되는 〈한림별곡(翰林別曲)〉이다. '한림(翰林)'은 대개 문인들을 일컫는 말인데, 한림원(翰林院)의 학사를 지칭하기도 하고 '한림원' 자체를 지시하기도 한다.[4] 한림원은 중국 당나라 현종대에 설립되어 황실의 문서작성을 담당하고, 고위관료가 되기 위해서는 반드시 거쳐야 하는 과거시험의 기본이 되는 유교경전을 연구하는 곳으로 우리 나라는 고려 현종대에 이전의 '학사원(學士院)'을 고쳐 '한림원(翰林院)'이라 했다.

그런데 한림원은 그 성격상 왕을 직접 모시면서 명령을 전달하는 임무를 담당했으므로 문장에 능하고 학식이 높은 인재가 임명되었고 한림원에 소속된다는 것만으로도 문인들에게는 더 없는 영광이었을 것이다. 〈한림별곡〉 제1장에서 '위 날조차 몃부니잇고'하며 학식을 인정받고 영예를 받는 부류에 자신도 소속되어 있다는 것을 과시하는 장면은 이 작품이 몇몇 인물에 대한 칭송이 목적이 아니라는 점을 분명히 한다. 이후의 장들에서는 책, 글씨, 술, 꽃, 음악, 유희 등 득의한 이후의 사대부의 생활상과 스스로에 대한 과시를 보여주고 있어 '한림원'은 모든 사대부들이 귀속하고자 갈망하는 준거집단의 성격을 띤다.

〈한림별곡〉의 자기 과시적 성격은 경기체가의 장르적 성격을 나타내고 있다. 조선초 지어진 〈상대별곡〉도 그러한 성격을 그대로 이어

---

4) 박성규, 「翰林別曲 硏究 -作家層의 歷史的 性格을 中心으로-」(『漢文學論集』 第二輯, 檀國大學校 漢文學會, 1984). 박성규는 "한림이란 文詞와 經學을 주로 하는 선비들이 모여서 문학을 익히고 대궐의 文翰을 맡아보던 翰林院을 의미하고, 제유란 이러한 한림원에 종사하는 여러 선비들을 뜻한다"하여 한림이 한림원이라는 장소를 뜻하는 것으로 파악하였다.

받고 있고 향유자 역시 경기체가가 자기 과시적 성격을 지닌 장르라는 인식이 있었다고 생각된다. 아래 자료는 성종실록의 기록인데 경기체가에 대한 장르적 인식의 편린을 살필 수 있다.

> 손순효(孫舜孝)를 숭정대부(崇政大夫) 의정부 우찬성(議政府右贊成)으로, 설무림(薛茂林)을 통정대부(通政大夫) 행청송부사(行青松府使)로 삼았다. 사신(史臣)이 논평하기를, "㉠손순효는 기량이 활달하고 거칠어서 충효(忠孝)로써 자부(自負)하고 큰소리치기를 좋아하였다.[5] 친구와 어울려 술을 마시다가 크게 취하면 갑자기 ㉡상대별곡(霜臺別曲)의 '임금이 밝고 신하가 곧다.'는 가사(歌詞)를 노래하고, 또 잔치의 모임에 기생들로 하여금 이 가사를 노래하게 하였으며, 혹은 스스로 일어나서 절하고 춤추기도 하였다. 일찍이 강원도감사(江原道監司)가 되어 중관(中官)으로서 고향에 돌아온 자를 대(對)하여 연궐시(戀闕詩)를 지어서 그 부채에 써 주고 눈물을 흘리면서 그 뜻을 말하였었다. 중관(中官)이 궁중으로 돌아오게 되자 임금이 우연히 그 부채를 보고는 손순효가 한 것임을 물어서 알고는 임금을 사랑한다고 여겼다. 또 일찍이 임금의 앞에서 경의(經義)를 논난(論難)하다가 충서(忠恕)를 행하기를 권하였는데, 이로써 매우 후대(厚待)를 받아 지위가 높은 반열(班列)에 이르게 되었다." 하였다.[6]

---

5) 경기체가의 속성과 연계해 볼 때 손순효의 활달하고 자부하고 큰소리치기 좋아하는 성격에는 자기 과시의 경기체가가 향유물로서 가장 적절했을 것이다.

6) 『成宗實錄』 권200, 18年 2月 7日(丁丑). "以孫舜孝 爲崇政議政府右贊成 薛茂林通政行 青松 府使 史臣曰 舜孝 氣度濶略 以忠孝自許 好爲大言 與朋友飮至大醉 輒歌 霜臺別曲 君明臣直之詞 又於宴集令妓歌此詞 或自起拜舞 嘗爲 江原道 監司 對中官歸鄕者 作戀闕詩 題其扇 垂淚道其意 及中官還 上偶見其扇 問知 舜孝 所爲 以爲愛我 又嘗於上前論難經義 勸行忠恕以此深蒙眷遇 致位崇班."

위 인용문에서는 손순효의 성격이 다혈질적인 것(㉠)을 거론하면서 그 예로 술에 크게 취하면 〈상대별곡〉을 노래하며 춤추었다고 기록되어 있다. 손순효가 노래한 대목은 〈한림별곡〉 제8장처럼 유흥을 노래한 것이 아니라 임금과 신하의 관계를 노래한 대목(〈상대별곡〉 제3장)이다. 그럼에도 불구하고 마치 〈한림별곡〉의 8장을 노래하는 듯한 풍경을 연출한 것은 경기체가 자체가 향유자들에게 흥취(興趣)의 미(美)를 지닌 장르로 인식되었기 때문으로 분석할 수 있다. 이런 면에서 경기체가는 흥취와 관련한 자기 과시(自己 誇示), 긍호방탕(矜豪放蕩), 설만희압(褻慢戲狎)의 모습들이 그 연행의 장면이 된다.

다시 〈한림별곡〉의 경우로 돌아가서 향유자들이 지향했던 것이 무엇이었던가를 추리해보면, 〈한림별곡〉의 '한림(翰林)'은 단순히 한림원의 학사를 말하는 것도, 한림원 자체를 지시하는 것도 아닌 문인들의 욕망의 결정체로서 의미를 가진다고 볼 수 있다.[7] 실제의 한림원이나 한림학사만 이 노래를 향유했던 것은 아니고 공사연향에서 두루 사용되었던 궁중악이라는 점을 생각하면 그 향유의 주체가 실제 한림학사들이 아닌 경우가 더 많았을 것으로 판단된다. 이런 차원에서 〈한림별곡〉의 공간은 문학적 공간의 양상을 띤다.

조동일은 경기체가의 장르적 성격에 주목하여 논의를 펴면서, 경기체가가 개별화, 포괄화의 원리를 가진 장르라 보았다. 그는 〈한림별곡〉 등 경기체가 작품들이 '작품외적 세계상을 작품 내에다 옮겨 놓았

7) '翰林' 명칭의 유구성(신라 → 조선), '翰林' 명칭의 광역성(중국, 인접국가 공용, 공히 한림이라는 관직명이 나타남. 예-거란), '翰林' 명칭의 다의성(가상공간, 관직, 관청), '翰林' → 최고의 영예로 생각하는 문화 ; 이상과 이유로 좌주·문생만의 노래를 벗어나 儒者들의 공통적 바람을 담은 노래로 化하게 됨.

을 뿐이고, 작품에서 특별히 창조한 세계상은 인정할 수 없다'고 하면서 경기체가가 '실제로 존재하는 세계상을 열거하고 있으므로 문학작품이라고 할 수 있는 근거는 내용보다도 형식에서 찾아야 한다'고 주장하여[8] 경기체가의 작품 공간이 문학적 공간일 가능성에 대해 철저히 부정하고 있다. 그러나 작품의 수용 및 향유의 측면에서 보면 경기체가를 특정한 사물이나 인물의 단순한 나열로 해석하기보다는 작품 공간을 당시 문인들이 동경했던 준거공간[9]이라 보고 그것을 문학적으로 형상화하여 문학적 카타르시스를 느끼게 해주는 것이었다고 보는 것이 설득력이 있다.

안축의 경기체가 〈관동별곡(關東別曲)〉은 관동지방을 유람하며 그 경치를 노래한 것이고, 〈죽계별곡(竹溪別曲)〉의 경우도 '죽계(竹溪)'가 작가의 고향인 순흥땅(지금의 풍기)을 말하는 바, 이 역시 '공간관계어+별곡'의 형태의 제명을 가지고 있다. 고려조의 별곡류 시가는 작품의 내용이 문학적 공간을 전제로 했을 때 '별곡'이라 이름을 붙였음을 추정할 수 있다.

〈서경별곡〉과 〈청산별곡〉의 경우 장르적으로 고려속요에 해당한다.[10] 다만 그 제명 방식이 〈한림별곡〉 등의 경기체가와 같기 때문에

---

8) 조동일, 「景幾體歌의 장르적 성격」(『고전시가론』, 새문사, 1984), p.245. 참조.

9) 『芝峯類說』 卷17 雜事部. "自高麗時 最重翰林 人望之 不啻若登瀛洲 觀於翰林別曲 可想 所謂翰林宴 至我朝濫觴尤甚 近世乃以古風爲無謂 四館舊規 廢削殆盡 遂至埋沒 噫 古風亡而紀綱夷矣 雖欲復古 得乎."

10) 대부분의 연구자들은 고려조의 작품으로 추정하고 있지만, 현재의 곡태 자체와 곡명이 과연 고려조의 것인지는 의문의 여지가 있다. 『고려사』 「악지」에 보면 고려조의 음악이 정리되어 있는데 속악에 해당하는 작품들은 거의가 현전하지 않은 작품들이고, 작품의 제명도 대부분은 지명을 이용한 것이어서(「한송정」, 「장암」, 「송산」, 「금강성」, 「오관산」, 「서경」, 「대동강」, 「양주」, 「예성강」, 「장생포」, 「총석정」, 「원

'별곡류 시가'로 묶었다. 그런데 이렇게 장르적으로 상이한 작품들이 공통의 제명 방식을 갖는다는 것이 흥미롭다. 시형(詩型)을 장르의 중요한 변별 요소로 파악하는 현대의 연구자들에게 이 같은 방식의 제명 설정은 매우 혼동스러운 일로 생각되기 때문이다. 만약 시형이 다른 점에서 〈서경별곡〉과 〈한림별곡〉의 공통점을 찾는다면 그것이 같은 제명이 붙게 된 원리일 수도 있겠다. 일단 '공간관계어+별곡'이라는 공통 제명 방식을 취하고 있는 것이 같다. 그 외에 무엇이 양자를 아우를 수 있을지는 이 책 제4장에서 구체적으로 살피기로 하고 여기에서는 제명 방식이 같다는 점만 지적한다. 그리고 그러한 제명 방식은 조선조에도 지속적으로 영향을 미친 것으로 파악할 수 있다. 일단 조선조 성종조 이후로 女樂 혁파과정 속에 〈서경별곡〉에 대한 기록이 많이 남아 있는 것으로 보아 〈서경별곡〉의 제명 방식이나 내용이 조선조의 문인들에게 어떤 영향을 주었을 것으로 추측할 수 있겠고, 〈청산별곡〉의 경우에도 남효온의 『추강집(秋江集)』에 민간에서 연주했다는 기록(正中彈青山別曲第一闋[11])이 남아 있어 이 두 개의 작품이 고려조 이후에도 지속적으로 향유되었다는 것을 알 수 있다.

흥」 등) 고려 시기의 작품으로 알고 있는 현전 속요의 제명이나 내용과는 현격한 거리가 있다. 따라서 〈서경별곡〉과 〈청산별곡〉이 『고려사』에 기록되지 않은 점이나 제명을 붙이는 방식이 『고려사』의 작품들과는 다르다는 점으로 미루어 이 작품들이 조선조에 개작되어 이름 붙여질 가능성을 조심스럽게 생각해 볼 수 있다.

11) 『秋江集』 秋江先生文集 卷之六 雜著 〈松京錄〉.

2) 〈상대별곡〉 단계[12)]

이 단계에는 신왕조의 성격에 맞는 작품들이 새롭게 창작되었는데, 그 중 〈상대별곡(霜臺別曲)〉은 〈한림별곡(翰林別曲)〉의 영향을 받아 지은 것으로, 사헌부의 모습을 읊은 것이다. 앞서 논의한 바와 같이 별곡류 시가에 등장하는 공간명이 문학적 공간의 의미를 가지는지를 이 작품을 통해 다시 한 번 살펴보기로 하자. 작품의 공간은 '사헌부(司憲府)'인데 이 공간은 단순한 지리적 공간의 의미를 벗어나 명군(明君)과 양신(良臣)이 태평성대를 이루는(제3장, 제5장) 유의미한 추상적 공간이다. 〈상대별곡〉 제1장에서는 사헌부 관리들의 모습을 '영웅호걸 일시인재(英雄豪傑 一時人才)'로 묘사하고 있다. 작품의 화자는 〈한림별곡〉의 1장에서와 같이 '위 날조차 몃부니잇고'라고 함으로써 태평성대를 이루는 양신(良臣)의 반열(班列)에 자신도 포함되어 있다고 자긍(自矜)하는 모습을 보여준다. 작품 전체의 내용은 사헌부와 관리들의 위용을 찬양하는 것이다. 이렇게만 보면 작품 외적 세계를 문학적 형상화 과정 없이 그대로 나열한 것처럼 보이지만, 권근(權近)이 살던 시대는 그가 작품 속에서 노래한 것처럼 태평성대는 아니었다. 태조, 태종의 혁명은 많은 사람들의 피를 흘리게 하였고, 그 혼란 속에서 나라의 기틀

---

12) 조선초기는 별곡류 시가의 전개기로 볼 수 있다. 전시대의 별곡류 시가들을 계승하고 이를 악장으로 적극적으로 수용하고 있다. 권근의 〈상대별곡〉, 변계량의 〈화산별곡〉, 유영의 〈구월산별곡〉이 이 시기의 작품이다. 〈상대별곡〉을 대표작품으로 본 것은 조선초의 악장으로서 〈한림별곡〉의 기능을 대체하고 있고, 건국 초기에 지어진 작품으로 이후 작품들의 창작에 영향을 준 것으로 파악되기 때문이다. 〈한림별곡〉이 고려조의 관리들의 문재와 기개를 과시하려는 것이라면, 선초의 〈상대별곡〉은 조선조 관리들의 위용과 군신관계의 질서를 노래한 것으로 사실상 '신한림별곡'이라 할 수 있다.

을 세우기에 급급한 상황이었다. 권근은 뒤늦게 조선왕조에 참여하면서 공식문장을 담당하고 성리학의 기풍을 진작하는데 힘썼다.

> 사군자가 세상에 나서기도 하며 들어 앉기도 하여 그 법도가 일정하지 않으나 요는 시기에 맞고 의리에 합당하게 할 뿐이다. 세도가 쇠퇴한 때가 되어 권간이 나라의 권력을 쥐고 탐관오리가 함부로 진출하게 되면, 현명하고 지혜로운 선비들은 몸을 깨끗이 하고 멀리 떠나 적막한 곳에서 빛을 감추고 있다가, 세운이 흥왕하여 정화가 아름다워지면, 갓을 털고 갓끈을 떨치며 모두 조정 안에 진출하여 서로 지력을 다해서 공업을 성취시켜 백성에게 혜택을 입히는 것이다. 그러므로 현인군자는 반드시 세상의 도가 높고 낮음을 보아서 나서거나 들어앉거나 한다.[13)]

이른바 세운(世運), 즉 시대의 운수라는 것이 있다는 말인데, 권근은 조선 왕조의 개창을 그 시대의 운세로 보았다. 자신의 시대에 대해 낙관적 시각을 가지게 되었기에 당대를 '태평성대(太平聖代)'로 보고 성스러운 시대를 만나 그것을 아름답게 꾸며야 할 책임이 문학에 있다고 여겼다.[14)] 그의 〈상대별곡〉에는 이러한 문학관이 반영되어 있다. 따라서 작품에 나타나 있는 사헌부의 모습이나 임금, 신하의 모습은 현실 그 자체의 묘사가 아닌 당위적 이념의 형상화의 결과이다. 이미 〈한림별곡〉이 오랜 동안 허참 면신(許參 免新)의 예(禮)에 사용되어 왔

---

13) 權近, 「贈孟先生詩卷序」, 『陽村集』, 권17(총간 7, 178下b). "士君子 或出或處 其道無常 要適於時 合於義而已 當世道之降 權姦竊柄 貪墨冒進 則賢智之士 高蹈遠引 以潛光於寂寞之濵 及世運之方興 政化休美 則彈冠振纓 以彙進於王庭之上 爭效智力 以就功業 以澤斯民 故賢人君子 必觀世道之汚隆 以爲吾身之出處也"(김성룡, 『여말선초의 문학사상』, 한길사, 1995, p.62. 재인용)

14) 김성룡, 위의 책, pp.59~80 참조.

음에도 불구하고 유사한 기능과 내용의 노래가 또다시 만들어진 것은 새로운 시대의 가치관을 표현할 노래가 요구되었기 때문이다.

〈상대별곡(霜臺別曲)〉의 '상대(霜臺)'나 〈한림별곡(翰林別曲)〉의 '한림(翰林)'은 결국 '추상적 문학 공간'이라는 점에서 같은 층위의 내용을 가지고 있다. 전자의 경우 시대에 대한 인식과 군신의 관계를 새롭게 반영하여 새 왕조에서 문인들에게 요구되는 가치관을 피력하고 있다는 점이 후자와 다른 점이다.

조선초는 악장을 새롭게 정비하는 시기였다. 정도전[15]은 새 왕조에 새로운 예악의 정비가 반드시 필요한 것으로 인식하였으며 이는 선초 악장 제작의 기본적인 논리로 작용하였다. 이 시기의 별곡류 시가는 궁중악으로서 기능하게 되며 공적인 자리에서 부른 연향악이었다고 할 수 있다. 〈상대별곡〉을 통해 선초의 '별곡'의 의미가 악장과 관련있다는 점을 논하기 위해 권근(權近)의 '별곡'에 대한 인식을 문헌을 통해 살피기로 한다.

---

15) 신이 보건대 역대 이래로 천명을 받은 인군은 무릇 공덕이 있으면 반드시 악장에 나타내어 당시를 빛나게 하고, 장래에 전하여 보이게 되니, 그런 까닭으로 '한 시대가 일어나면 반드시 한 시대의 제작이 있게 된다'고 하였습니다. …… 고려왕조의 말기에 정치가 퇴폐하고 법도가 무너져서, 토지제도가 바르지 못하여 백성이 그 해를 받게 되고, 예악이 일어나지 않아서 관원이 그 직책을 잃게 되었는데, 전하께서 일체 모두 바로잡아 정하였으므로, 천도로써는 저와 같았고 인도로써는 이와 같았으니, 공을 비교하고 덕을 헤아려 보매 더불어 비할 데가 없습니다. 이것을 마땅히 성시(聲詩)로써 전파하고 현가(絃歌)에 올려서 한없는 세상에 전하여 듣는 사람으로 하여금 성덕의 만분의 일이라도 알게 해야 될 것입니다. 태조 004 02/07/26(기사), 증보판 CD-ROM 국역 조선왕조실록 제1집, 서울시스템 한국학데이타베이스연구소.

① 공은 문장기예와 의약, 음율에도 모두 그 정미함을 다하였고 …(중략)… 때에 국가원로를 맞아 기영회를 열었는데 새로운 노래가사를 만들었다. 새 가사는 세칭 자하동별곡이라 하니 관현에 입혀 지금까지 악부에 전한다.[16)]

② 일명(一名)은 자하곡(紫霞曲)이다. 채홍철이 음률을 알아서 가사를 지어 노래하는 여종으로 하여금 창(唱)하게 하였는데, 그 악보는 비밀히 하여 사람에게 전하지 아니하니 아는 자가 없었다.[17)]

①에서는 권근이 채홍철을 소개하면서 그가 지은 〈자하동(紫霞洞)〉을 "자하동별곡(紫霞洞別曲)"이라 했다. 자하동은 ②에서처럼 〈자하곡(紫霞曲)〉이라는 명칭보다는 〈자하동(紫霞洞)〉으로 기록되어 전한다. 그 내용을 전하는 『고려사(高麗史)』, 『고려사절요(高麗史節要)』와 같은 사서에는 모두 〈자하동〉으로 되어있는데 위의 두 기록에서는 제명을 달리하여 적고 있다. 내용적으로 동일한 곡을 한쪽에서는 '별곡(別曲)', 다른 편에서는 '곡(曲)'이라 했으니 이는 전승자의 어떤 태도에 따라 지칭하는 방식이 다름을 알 수 있다. ①의 '세칭 자하동별곡(世稱 紫霞洞別曲)'이라는 표현을 보면, 작자가 붙여 놓은 제명대로 불렸던 것이 아니라 세인들, 즉 일반 향유자들이 〈자하동〉을 보고 인식한 시가 유형으로 불렸다는 것을 알 수 있다. 결국 세인들은 〈자하동〉을 '○○별곡'으로 인식하고 그렇게 불렀다는 것인데 이 때의 별곡에 대한 인식

---

16) 權近, 『陽村集』 券35 「東賢事略」 〈察贊成諱洪哲〉, 007_308d. "公於文章技藝醫藥音律 皆極其精 …(中略)… 時邀國老爲耆英會 製新詞 新詞世稱紫霞洞別曲 以被管絃 至今傳于樂府"

17) 『增補文獻備考』 卷106 樂17 俗部樂1 俗樂條 〈紫霞洞〉. "一名紫霞曲 洪哲曉音律 製歌 令家婢唱之 其譜秘不傳 人未有知之者"

이 무엇인가를 생각해 보아야 하겠다.

①과 ② 모두 '곡(曲)'이라는 공통점을 가지는데 이는 이 문헌들이 〈자하동〉의 음악적 측면을 부각하여 설명하려는 편찬자의 의도를 반영한 것이라 할 수 있다. 채홍철이 음율에 정통하였고 그가 직접 〈자하동〉을 지었기 때문에 그의 곡에 대한 세인들의 관심이 지속되었던 듯하다. 그런데 권근은 이 곡이 악부에 전한다고 했는데 『증보문헌비고(增補文獻備考)』에서는 그 곡을 아무도 모른다고 하여 두 문헌이 서로 다르게 기록되어 있다. 아마도 권근 당시에는 음율이 전승되었다가 그 이후에 잃어버리게 된 것 같다.

한편으로 〈자하동〉은 『고려사』 「악지」에 의하면 우리말로 된 가사가 있었던 것으로 생각되는데[18] '순수한 한문으로 내용만 기록한 악부(樂府)'에 〈자하동별곡〉이 전할 수 있었을까 의문이 들 수 있다. 더구나 선초의 국어기록의 어려움을 생각한다면 주요 내용만 한시의 형태로 기록한 '악부'였을 것으로 추측할 수 있겠으나 ①의 '악부'는 음악을 담당했던 부서로 보아야 마땅하다. 왜냐하면 우리나라의 악부시집으로 최초의 것은 김종직(金宗直)의 「동도악부(東都樂府)」인데 권근의 시대에는 '악부' 편찬이 이루어지지 않아 '악부'라는 단어가 개인 편찬의 악부시 모음집을 뜻하기 어려웠을 것이다. 이렇게 보면 위에서 '관현에 입혀 악부에 전한다'는 말이 이해될 수 있다. 가사는 창기에 의해 구전되었을 것이고 가락은 악곡에 의해 전수되었을 것이니 권근으로서는 정확하게 당시 사정을 기록한 셈이다. 『고려사』나 권근의 기록

---

18) 〈高麗史〉 樂志 俗樂. "高麗俗樂 考諸樂譜載之 其動動及西京以下二十四篇皆用俚語"

에도 채홍철은 음악에 능한 사람이었고 『증보문헌비고』에도 그의 악곡에 대한 관심을 기록하고 있는 것으로 보아 권근의 위 기록은 음악과 관련한 언급이라 보인다. 또한 『고려사절요(高麗史節要)』(1452년(문종 2)편찬)에는 악부를 위의 해석과 같이 표현[19]하고 있고 곡명도 〈자하동신곡〉이라 했다. 따라서 권근이 쓴 '별곡'의 의미는 '악곡(樂曲)', '악부(樂府)'와 관련이 있고, 그것은 그때까지 전승된 〈한림별곡〉의 성격에서 유추한 것이라 하겠다. 물론 이 때의 악부는 조선 중기 이후의 악부시를 의미하지 않고 음악부서나 궁중악을 의미한다.[20] 요컨대 〈한림별곡〉은 궁중악으로 사용됐으며 동시에 신임 관리들의 노래로 사용되었다는 점이 〈상대별곡〉의 성격과 유사하다. 〈한림별곡〉의 유행은 향유자들에게 '○○별곡'에 대한 의식을 형성토록 하였고 그 증거로 들 수 있는 것이 〈자하곡〉을 〈자하동별곡〉이라 세칭(世稱)했다는 점이다. 권근 역시 〈자하동별곡〉을 제명으로 인정하고 있는 것으로 보아 '○○별곡'에 대한 인식이 시가 향유자들 사이에 있었다고 확신할 수 있다. 이때의 향유자들은 궁중악을 접할 수 있었던 즉 〈한림별곡〉의 향유자들이고, 〈자하곡〉이 기로연의 성격을 갖는다는 점에서 신흥관리의 노래인 〈한림별곡〉과 같은 층위에 있는 노래로 받아들여져 〈자하동별곡〉이라 칭한 것으로 볼 수 있다. 또한 권근이 〈자하동〉을 〈자하동별곡〉이라 칭한 것은 〈상대별곡〉의 조어법과도 맥락이 닿

19) 『高麗史節要』卷25 〈忠惠王條〉. "爲者英會 作紫霞洞新曲 今樂府有譜 忠宣王條 混 久掌選法 性且不廉故 其家稍富 務爲疎散 喜賓客 好琴碁 嘗貶寧海 得海浮査 製爲舞鼓 至今傳于樂府"

20) 악부가 궁중악 전체를 나타내는 말로 쓰이는 예는 여러 문헌에서 발견할 수 있다. ; 『國朝寶鑑』卷4 太宗朝 11年(辛卯). "지금부터는 樂府에서 이 曲을 삭제하라." 自今樂府宜削此曲.

는다. '자하동'이라는 공간관계어를 '별곡' 앞에 붙인 점을 볼 때, 권근에게 있어 '별곡'의 제명 의식이 무엇이었는지는 분명히 알 수 있다.

3) 〈관동별곡〉 단계[21)]

이 단계의 별곡류 시가의 변화는 첫째, 경기체가계의 별곡이 집단 정서의 과시적 표출 양상을 벗어나 개인화되면서 장르가 소멸한다는 점[22)], 둘째, 가사 장르에 별곡류 시가(別曲類 詩歌)가 등장하면서 '궁중악으로서의 별곡'에서 '개인악으로의 별곡'으로 변모한다는 점, 셋째, 이러한 변화의 기저에는 선초의 관인문학에 대항하는 새로운 문학관의 등장이 있었다는 점이다.

성종조 김종직의 득세는 사림파라는 새로운 정치적 학문적 세력의 등장을 알리는 계기였다. 심성수양의 도리로 무장한 사림파의 성리학적 세계관은 제술(製述)을 중시하는 훈구파의 세계관과는 현격히 다른 것이었다. 선초의 문인들이 당대를 天命이 발현된 시기로 보고 시운

---

21) 朝鮮中期는 별곡류 시가의 중흥기이다. 장르적으로 고려조의 노래 형식을 벗어나 가사라는 새로운 장르에서 '○○별곡'의 제명이 쓰이고 내용적으로 유학적 도를 반영하고 있어 이전 단계와는 확연히 구분된다. 더 나아가 전시대의 악장 중심, 공동체 중심의 창작 동기에서 벗어나 순수하게 개인악으로서 창작이 이루어진다. 이 단계에 가장 큰 영향력을 지녔던 송강의 〈관동별곡〉을 대표작으로 보고 논의를 진행한다.

22) 권호문의 〈독락팔곡〉이 사실상 경기체가의 마지막 작품이다. 권호문은 이 작품에서 은일자로서의 모습을 형상화 하였으나 그 내용과 장르적 성격이 부합하지 못했다. 새로운 내용은 새로운 형식에 구현해야 하는 법이다. 경기체가 자체가 '드러냄'의 미학을 기조로 하는 바 성리학적 도를 구현하고자 하는 은일지사의 내면을 표현하는 장르로서 경기체가는 한계를 가지고 있었다. 이후 성리학자들에게 창작의 기제로 널리 쓰였던 것은 시조와 가사였다.

론적(時運論的) 세계관을 가진 것에 반해, 조선 중기의 사림파는 본연지성(本然之性)과 기질지성(氣質之性)으로 세계를 이해하고, 본연지성에 따른 행위는 선한 것이며, 기질지성에 따른 행위는 인욕에 의해 악으로 흐르는 경향을 갖기 때문에 인간은 인욕을 없애고 천리를 보존하는 도덕 실천을 통해 본연지성에 따르는 생활방식을 가져야 한다고 했다. 그리고 이러한 생활방식을 가지기 위해서 사물에 존재하는 천리를 인식하는 궁리(窮理)와 인욕의 발동을 억제하는 내면적 수양을 중시하였다. 이런 성리학적 세계관은 성정미학(性情美學)이라는 새로운 문학관으로 이어져 조선 중기의 문학에 큰 영향을 미치게 된다.

이러한 심성 수양을 중시하는 성리학적 가치관은 여말 선초의 과시적이고 사장적인 문학에서 자신의 내면과 천리를 궁구(窮究)하는 도학적 문학으로의 변화를 주도했다. 다른 관점에서 보면 선초의 별곡류 시가(b)가 주로 '올바른 군신관계, 조선 건국의 정당성'에 초점을 맞추었다면, 이 단계의 별곡은 개인화된 세계를 표현하는 것에 초점을 둔다.

경기체가 〈화전별곡(花田別曲)〉은 작가가 기묘사화에 관련되어 해남에서 유배생활을 할 때 지은 작품이다. 고난에 처한 상황이었지만 산수를 즐기는 풍류가 나타나 있다. 어디서나 찾아볼 수 있는 즐거움을 노래하면서 서울의 번화함과 풍족함을 부러워할 필요가 없다고 했다. 이런 관점에서 〈화전별곡〉은 단순히 경기체가의 형식적 붕괴만을 지표하는 작품이 아니라, 미학관의 변화를 보여주는 증거라 하겠다. 별곡류 시가는 아니지만 정극인의 〈불우헌곡(不憂軒曲)〉의 경우도 개인화된 세계를 보여주고 있다는 점에서 이 시기 문학관의 변화를 읽을 수 있다.

경기체가 붕괴의 이유를 연구자들은 경기체가의 장르적 성격과 사회적 변동에서 찾고 있다. 김문기는 '평민의식이 대두되어 성장되기 시작한 임란(壬亂)을 전후하여 소멸되었다'고 하면서, '대부분 상층 계급들의 과시와 찬양의 문학 '장르'이기 때문에 임란을 전후하여 상층 계급들이 '과시와 찬양'의 기세와 기회를 자연적으로 상실함으로써 그 시가 형태도 필요성을 잃게 되었다[23]'고 했고, 조동일은 경기체가의 심(心)·신(身)·인(人)의 물화(物化)가 극단적인 방향이었기 때문에 단명했다[24]고 보았다. 이 글에서는 이런 관점에 대한 비판보다는 문학관의 변화와 담당층의 창작 토대의 변화를 더욱 주목해서 보아야 한다는 점을 강조하고 싶다. 이 단계의 문학관의 변화는 이미 설명한 대로 성정미학의 대두를 의미한다. 다시 말해 미학의 변화가 새로운 장르의 탄생과 구장르의 소멸을 이끌었다는 것이다. 선초 문인들은 새로운 국가, 새로운 임금과 신하라는 시대적 화두를 작품 속에 담아내는 데 치중했던 바, 그 창작의 토대는 거시적일 수밖에 없었던 반면, 수기(修己)·치인(治心)의 道를 중시했던 조선 중기 문인들의 그것은 내면의 도를 닦는 것이므로 미시적일 수밖에 없었다.

이렇게 개인화된 창작의 토대는 가사문학에 그대로 이어진다. 〈관서별곡(關西別曲)〉은 선초의 궁중 또는 집단이라는 거시적 창작 토대를 벗어나 개인이 자연을 바라보는 미시적 시각을 반영하고 있다. 이 작품은 작가가 관리로서 관서지방을 유람하면서 아름다운 경치를 노래한 것이다[25]. 이전 단계의 별곡이 가졌던 공적 연향의 성격을 벗어나

---

23) 金文基, 「景幾體歌의 綜合的 考察」(『고전시가론』, 새문사, 1984), p.285. 참조.
24) 조동일, 앞의 책, p.263.
25) 洪萬宗, 『旬五志』. "公爲平安評事 歷遍江山之美 聘望夷夏之交 關西佳麗 寫出於一詞"

사적 연향의 성격을 띤다는 점과 가사(歌辭)라는 새로운 장르로 별곡류 시가를 시도한 점은 주목을 요한다. 〈관동별곡(關東別曲)〉은 그러한 〈관서별곡(關西別曲)〉의 영향 하에 만들어진 작품으로 작품의 구조나 어법 면에서 유사한 점이 많다는 점은 이미 밝혀진 바이다[26]. 이 두 작품은 기행문학으로서 개인과 자연의 친밀감, 신하로서의 충성심, 백성을 사랑하는 마음이 공통적으로 드러나 있고 조선 중기 사대부들의 보편적 가치관을 담고 있다. 특히 〈관동별곡〉은 이본이 다수 존재하여[27] 시가사적으로 가장 널리 불려진 노래이다. 그만큼 〈관동별곡〉의 영향력은 지대하다고 볼 수 있다.

4) 〈상사별곡〉 단계[28]

이 단계에 해당하는 작품들은 작자, 연대 미상의 작품들이 다수 포함되어 있다. 작품이 소재한 가집의 발행시기와 문학사적 흐름을 생각하여 그 발생 연대를 추단한다면 대개 영·정조이후 실학사상의 대두로 평민문학이 왕성할 때라 할 수 있다. 조선 후기로 들면서 시조·가사 문학의 저변이 매우 넓어지게 되고 그 결과 조선전기와는 다른 새로운

---

26) 이상보, 「백광홍의 관서별곡」(『韓國 歌辭文學의 硏究』, 螢雪出版社, 1974), pp.146~147.

27) 김기영, 「〈관동별곡〉의 유통 양상에 대하여」(『자연시가와 시가교육』, 이회, 2002) ; 최규수, 『송강 정철 시가의 수용사적 탐색』(월인, 2002) 참조.

28) 朝鮮後期에 들어 별곡류 시가는 그 제명 원칙에 파괴 현상이 보인다. 이전 시가까지 '공간관계어+별곡'의 제명 방식을 고수하고 있었던 바, 이 단계에 이르면 서민들의 가사 문학 참여로 많은 서민 가사가 생겨나면서 내용, 형식면에서 큰 변화가 생긴다. 그 흐름 속에 별곡류 시가의 제명 방식도 지켜지지 못하고 〈상사별곡〉, 〈물레별곡〉 등과 같은 비공간어가 제명에 등장하게 된다. 이 글에서는 이 단계를 별곡류 시가의 쇠퇴기로 보고 대표작으로는 〈상사별곡〉을 꼽았다.

형식적 변이가 시가 장르에서 모색된다.

별곡류 시가 역시 이러한 문학사적 흐름을 타고 있다. 〈상사별곡(相思別曲)〉, 〈물레별곡〉, 〈감사별곡(憾死別曲)〉과 같은 제명은 이전 단계에는 발견하기 힘든 모습이다. 이 단계에는 가설로 내세운 '공간관계어+별곡(別曲)'의 이름 붙임새는 더 이상 적용되지 않는다. 물론 〈관동속별곡(關東續別曲)〉, 〈매호별곡(梅湖別曲)〉, 〈강촌별곡(江村別曲)〉, 〈숑양별곡(崧陽別曲)〉, 〈금강별곡(金剛別曲)〉, 〈탐라별곡(耽羅別曲)〉, 〈단산별곡(丹山別曲)〉, 〈기성별곡(箕城別曲)〉, 〈녕삼별곡(寧三別曲)〉, 〈향산별곡(香山別曲)〉, 〈화양별곡(華陽別曲)〉, 〈황남별곡(黃南別曲)〉처럼 전대의 이름 붙임새를 그대로 유지하는 작품들도 있으나, 〈상사별곡(相思別曲)〉처럼 비공간관계어가 제명으로 붙은 작품들이 전시대의 별곡류 시가의 존재 양상(歌辭)과는 판이한 모습(잡가, 소설)으로 넓은 향유층을 형성하여 널리 유행하게 된 것은 이 단계의 특징이라 할 수 있다.

지금까지 별곡류 시가의 이름붙임새가 시대에 따라 어떻게 달라졌는지를 간략하게 살펴보았다. 별곡류 시가의 제명 관습은 고려 시대의 경기체가로부터 연원한다. 특히 〈한림별곡〉은 조선조에 들어와서도 음악적으로나 시가사적으로 지속적인 영향력을 행사했다. 정철의 〈관동별곡〉 또한 조선조에 많이 향유되었던 바 그 영향력은 〈한림별곡〉에 비견할 만하다. 이렇게 지속적으로 향유되었던 별곡류 시가는 이후 '○○별곡'의 제명 관습에 결정적 역할을 했을 것으로 생각된다.

별곡류 시가의 제명은 〈한림별곡〉 이후 축어적 의미를 벗어나면서 하나의 형식적 틀을 형성하여 조선조 전반에 걸쳐 사용된다. 〈한림별곡〉단계의 '별곡'이 정격 궁중악과는 다른, 별다른 노래라는 의미로 사용되었다면 이러한 제명의 궁중악이 많아진 조선 중기 이후에는 사실상 그 축어적 의미 그대로의 '별곡'으로 이해되기 어려웠다. 초기의 '○○별곡'은 그 의미의 생경함이 주는 문학적 흡인력이 작품의 창작을 이끌었다. 그러나 조어의 긴장감을 상실하게 된 조선조 후기에는 제명 관습이 깨지는 현상을 보인다. 〈상사별곡〉처럼 공간과 전혀 관련없는 '상사(相思)'가 제명으로 등장하면서 제명 관습의 파괴를 통해 초기 별곡류 시가의 제명이 가진 '생경함'을 이어나간다. 말하자면, 의미의 생경함을 잃은 '별곡'이라는 제명을 조선후기에는 사용의 생경함을 통해 새로운 문학적 의미를 발생시켰다고 볼 수 있다. 따라서 이러한 현상은 크게 보면 별곡 명칭이 지속적으로 사용하게 된 '생경함'의 원칙을 충실히 이행하고 있는 것으로 볼 수 있다.

'○○별곡'으로 이름이 붙은 시가들이 '공간관계어+별곡(別曲)'으로 이루어진다는 가설은 조선후기의 시가작품들에서 예외를 발견할 수 있었지만 그 규칙은 대체로 맞아떨어진다고 할 수 있었다.

이 장의 논의를 정리하면 다음과 같다. 첫째, '○○별곡'이라는 이름 붙임새는 작품의 배경이 되는 문학적 공간을 환기하는 것이다. 둘째, 경기체가, 고려속요 등 고려조의 시가이면서도 조선조에 지속적으로 수용된 작품들이 이후 가사의 작명에 영향을 주었을 것이다. 셋째, 가사(歌辭)의 경우 〈관동별곡〉의 지속적인 수용이 타 가사 작품의 제명에 영향을 주었을 것이다. 〈관동별곡〉은 이미 많은 이본이 발견되었고, 특히 가창을 위한 단형의 작품도 있어 조선후기에 이르기까지 지속적으로 전국적 유통을 거친 작품임을 알 수 있다. 따라서 다른 가사 작품의 형성에 많은 영향을 미친 것으로 생각된다. 넷째, 시대적 추이에 따라 '문학적 공간관계어+별곡(別曲)'의 틀은 약화된다. 그 예로 〈상사별곡〉, 〈물레별곡〉 등을 들 수 있다. 다섯째, 통시적 추이와 아울러 단계별 공시적 특질도 함께 파악하면 별곡류 시가에 대한 의식의 변화를 발견할 수 있다. 이런 가설들을 가지고 각 단계별로 별곡류 시가를 고찰하였다.

이 글에서 밝히려 했던 것은 별곡류 시가를 대상으로 이질적 장르의 작품명간에 공통적으로 나타나는 특질을 통해 시가 창작자들의 의식에 기저하고 있었다고 볼 수 있는 '별곡에 대한 양식적 이해'다. 다시 말해, '별곡류 시가'의 시작(詩作)에 공통적으로 적용되어 온 명칭 명명의 기준은 '서정적 자아의 표현의 대상으로서의 공간이 작품 속에 상정되어 있는가' 하는 것이다. 이는 시가의 장르나 형식의 문제를 떠나 '○○별곡'으로 시가를 명명하는 의식이 무엇이었던가에 대한 관심이었다.

2. 제명 관습의 전승적 함의 – '外 – 變 – 眞 – 實 – 新'

앞 절에서의 논의를 바탕으로 '별곡'의 의미를 각 단계별로 나누어 정리하면 다음 표와 같다.

	별곡의 의미 변천	공간의미의 변천
1기 한림별곡단계	기존 장르에 대한 대위적 개념 고려 사대부의 민요적 유흥노래(우리말 가사+돌림창법)	관념적 지향 공간 (신진 관리의 기개)
2기 상대별곡단계	궁중악의 악장	관념적 지향 공간 (개국 관리의 기개)
3기 관동별곡단계	우리말 노래의 사적 창작	관념적 지향 공간 (성리학자의 수련공간)
4기 상사별곡단계	향유계층 확대 별곡의 원칙 파괴	현실적 지향 공간 (서민들의 생활공간)

별곡의 의미가 각 단계를 대표하는 작품들을 중심으로 변화하고 있지만 그 속에서도 지속적으로 전승되는 별곡의 특징은 '별(別)'이라는 기표에 있었다. 이 기표는 작가들이 '○○별곡'이라는 제명을 선택하고 그것에 대한 이해가 전승되게 하는 문학적 장치라고 볼 수 있다. 별곡류 시가의 작가들이 작품과 제명에 드러내려고 했던 의미가 무엇인지 '별(別)'의 의미를 중심으로 고찰한다. '별(別)' 개념은 대체로 '외(外)–변(變)–진(眞)–실(實)–신(新)'의 개념과 통한다고 생각되는데 구체적 자료를 바탕으로 이에 대해 논하고자 한다.

먼저 자의로 볼 때 '별(別)'은 '외(外)'와 상통하는 부분이 있다. 앞절에서 고찰한 바처럼 '별(別)'의 의미를 '무엇으로부터 벗어나' 있는 것이라 한다면, '방외인(方外人)'[29]의 '외(外)'와 같이 중심으로부터 벗어나 있는 것을 가리키는 말이 될 것이다. 이렇게 '별(別)'을 '외(外)'의 개념과 연결시킬 수 있는 것은 '방외'에 대한 관념이 조선조 학자들 사이에 분명히 존재하였기 때문이다. 그 개념은 대체로 도가나 불가를 지칭하는 것인데[30] 주류 문학에서 벗어나 있는 것을 가리키는 것으로 보아도 무방하다. 이미 살핀 바와 같이 〈한림별곡〉은 정격 궁중악과 비교해 볼 때 왕의 음악이 아닌 신의 음악이다. 그런 점에서 〈한림별곡〉은 송축을 위주로 하는 악장의 성격을 비껴나 있는 특별한(別) 작품이며 동시에 궁중악 중에서도 바깥에 위치하는(外) 노래이다. 사대부의 기개를 노래하고 있다는 점이 궁중악의 성격에서 벗어

29) 방외인 개념에 대해서는 임형택의 논문(「朝鮮前期 文人類型과 方外人文學」, 『한국문학연구입문』, 지식산업사, 1982)을 참고함

30) 황위주, 「方外人文學의 概念과 性格」(『국어교육연구』 18집, 경북대, 1986).

나 있고, 작가인 한림제유의 정치적 위상을 볼 때에도 결코 정치의 중심(內)에 있다고 볼 수 없다. 무신정권 하에서 문신들은 굴종할 수밖에 없었다. 〈한림별곡〉에서 부르짖는 문신들의 기개라는 것도 사실상 무신정권하에서 문학적 공간을 설정하여 그 안에서 자위하려는 것에 불과하다.

'외(外)'의 개념과 관련하여 조선후기의 여항문학을 생각할 수 있다. 여항인[31]들은 권력과 그 권력으로부터 유래하는 사회적 명예로부터 소외된 사람들을 말하며 이는 상대적 개념이다.[32] 여항인의 한시는 공통적으로 '천기(天機 : 眞)'를 드러내고자 하였다.[33] 계층적으로나 문학적으로 '외(外)'의 범주에 있으면서도 그들이 드러내려고 하는 것이 '천기'라는 것은 그들의 의식세계의 지향이 무엇인지 암시해준다. 그만큼 그들은 문화적 자긍심이 높았고 상층 양반의 문예에 버금가려는 의식이 있었다. 말하자면 이들의 자의식은 '정(正)'을 지향하고 있었다.[34] 신분적으로 정(正)에 있던 사람들이나 변(變)에 있던 사람들, 정치적으로 득세한 사람(內)이나 불우한 사람(外) 모두 그들이 추구하는 것은 진(眞)·실(實)이었다. 다만 무엇을 진·실이라고 생각했는지 그 내

31) 여항인과 방외인은 개념적으로 중첩되는 부분이 있다. 윤주필(『한국의 방외인문학』, 집문당, 1999)은 조선후기의 여항인들도 '방외인'이라는 범주에 포함시켜 논의를 편 바 있다.

32) 강명관, 『조선후기 여항문학 연구』(창작과 비평사, 1997), pp.114~115, p.244.

33) 박명희, 『18세기 문학비평론』(경인문화사, 2002), p.74. ; 『柳下集』 卷9, 〈海東遺珠序〉 "若夫寫景之淸圓者其春鳥乎 而抒情之悲切者其秋虫乎 惟其所以爲感而鳴之者 無非天機中自然流出 則此所謂眞詩也" 참조.

34) 여항 한시에는 현실의 궁핍상, 신분적 한계에 대한 좌절감 등을 표현한 것도 없지 않지만 그보다는 향락주의와 산수 취미에 경사되어 있다. (강명관, 『조선시대 문학 예술의 생성 공간』, 소명출판, 1999, pp.230~239.)

용이 다를 뿐이다. 여항인의 경우에도 그들의 신분적 위치는 내(內)가 아닌 외(外), 문학적 위상에 있어서도 정(正)이 아닌 변(變)의 층위에 있었지만 그들이 지향했던 것 자체는 가(假)·허(虛)가 아닌 진(眞)·실(實)이었고 그런 의식을 통해 정신적으로 내(內)·정(正)의 차원에 머무르고자 했던 것이다.

그런데 여항인들의 의식과 정반대의 경우가 바로 〈한림별곡〉의 문인들이다. 그들은 작품에서 보는 바와 같이 계층적·정치적으로 중심에 있었지만 사실상 무인정권의 시녀에 불과했다. 즉 이들은 조선후기의 여항인들과는 대비적으로 정(正)·내(內)의 위상에 있었음에도 불구하고 그들의 자의식은 변(變)·외(外)의 차원에 머무르고 있었던 것이다.[35] 결국 이러한 그들의 자의식이 〈한림별곡〉이라는 기제를 통해 '별(別)'의 세계를 표출한 것으로 생각된다.

한림들의 노래인 〈한림별곡〉이 '변(變)'의 노래라면 유림(儒林)들의 노래인 〈유림가(儒林歌)〉는 '정(正)'의 노래라고 할 수 있다. 한림이나 유림이 같은 층위의 사람인데 한쪽은 '-별곡(別曲)'이라 붙이고 한쪽은 '-가(歌)'라 붙인 것은 오로지 노래의 성격 때문이다.

35) 이렇게 자의식과 현실의 괴리는 방내와 방외라는 실제가 의식의 방내, 방외를 규정하지 않는다는 것을 전제로 한다. 한 예로 신흠의 경우 '어엿한 사림의 일원이지만 내면적으로 방외의 정신적 지향점을 지녔음을 스스로 나타내었다'고 볼 수 있다. (윤주필, 『한국의 방외인문학』, 집문당, 1999, p.388. 참조) 그에 반해 여항인인 홍세태나 이언진 같은 이는 사대부들 사이에서 칭송을 받았고 그들 스스로도 높은 자존심을 지니고 있었다.(차용주, 『韓國 委巷文學作家 硏究』, 경인문화사, 2003. 참조)

五百年이 도라 黃河ㅅ므리믈가
오빅년 황하
聖主ㅣ 重興ᄒᆞ시니 萬民의 咸樂이로다
셩쥬 듕흥 만민 함락
五百年이 도라 沂水ㅅ므리믈가
오빅년 긔슈
聖主ㅣ 重興ᄒᆞ시니 百穀이 豐登ᄒᆞ샷다
셩쥬 듕흥 빅곡 풍등
(葉) 我窮且樂아 窮且窮且樂아 浴乎沂風乎舞雩詠而歸호리라 我窮且樂아 窮且窮且樂아
아궁챠락 궁챠궁챠락 욕호긔풍호무우영이귀 아궁챠락 궁챠궁챠락

〈儒林歌〉 일부

〈유림가〉는 조선 왕조의 창업과 성주(聖主)를 찬양하고 있어 그 내용이 선초 궁중에서 표방하는 천명(天命)의 논리를 따르고 있기에 '정(正)'에 해당하는 노래라 할 수 있다. 따라서 〈유림별곡(儒林別曲)〉이라 제명을 붙이지 않고 〈유림가(儒林歌)〉라 붙인 것으로 생각된다. 〈유림가〉에서와 마찬가지로 이황의 〈도덕가(道德歌)〉도 '-가(歌)'를 제명으로 쓰고 있다. 〈도덕가〉는 수많은 이칭[36]을 가지고 있지만 모두 '-가(歌)'로 명명되고 있다. 이 역시 내용 자체가 유교적 원리를 담은 '정(正)'의 성격을 띠고 있기 때문에 여러 다른 제명으로 변형되어도 '변

---

36) 이황의 가사 작품인 〈도덕가〉는 이본에 따라서 〈공부ᄌᆞ궐리가〉, 〈유학지로가(幼學指路歌)〉, 〈권선가(勸善歌)〉, 〈지로가(指路歌)〉, 〈권선지로가(勸善指路歌)〉, 〈권의지로가(勸義指路歌)〉, 〈안택가(安宅歌)〉, 〈인택가(仁宅歌)〉, 〈등루가(登樓歌)〉, 〈퇴계선생등루가〉, 〈퇴계선생도덕가〉 등으로 불려왔다. 조기영, 「이황의 〈도덕가〉 이본 -도학적 학문정신의 계승」(『한국시가의 정신세계』, 북스힐, 2004), pp.220~221.

(變)'의 성격을 지표하는 '○○별곡'으로는 불리지 않은 것이다.

더 나아가 조선조의 〈관동별곡〉을 보면 이전의 '궁중악'으로서의 별곡의 의미를 벗어나(外) '개인악'으로서의 별곡의 의미를 형성하고 있다. 〈한림별곡〉이 형성해 놓은 관습이 '궁중악·집권 사대부의 노래'의 의미였다면 〈관동별곡〉은 이를 벗어나(外) '개인악, 선비의 노래'로 그 지향점을 바꾸어 놓고 있다. 더구나 이전의 경기체가에 집중적으로 '○○별곡'의 제명이 쓰였는데 〈관동별곡〉단계에 들어서는 가사에 집중적으로 같은 제명 방식이 쓰인 것은 이전의 별곡류 시가의 관습으로부터 벗어나려는 시도로 볼 수 있다. 가사의 작가들이 대부분 중앙 정치 현장에서 벗어나(또는 쫓겨나) 지방에서 자신들만의 유희 공간을 만들고 별곡류 시가를 창작했다는 것을 생각하면 '별곡(別曲)'의 '별(別)'의 의미는 '외(外)'와 통한다고 볼 수 있다. 한 예로 〈서호별곡〉의 작가인 허강을 들 수 있다. 허강은 강호처가(江湖處士)로서, 어려서부터 학문을 좋아하고 벼슬에는 관심이 없었으며, 천성이 고결하였다. 1545년(명종 즉위) 을사사화 때 부친이 이기(李芑)의 모함으로 홍원(洪原)에 귀양가서 죽자, 벼슬을 단념하고 40년 동안 유랑생활을 하면서 학문에 전념하였다[37]고 한다. 허강이 지향했던 공간이 바로 중심이 아닌 '외(外)'였으며 바로 그러한 가치관을 생활로 옮겼던 것으로 생각된다.

또한 조선후기에 이르러 신분계층의 바깥에 있었던 서민들이 별곡류 시가의 창작에 참여하면서 양반 중심의 별곡에서 서민 중심의 별곡으로 그 양상이 바뀌는 것도 별(別)이 지향하는 외(外)의 속성이 드러난

37) 전함사별제(典艦司別提)에 임명되었으나 거절, 아버지가 편찬한 《역대사감(歷代史鑑)》 30권을 완성하였다. 임진왜란 때 토산(兎山)에 피란 중에 죽었다. 저서로 《송호유고》가 있다.

것에 불과하다. 양반들이 만들어 놓은 '공간관계어+별곡'이라는 제명 관습 역시 서민들에게는 탈피해야 할 것으로 보였고, 그에 따라 〈상사별곡〉단계에 이르러서는 공간명이 제명에 등장하지 않는 경우가 많다.

이와 같은 '별(別)'의 의미는 현대 철학과 같은 맥락을 가지고 있다. 러시아 형식주의에서 문학의 주요한 특성으로 거론하는 '낯설게 하기'도 '기존의 문학 관습으로부터 벗어나기'라고 볼 수 있다. 〈한림별곡〉도 곡(曲:정격 궁중악)으로부터 벗어나 궁중악으로서는 '낯선' 형식과 내용을 담고 있다. 조선조의 가사계 별곡의 작가와 관련해 볼 때 당쟁, 전란 등으로 농촌에 기거할 수밖에 없는 그들의 처지는 중앙의 집권 정치인들에 비해 매우 열악한 것이었다. 미셸 푸코는 중심에 들지 못하고 주변에 맴도는 인물들을 '타자(他者)'라고 했고, 들뢰즈도 이와 유사하게 '소수자(minority)'라고 표현했는데 바로 별곡류 시가의 작가들이 그러한 경우에 해당한다. 〈한림별곡〉의 작가들이 그러하고 〈관동별곡〉기, 〈상사별곡〉기의 작가들이 대체로 '동일자'가 아닌 '타자'에 해당한다. 구조주의에서는 이를 '바깥의 사회'라고도 표현하는 바 그 의미들은 모두 통한다고 볼 수 있다.

앞서 논의한 바와 같이 '별(別)'은 '변(變)'의 의미와 통한다. '변(變)'은 변화를 전제로 하며 그때의 변화는 이전보다 더 나은 상태를 지향한다. 청말(淸末)의 변법자강운동(變法自疆運動)[38]이 그러하며, 상앙(商鞅)의 변법(變法)[39] 또한 그런 의미의 범주에서 벗어나지 않는다. 따라

38) 조병한, 「동양에서의 변법과 개혁 ; 청말 법치관념의 수용과 개혁운동」, 『법철학연구』 Vol.7, No.2, 한국법철학회, 2004.

39) 윤대식, 「상앙 변법의 정치적 함의」, 『동양정치사상사』, Vol.3, No.1, 한국동양정치사상사학회, 2004, pp.183~184.

서 정(正)에서 벗어나 새로운 내용과 형식을 이루어내는 문학적 행위를 '변(變)'으로 볼 수 있다. 별곡의 의미가 단계별로 바뀌면서 새로운 별곡류 시가가 등장하는 것도 바로 별(別)의 의미가 변(變)의 의미와 통하기 때문이었다.

조선 후기로 들어 우리의 산수를 좀더 진실하게 그려내고자 하는 문예 사조가 생긴다. 회화에서뿐만 아니라 문학에서도 중국의 자연이 아닌 우리의 자연의 모습을 시에 형상화하려고 했다.

> 송강(松江)의 '관동별곡(關東別曲)', '전후사미인가(前後思美人歌)'는 우리나라의 이소(離騷)이나, 그것은 문자(文字)로써는 쓸 수가 없기 때문에 오직 악인 (樂人)들이 구전(口傳)하여 서로 이어받아 전해지고 혹은 한글로 써서 전해질 뿐이다. 어떤 사람이 칠언시(七言詩)로써 관동별곡을 번역하였지만, 아름답게 될 수가 없었다. 혹은 택당(澤堂)의 소시(少時) 작품이라고 하지만, 옳지 않다. 구마라습이 말하기를, "천축인(天竺人)의 풍속은 가장 문채(文彩)를 숭상하여 그들의 찬불사(讚佛詞)는 극히 아름답다. 이제 이를 중국어로 번역하면 단지 그 뜻만 알 수 있지, 그 말씨는 알 수 없다." 하였다. 이치가 정녕 그럴 것이다. 사람의 마음이 입으로 표현된 것이 말이요, 말에 가락이 있는 것이 시가문부(詩歌文賦)이다. 사방(四方)의 말이 비록 같지는 않더라도 진실로 말할 수 있는 사람이 각각 그 말에 따라 가락을 맞춘다면, 다같이 천지를 감동시키고 귀신을 통할 수가 있는 것은 유독 중국만이 그런 것은 아니다. 지금 우리나라의 시문(詩文)은 자기 말을 버려두고 다른 나라말을 배워서 표현한 것이니, 설사 아주 비슷하다 하더라도 이는 단지 앵무새가 사람의 말을 하는 것과 같다. 여염집 골목길에서 나무꾼이나 물 긷는 아낙네들이 에야디야 하며 서로 주고받는 노래가 비록 저속하다 하여도 그 진가(眞價)를 따진다면, 정녕 학사대부(學士大夫)들의 이른바 시부(詩賦)라고 하는 것과 같은 입장에서 논할 수는 없다. 하물며 이 <u>삼별곡(三別曲)은</u> 천기(天機)의 자발(自發)함이 있고, 이속(夷俗)의 비리(鄙俚)함도 없으니, 자고로 좌해(左

> 海)의 진문장(眞文章)은 이 세 편뿐이다. 그러나 세 편을 가지고 논한다면, 후미인곡이 가장 높고 관동별곡과 전미인곡은 그래도 한자어를 빌려서 수식(修飾)을 했다.[40]

서포의 글에서 알 수 있듯이 우리의 생생한 삶의 모습을 그려내는 것이 가장 좋은 문학이라는 문예관의 변화가 있었음을 알 수 있다. 조선 후기의 '진경산수(眞景山水)', '사진(寫眞)', '진경(眞景)' 같은 개념은 모두 같은 궤에서 이해할 수 있는 말들이다. 서포의 진문장(眞文章)의 '진(眞)'의 개념 역시 중국의 관념적 자연을 동경하고 그리기보다는, 우리 조선의 살아 있는 삶의 모습, 자연의 모습을 그리는 것이 더 천기를 잘 반영한다는 의미로 쓰였다. 따라서 조선 후기 별곡류 시가의 '별(別)'의 의미는 주류적 문예인 한문학이 관념적인 공간을 지향하는 것에 반해, 그러한 관습에서 벗어나 참다운 삶의 공간(眞)을 지향한다는 의미를 구성한다.

이러한 진(眞)의 개념은 이익의 글을 통해서도 확인할 수 있다.

> ① 고금의 산수를 보니 사람을 깜짝 놀라게 한다. 그것은 온갖 기이함과 거짓이 그 속에 그려져 있기 때문이다. 이는 오직 사람을 기쁘게 하기 위해 기묘한 경치만 그려 놓은 것이니 필경 그러한 풍경은 없을 것이다. 귀신으로 하여금 우주 안을 돌아다니게 하여도 과연 어디서 그 '진경(眞境)'을 발견할 수 있겠는가. 사람에 비유할 것 같으면 헛된 말을 날조하고 수식하여 사람을 속이는 것에 불과하니 어찌 그러한 것을 취하랴.[41]

---

40) 『西浦漫筆』.

41) 李瀷, 『星湖僿說』, 「武夷九曲圖跋」, p.401.

> ② 사물의 진경(眞境)은 생각하는 것이 듣는 것만 못하고, 듣는 것이 보는 것만 못합니다. 혹 오래 전의 일이나 천리 밖의 일이라면 어떻게 그 실상을 목도할 수 있겠습니까. 오직 문자에 의할 뿐입니다. 그러므로, 글을 심화(心畵)라 하는 것입니다. 형상을 그려내어 실상과 거의 같게 하여 그것을 보면 일에 유익함이 있기 때문입니다. 혹 헛되게 꾸며서 실상을 그려 내지 못한다면 말이 진실에서 나왔다 한들 무슨 보탬이 되겠습니까.[42]

이익은 그림이든 글이든 사물의 실상을 있는 그대로 전달하는 것을 '진경(眞景)'이라 했다. 사물을 통해서 실상을 목도할 수 있다는 말은 성리학자들이 관념적인 사유를 통해 도를 알 수 있다는 주관적인 인식 태도와는 구별되는 것이다. ②에서처럼 '심화(心畵)', 즉 마치 그림을 그리듯이 있는 그대로를 전달하는 것이 좋은 글이라고 보는 이익의 입장은 객관적인 사실의 전달이 '진(眞)'의 개념을 구현할 수 있다는 생각을 반영하고 있다.

이러한 이익의 입장은 사실을 사실 그대로 전달하고자 하는 현대의 모더니즘 시인들의 주장과 비슷하다. 1920~30년대의 감상주의적인 시에 반발하여 주지주의적 경향과 이미지를 중시했던 모더니즘 시인들은 대상에 대한 주관적 감상보다는 객관적 묘사를 통해 시를 지을 것을 주장하였다. 대상을 있는 그대로 전달함으로써 독자들에게 대상을 왜곡시키지 않으려는 그들의 의도는 이익의 진경의 개념과 유사하다. 특히 모더니즘 시인들의 회화적 수법이 대상에 대한 객관적 표현의 수단으로 쓰인 것처럼, 이익의 경우에도 실상을 그려내는 것(心畵)

---

42) 위의 책, 권30, 詩門門, 「諫用兵書」 참조.

이 객관적 전달의 수단으로 표방된다.

대상을 그대로 드러내는 것, 즉 객관화시키는 궁극적인 목적은 대상의 본질을 파악하는 것이다. '실(實)'의 개념이나 '진(眞)'의 개념은 모두 대상에 대한 객관화라는 수단을 이용하고 있다.[43] 그래서 두 개념 모두 관념적·주관적 세계보다는 현실적·객관적 세계를 지향한다. 따라서 '진(眞)'과 마찬가지로 '실(實)'의 개념도 '우리 것'에 대한 관심을 표방하게 된다. 별곡류 시가의 경우에는 대상을 객관적으로 보여주는 기법으로 문학적 공간을 형상화하고 있어 위의 두 개념을 문학적으로 충실히 반영하고 있다고 생각된다.

한편으로 '별곡(別曲)'을 '신곡(新曲)'이라고 지칭한 예(『양촌집(陽村集)』-자하동별곡(紫霞洞別曲), 『고려사절요』-자하동신곡(紫霞洞新曲))도 있는 것을 보면 '별(別)'의 또 다른 의미는 '신(新)'이라고 생각할 수 있겠다. 이와 관련하여 최홍간(崔弘簡 : 1717~1752)이 지은 「전만제집(全萬齊傳)」을 들 수 있다.

> 악사(樂師) 전만제(全萬齊)는 임천(林川) 사람이다. 거문고를 잘 탔고 아울러 슬(瑟)에도 능하여 왕덕창(王德昌)과 이름을 나란히 했다. 왕공(王公) 호귀(豪貴)의 잔치가 있을 때면 반드시 이 두 사람을 초빙하였다. 덕창(德昌)은 신성(新聲)을 잘 하여 능히 자신의 뜻으로 기이함을 내어 별곡(別曲)을 이루었다. 만제(萬齊)는 얼굴이 파리하여 옛스러운 모습이었는데 게다가 고조(古調)로써 자호(自好)하였다. 덕창(德昌)은 매번 거문고를 탈 때면 번절(繁節)이 잦아서 그 소리가 미미(靡靡)하여 듣는 이들의

---

43) 박은순, 앞의 책, p.92. 참조. "(이익은) 현전하는 사물에 대한 철저한 탐구가 선행되지 않으면 사물의 내면에 존재하는 본질적인 면, 즉 그 眞마저 밝혀 낼 수 없다는 객관적이고 귀납적인 인식을 견지하였다."

> 마음이 움직였으나 만제(萬齊)는 한번 연주에 소리 변화가 몇 번 되지 않아 곡(曲)이 마치도록 더욱 드물었다. 듣는 이들이 졸려했다. 때문에 종실(宗室) 귀인(貴人)들이 점점 싫증을 내어 덕창(德昌)만 초빙하고 만제(萬齊)는 대부분 끼지 못하게 되었다. 그리하여 덕창(德昌)의 대문 앞에는 안장 갖춘 말들이 가득하게 되었으나 만제(萬齊)는 누추한 골목에 살면서 유생(儒生) 운사(韻士) 몇몇만이 그 곡조의 고아(古雅)함을 사모하여 때로 좇아 배우곤 하였다.[44]

전만제가 고조(古調)를 추구하는 '正'의 음악관을 가졌다면, 왕덕창(王德昌)은 '변(變)'의 음악관을 가진 사람이다. 덕창은 신성(新聲)을 잘하여 별곡(別曲)을 이루었다고 했으니, 이때의 별곡의 의미는 '신(新)'의 의미와 통한다고 볼 수 있다. 위 자료를 소개한 김영진도 비슷한 견해를 보인바 있다.

> 이 작품은 전만제의 '고조(古調)'와 왕덕창의 '신성(新聲)'을 중심에 두고 선명하게 대조하며 기술하였다. 왕덕창 역시 「역대악사명단」에 들어 있다. 전만제에 앞서 전악(典樂)(종6품)에 올랐던 것이다. 동시대에 전악을 역임한 두 거장(巨匠)들의 음악 세계가 이처럼 큰 차이를 보였다는 것이 특이하다. 작자는 시대의 변화, 음악 향유자들의 기호(嗜好) 변화에 영합하는 음악 세계를 거부하고 고지식하게 고조(古調)만을 고집한 전만제의 예술 정신을 칭찬하면서 그가 악인(樂人)으로는 드물게 깊은 학식

44) 樂師全萬齊者, 林川人也. 善彈琴, 兼工瑟, 與王德昌齊名. 王公豪貴有宴集, 必邀此二人. 德昌善爲新聲, 能以意出奇, 爲別曲. 萬齊貌癯而古, 尤以古調自好. 德昌每彈絃, 繁節數, 其聲靡靡, 聽者心動. 萬齊一拍僅數聲, 至曲終益稀, 聽者思睡. 宗室貴人益厭之, 獨邀德昌, 而萬齊多不豫焉. 德昌門巷, 鞍馬塡咽. 萬齊居窮巷, 獨儒生韻士, 慕其調之古也, 時從學焉. (『崔從史文艸』, 필사본 1책 영남대 동빈문고 소장) 이 자료는 김영진의 시가학회 34차 발표문에서 재인용함.

> 을 갖추었다는 점과 안 할 뿐이지 신조(新調)에 대한 연주 능력 역시 갖추고 있었음을 논하고 있다. 또 청(淸) 사신(使臣) 환영식에 군악(軍樂)을 쓰는 문제점을 성토하는 일화를 통해 그 인물됨을 더욱 선명히 부각해 놓았다. 때와 장소에 맞는 음악의 용도를 음악 종사자로서 투철히 인식하고 있다. 한편 전만제의 올곧은 자세의 이면에 18세기 초 사회 전반의 강고한 배청의식(排淸意識)이 자리하고 있음도 엿볼 수 있다.

앞에서 소개한 바 있는 유몽인(1559~1623)의 〈조천별곡 봉정서백한익지준겸(朝天別曲 奉呈西伯韓益之浚謙)〉에도 '별곡'을 '신성(新聲)'이라고 표현하고 있어 '별(別)'의 또다른 의미는 '신(新)'이라고 확언할 수 있겠다.

또한 불교가사 중 권명학의 〈신회심곡(新回心曲)〉 역시 『석문의범(釋門儀範)』의 〈별회심곡〉과 사설이 같은데[45] 이때도 '신(新)'은 '별(別)'과 의미가 같다고 볼 수 있다.

〈회심가(回心歌)〉, 〈회심곡(回心曲)〉에 대해 〈별회심곡(別回心曲)〉, 〈특별회심곡(特別回心曲)〉[46]에는 '별(別)'이라는 수식어가 붙어 있다. 그런데 〈회심곡〉과 〈별회심곡〉, 〈특별회심곡〉은 내용이 거의 같아서 제명에 '별(別)'이 붙은 이유가 모호하다. 임기중은 "이 '별회심곡'은 다른 회심곡과는 구별하여 특별히 '별(別)'이란 수식어가 붙은 것이 아닌가 한다."[47]고 하였지만 이에 대한 논증은 시도하지 않았다. 〈별회심곡〉과 〈회심곡〉의 사설이 거의 같다면 무슨 이유로 '별(別)'자를 굳이 붙였

---

45) 임기중, 『불교가사연구』(동국대학교 출판부, 2001), p.222.

46) 〈別別回心曲〉이라는 이본도 있는데 이는 제명이 없는 것을 임기중이 제명하여 붙인 것이다. 〈憾死別曲〉도 〈회심곡〉의 이본인데 내용으로 보면 '憾死別+曲'으로 보는 것이 좋을 것 같다. 다만 제명이 전승되는 과정에서 '○○별곡'으로 인식되었을 가능성은 있을 듯하다.

47) 임기중, 앞의 책, p.221.

는지 의문이 생긴다. 이는 아마도 〈회심가〉와 〈회심곡〉의 차이를 구분하기 위한 의식적 재명명이 아니었나 생각한다.

〈회심가〉와 〈회심곡〉은 작품의 구조면에서도 차이가 있지만[48] 그 내용과 유통 과정이 확연히 다르다. 우선 〈회심가〉는 염불에 전념하여 불도를 닦아 극락왕생하자는 것이 주제다. 이는 불교의 교리를 일반대중에게 쉽게 전달하려는 의도로 만들어진 것으로 18세기 여러 절에서 판각되어 유통되었지만,[49] 불교에 대한 이해나 관심이 전혀 없는 대중들을 독자로 삼은 것 같지는 않다. 김종진의 견해처럼 〈회심가〉는 〈청허존자회심가(淸虛尊者回心歌)〉에서처럼 고급 독자를 지향하여[50] '진서'와 '언문'을 섞었고 구비전승에서 한 걸음 비껴 서 있는 불교가사다.[51] 이에 비해 〈회심곡〉은 19세기 이후에 유통되기 시작하고 〈회심가〉처럼 판각된 바는 없지만, 주로 민중들에게 널리 유행한 노래이다. 이에 대한 임기중의 견해를 보이면 아래와 같다.

---

48) 이승남, 〈回心歌〉와 〈回心曲〉의 작품 전개 방식(『고전시가의 작품세계와 형상화』, 역락, 2003.)

49) 동화사본(1764) 『보권염불문』을 〈회심가〉를 수록한 최초의 문헌으로 보고 있다. 제목은 〈회심가고〉로 되어 있다. 김종진, 『불교가사의 연행과 전승』(이회, 2002), p.132.

50) 〈회심가〉가 고급독자만을 대상으로 유통된 것은 아니다. 다만 유통의 경로가 한자화를 통해 작품 자체의 격을 높인 경우와 구비 전승의 징후를 보이면서 구술성을 반영한 경우의 두 갈래가 있다는 것이다.(위의 책, p.139) 전체적인 경향은 고급 독자를 지향했던 것으로 판단된다.

51) 먼저 제목에 '청허존자'라는 작가적 권위를 앞에 제시하고 있고, 표기상에 있어서도 한자어를 섞어 판각함으로써 텍스트의 가치를 높이려는 의도를 보여준다. 위의 책, pp.135~136.

> 이들 가사는 사찰의 순수한 불교 신앙 속에서가 아니라, 걸립패 탁발승 독경무 향두꾼 등 불교문화의 주변에서 대중들을 상대로 했던 매개자에 의해 확산 유포되었다.[52]

또한 〈회심곡〉의 서두에 '시주(施主)님네'라는 표현이 있듯이 주로 걸립패나 탁발승들에 의해 불려지면서 순수한 종교 포교의 기능을 상실하고 유흥적, 연희적 성격을 띠고 있다. 잡가나 무가로도 〈회심곡〉이 유통된 것을 보더라도 이 노래가 대중적인 인기가 있었다는 점을 알 수 있다.

그런데 〈회심가〉와 〈회심곡〉은 그 제명이 유사하기 때문에 이본들의 제명에도 혼동이 있었다. 〈회심가〉계열의 작품임에도 불구하고 〈회심곡〉으로 제명을 한 작품들이 다수 발견된다. 이에 비해 〈회심곡〉의 경우는 〈회심가〉로 불린 경우가 없고 〈별회심곡〉, 〈특별회심곡〉, 〈선심가〉, 〈무량가〉, 〈속회심곡〉, 〈반회심곡〉, 〈회심곡이라〉 등으로 불렸다. 따라서 19세기 이후 〈회심가〉와 〈회심곡〉이 혼재하면서 이 둘을 구분할 필요에 의해 '별'이니 '특별'이니 하는 수식어가 〈회심곡〉에 덧붙여진 것으로 생각된다. 따라서 〈별회심곡〉, 〈특별회심곡〉은 〈회심곡〉에 대한 대칭어가 아니라 〈회심가〉에 대한 대칭어가 분명하다.

이로 보건대 〈별회심가〉의 '별(別)'의 의미도 이제까지 논의한 '외(外)', '변(變)', '신(新)'의 의미와 맞닿아 있다. 순수한 포교의 목적을 벗어나(外), 유흥의 대가를 요구하는 것은 불교가사로서의 화청(和請)의 본래의 목적으로 볼 때 정(正)이 아닌 '변(變)'이며, 18세기 고급 독자

---

52) 임기중, 앞의 책, p.26.

지향의 〈회심가〉와는 달리(別) 19세기에 들어 일반 민중을 대상으로 새로운 내용과 유통 목적(新)을 지녔다는 점에서 그러하다.

'별곡(別曲)'의 '별(別)'의 의미는 〈속신기별곡(續新基別曲)〉에서 "偶然이 졍흔 터이 이거서 別區로다", 〈마천별곡〉에서 "白雲 翠嵐으로 別區를 꾸며시니"라 했듯이 특별하고 예외적인 어떤 것을 가리킨다. 그리고 그것은 기존의 것을 벗어난 '새로운 것'이기 마련이다. 그런 의미에서 '별(別)'은 매우 다층적인 의미를 지니고 있다. 요컨대 '별(別)' 개념은 기존 문학을 벗어난 '외(外)–변(變)–진(眞)–실(實)'의 개념과 통한다. 김태준(1932)이 '별곡'을 '신조(新調)', '특별한 곡조'라고 했듯이[53] '별(別)'의 개념은 기존의 문예 미학과 대비하여 상대적으로 '새롭고 특별한 어떤 것'을 지칭하고 있다. '신(新)', 즉 '새롭고 특별한 어떤 것'이라는 의미는 '변(變)'의 동인이 되는 것이기도 하는 바 '별곡'의 본원적 의미를 구성한다고 볼 수 있다. 또한 '외(外), 진(眞), 실(實)'의 개념도 시대별로 각각의 의미를 가질 수 있다는 점에서 '변(變)'과 '신(新)'의 변주(變奏)라고 하겠다. 그리고 이러한 의미의 전승은 바로 '제명 관습'이라는 장치에 의해 가능했던 것이다.

53) 김태준, 앞의 글.

☙ 제4장 ❧

별곡류 시가와 공간의식

1. 별곡류 시가와 공간의 관계

문학에서의 공간론을 인간 주체의 인식의 문제로 접근한다면 시문학에서 설정된 공간은 작가의 대상 인식의 반영이고 그 반영의 양상은 매우 의식적인 것으로 생각해야 한다. 그런데 시문학이 인간의 정서를 담고 있는 것이고 그래서 그것이 인간의 주관적 감정과 관련된 것이라면 문학적 공간으로 표현된 서정 주체의 주관적 감정을 주체적 인식으로 볼 수 있는 것일까. 감정을 이성의 주관에서 벗어나 있는 것으로 보는 제임스-랑게 이론(James-Lange theory)[1]이나 시상설(視床說)[2]에 따르면 감정은 이성적 작용이 아니라 생리적 변화, 물리학적 메커니즘에 불과한 것으로서 의식 작용의 범주 바깥에 있는 것으로 생각된다. 만약 시문학에서의 공간론을 이런 관점에서 고찰한다면 시적 공

---

1) "슬프기 때문에 우는 것이 아니라 울기 때문에 슬픈 것"이라는 이론. 김경희, 『정서심리학』(박영사, 2004) 참고.

2) 감정은 간뇌시상부(間腦視床部)에서 유래한다고 봄.

간은 인간의 의식으로 이해할 수 있는 범주를 벗어나 이성으로 설명하기 어려운 문학 현상 또는 감정 현상에 불과할 것이다.

그러나 감정에는 생리현상의 단순한 반영 이상의 것이 있다. 감정 역시 우리가 세계와 관계 맺는 한 방식이며, 거기에는 늘 어떤 의미가 내포되어 있다. 감정은 '자아와 세계가 상호침투된' 결과와 같은 것으로, 분명 주관적이지만 비(非)자아와 연관되어 있으며, 부분적으로 외부에 의해 결정된 상태로서, 피에르자네(Pierre Janet)에 의하면 감정은 '주어진 상황에 대한 유용하고 체계적인 반응'이다.3) 요컨대 감정은 의미와 행위라는 관점에서 이해되어야 하는 것이다.

별곡류 시가를 비롯한 시문학에서의 문학적 공간은 주관적 인식의 문제와 결부되어 있다. 비록 시문학이 인간적 감정의 표현이라는 점으로 인해 인식으로 설명할 수 없는 어떤 요소가 있다고 하더라도, 그것이 인식의 범주를 벗어난 어떤 것으로 볼 수 없다. 감정 역시 주체의 의식적 행위의 결과이기 때문이다. 여기에서 생각할 수 있는 두 가지 전제는 문학적 공간과 제명의 양상이 주체적 인식의 반영이라는 관점에서 다루어져야 하지, 설명하지 못할 어떤 현상으로 치부해 버릴 수 없다는 것과 시문학에서의 공간론은 인식의 주체를 중심으로 이루어져야 한다는 것이다.

시문학에서의 공간론이 인식의 주체를 중심으로 이루어져야 한다면 이는 시문학의 특징과 관련해 설명해야 할 문제다. 시가문학은 서정 주체를 통해 그 주제를 표현한다. 따라서 문학적 공간에 대한 논의는 서정적 자아를 중심으로 할 수밖에 없다. 서정적 자아는 작가에 의

3) 장 메종죄브 저, 김용민 역, 『감정』(한길사, 1999) 참고.

해 설정된 화자로서 작가가 대상으로 하고 있는 공간을 주관적으로 반영한다. 따라서 문학 텍스트에 나타나는 공간은 현실 공간 그 자체일 수 없고, 작가에 의해 변형 수용된 공간이다.

따라서 별곡류 시가의 공간 양상은 텍스트 내적 공간 양상을 먼저 살필 필요가 있다. 작품 속에 드러난 공간화 양상과 의식 지향의 파악을 통해 별곡류 시가에 내재한 공간 의식을 고찰하고 한편으로는 작품 속 공간 양상에 영향을 준 배경적 요소를 살펴 공간관·세계관의 변화가 작품 속 공간화에 어떤 영향을 미쳤는지도 함께 생각해야 할 것이다. 별곡류 시가는 '공간관계어'를 제명에 의식적으로 둠으로써 작품 내적 공간화 양상을 규제하고 있으며, 한편으로 '별(別)'의 다기한 의미들(변(變), 신(新), 외(外), 진(眞), 실(實))이 그 공간 양상을 일정한 의미 범주 속에 묶어 두고 있다. 요컨대 제명의 공간명도 의식적 장치이며, 이는 '별(別)'의 축자적 의미와 규제 속에 일정한 의미망을 형성한다.

한편, 별곡류 시가에 나타나는 작품 내 공간화 양상의 공통적인 특징은 '공간의 절편화(現狀空間의 切片化 現狀)[4]'이다. 공간을 분할하여 보는 관습은 예술적 전통으로 오랫동안 지속되어 왔다. 동양의 문화 관습 중에 경치가 좋은 곳을 여덟 곳으로 나누어 이름을 붙이는 경우가 있다. 말하자면 '○○팔경(八景)'과 같은 유인데 중국의 '소상팔경(瀟湘八景)'이나 우리나라의 '관동팔경(關東八景)', '강릉팔경(江陵八景)'[5], '송도팔경(松都八景)'[6] 등이다. 이렇게 공간을 8개로 나누어 표현하는 관

---

4) '공간 절편'이라는 용어는 인가르덴의 『문학예술작품』(이동승 역, 『文學藝術作品』, 이데아총서 20, 民音社, 1985, p.256.)을 참고함.

5) 『東國輿地勝覽』.

6) 『益齋亂藁』.

습은 한시에도 그대로 적용되어 우리의 산수를 팔경시[7]로 짓는 경우가 많았다. 또한 '○○구경(九曲)'이라 하여 9개로 경치를 나누어 이름 붙이는 예[8]도 있다. 이러한 공간화 양상은 우리의 시지각 능력[9]과 직접적으로 관련이 있다. 인간의 시계(視界)가 보통 180°를 넘지 못한다는 점과 전체 공간을 동시에 볼 수 없는 한계가 8경, 9곡과 같은 관습을 만들어냈다고 생각된다. 그런데 이런 문화 관습이 문학적 장치로 드러났다는 점이 중요하다. 별곡류 시가는 기존의 문화 관습인 공간 절편화 방식을 적극적으로 받아들임으로써 시각적 조형 세계를 자국의 언어 세계로 표현하는 데에 성공을 거두고 있다.

이런 공간의 절편화 현상은 소상팔경의 수용과 깊은 관련이 있다. 공간을 여러 개로 나누어 표현하는 관습은 중국의 소상팔경(瀟湘八景)에서 유래한 듯하다. 소상(瀟湘)은 중국 호남성 동정호(洞庭湖) 일대의 소수(瀟水)과 상강(湘江)이 합류하는 곳을 말하고 그곳에 있는 곳의 절경을 소상팔경(瀟湘八景)이라 한다. 11세기 북송대의 문인화가 송적(宋迪)이 그린 〈소상팔경도(瀟湘八景圖)〉로 인해 비로소 팔경(八景)의 개념이 널리 퍼지게 되었다.

소상팔경이 우리나라에 들어온 것은 고려 때로 명종은 소상팔경을

---

7) '八景詩'와 관련해서 여러 가지 유사한 표현('樓亭集景詩', '八景系 詩歌' 등)이 있으나, 이 글에서는 위 용어를 채택한다. 관련된 논문은 다음과 같다. : 안장리, 「한국팔경시 연구」(한국정신문화연구원 박사논문, 1996) ; 여기현, 「팔경계 시가의 표상성」(『고전시가의 표상성』, 월인, 1995).

8) 권석환, 『한중팔경구곡과 산수문화』(상명대학교 한중문화정보연구소, 이회, 2004) 참고.

9) 건축에 있어서도 시지각은 건축 공간의 배열과 밀접한 관련을 갖는다. 이에 관한 논문은 다음과 같다. : 이동찬, 김동영, 김정재, 「시지각에 따른 조선중기 상류주거 외부공간의 구성」(大韓建築學會論文集 計劃系 20권 1호(통권 183호), 2004.1.).

시화로 제작토록 하였다. 북송(北宋) 때의 학자 심괄(沈括)이 쓴 「몽계필담(夢溪筆談)」에 팔경(八景)-평사낙안(平沙落雁), 원포귀범(遠浦歸帆), 산시청람(山市晴嵐), 강천모설(江天暮雪), 동정추월(洞庭秋月), 소상야우(瀟湘夜雨), 연사모종(煙寺暮鐘), 어촌석조(漁村夕照)-을 소개하고 있는데[10] 이 순서는 소개하는 사람이나 시대에 따라 차이가 있다.[11]

시가와 그림의 소재로서의 소상팔경이 고려조와 조선조의 문인들에게 유행하면서, 중국의 소상팔경에 대한 관심이 우리 자연에 대한 관심으로 이어지고 그 결과 각 지역마다 '○○팔경'이 선정되는 현상이 나타난다. 다음[12]은 『동국여지승람(東國輿地勝覽)』의 제영시를 지

10) 沈括, 「夢溪筆談」 書畵篇. "度支員外郎宋迪工畵 尤善爲平沙落雁, 遠浦歸帆, 山市晴嵐, 江天暮雪, 洞庭秋月, 瀟湘夜雨, 煙寺暮鐘, 漁村夕照, 謂之八景 好事者多傳之" ; 현재 중국 호남성에서는 다음과 같이 팔경을 소개하고 있는데 이는 관광의 순서, 즉 공간 이동을 생각하여 순서를 정한 것으로 생각된다.
제1경 瀟湘夜雨 (永州城東) 영주 강변의 밤비 내리는 풍경
제2경 平沙落雁 (衡陽市回雁峰) 강변 모래톱에 내려앉는 기러기 떼
제3경 煙寺晚鐘 (衡山縣城北淸凉寺) 안개 속 산사에서 울리는 저녁 종소리
제4경 山市晴嵐 (昭山) 아지랑이 속의 산마을
제5경 江天暮雪 (長沙橘子洲) 저녁 눈 내리는 강의 풍경
제6경 遠浦歸帆 (湘陰縣城江邊) 멀리 포구로 돌아가는 돛단배들의 모습
제7경 洞庭秋月 (洞庭湖) 동정호의 가을 달
제8경 漁村夕照 (西洞庭武陵溪) 어촌의 지는 해

11) 瀟湘八景의 무대는 永州에서 湘江을 따라 洞庭湖에서 끝나므로 瀟江은 공간적으로 거리가 멀어 팔경과는 직접적인 관계가 없는 듯하다. 그럼에도 瀟湘八景이라고 하는 것은 소상의 상류에 있는 九嶷山이 순임금의 전설을 지니고 있기 때문이다. 구의산의 아홉 봉우리 중 舜源峰에는 舜임금의 능이 있고, 娥皇峰, 女英峰은 순임금의 두 부인의 이름을 딴 것이다. 이렇게 소상팔경은 동정호 일대의 절경과 전설이 만나 심미적 공간을 형성하고 있다.

12) 『東國輿地勝覽』의 題詠詩를 기준으로 함 ; 姜榮祚 · 金永蘭, 「韓國八景의 形成과 立地特性에 關한 硏究」, 韓國庭苑學會紙 通卷 第10號, 1991. ; 김영란, 「八景의 類型과 空間構成에 관한 硏究 -新增東國輿地勝覽의 23處 230景을 중심으로-」 (동아대 석사논문, 1991). 참조.

역별로 정리한 것인데 8경만이 아니고 10경 12경도 보인다.

> 漢城十詠(한성십영)·漢陽新都八詠(한양신도팔영)(한성부), 開城前八景(開城前八景)·開城後八景(개성후팔경)(개성부), 通津八詠(통진팔영)·驪州八詠(여주팔영)·驪州金沙八詠(여주금사팔영)(경기도), 青安八詠(청안팔영)·溫陽八詠(온양팔영)·公州十詠(공주십영)·韓山八詠(한산팔영)·庇仁八詠(비인팔영)(충청도), 平海八詠(평해팔영)·寧海十二詠(녕해십이영)·慶州十二詠(경주십이영)·大邱十詠(대구십영)·聞慶八詠(聞慶八詠)·密陽十景(밀양십경)·蔚山八詠(울산팔영)·巨濟十詠(慶尙道),江陵八詠(강릉팔영)·三陟八詠(삼척팔영)(강원도), 蔚山十二詠(울산십이영)·豊川八景(풍천팔경)(황해도), 平壤八景(평양팔경)(평안도)

○○팔경(八詠)으로 제명되는 시를 '팔경시(八景詩)'라 칭하기도 하는데, 팔경시는 고려조부터 조선에 이르기까지 지속적으로 창작된다. 김성룡은 이를 '집경제영시(集景題詠詩)'라 명명하고 그 양상을 다음과 같이 정리했다.

> 우선 이러한 집경제영시는 집단적으로 창작된다는 특성을 지적할 수 있다. 「신도팔경」, 「한양십영」은 훈구파 문인들에 의해 집단적으로 창작되었다. 이런 특성은 문집에 실린 집경제영시의 분포도를 살펴보면 좀더 극명하게 드러난다. 조사한 자료를 간략히 언급하면 최치원으로부터 이황까지의 문집 141가 141종에서 집경제영시는 62가 154제에 달한다. 그 중에서 문집과 중복되지 않는 『동국여지승람』의 경우까지 보태면, 집경제영시는 68가 164제에 이른다. 그런데 이런 통계자료를 통해서 두 가지 주목할 만한 특징을 찾을 수 있었다. 첫째, 조선 초기의 집경제영시는 하나의 경물에 여러 사람이 집단적으로 창작함으로써 집단적인 움직임을 보이고 있었던 데 반하여 중기의 집경제영시는 그렇지 않아 집단적인 교유가 드물다는 것이다. 둘째, 조선 초기의 집경제영시가 전국적 분포

> 를 보이고 있음에 반해서 조선 중기의 것은 자기가 거처하는 주변의 정경으로 국한된다는 것을 보여주고 있는 것이다.[13]

조선조의 팔경시(집경제영시)는 훈구파 문인들에 의해 집단적인 창작이 이루어지다가 중기 이후에는 개인 창작으로 그 양상이 바뀌며 전승되었다. 김성룡은 조선 초기와 중기의 집경제영시의 차이를 서거정과 이황의 경우를 들어 설명한다. "서거정과 이황의 집경제영시의 창작 원리인 원심력과 구심력의 성향은 집경제영시의 양상이면서 또한 경물의식의 방향을 설명해준다"고 하였다.[14] 이런 현상은 선초 문인들의 시운론적 세계관과 16세기 이후 사림들의 성리학적 세계관의 차이에 기인한다고 판단된다. 이황의 집경제영시가 도산을 중심으로 한 자기 지방을 대상으로 하고 있는 것은 사림들의 자기 수양적 관습과 관련하여 설명되어야 할 문제다.

소상팔경의 유행은 사대부들로 하여금 우리 자연의 절경을 분할하여 드러내는 방식을 발견하도록 하였으며, 이는 경기체가나 소위 팔경시의 창작에도 직접적인 영향을 준 것으로 생각된다.[15)]

> 경기체가 중 〈관동별곡〉과 〈죽계별곡〉은 팔경시와 같이 특정 지역의 경물을 다섯 개 혹은 여덟 개로 선정하여 읊고 있어, 팔경시와 같은 미

---

13) 김성룡, 『여말선초의 문학사상』(한길사, 1995), pp.223~224.

14) 위의 책, pp.225~227.

15) 呂基鉉, 「瀟湘八景의 受容과 樣相」(『중국문학연구』 제25집), 고연희, 앞의 책, 안장리, 『한국의 팔경문학』(집문당, 2002). 안장리는 안축의 팔경시와 경기체가의 비교를 통해 한시의 팔경시 전통이 경기체가에 영향을 준 것으로 파악하였다.(「안축의 팔경시와 경기체가」, 위의 책, p.74, 「한국팔경시의 문학사적 의의」, 위의 책, p.207 참조)

> 의식에서 발생되었음을 추정할 수 있다. 〈관동별곡〉은 모두 9장으로 이루어져 있는데 제1장은 총론이며, 2장 이하는 안변·통천·고성·간성·양양·강릉·삼척·정선 등을 읊고 있어, 동남팔경시와 같이 여러 곳을 알리려 하고 있음을 알 수 있다. 각각의 경치에서 자랑하려고 한 것이 무엇인가 살펴보면 1. '순찰하고 왕화가 중흥되는 광경(巡察景·王化中興景)', 2. '산에 올라 푸른 바다를 보고 그런 승경을 두루 방문하는 모습(登望滄溟景·歷訪景)', 3. '오직 관람을 위해 삼천여 관광객이 또 오는 모습(三千徒客爲又來)', 4. '신선으로 여겨지는 술랑의 무리가 남겼다는 글이 지금까지 남아 있는 모습(述郞徒矣 六字丹書 爲 萬古千秋 尙分明)', 5. '배를 띄우는 모습(泛舟景)', 6. '구슬놀이를 하고 음악을 연주하는 모습(爭弄朱絃景)' 7. '놀며 감상하고, 해돋이를 보는 모습(遊賞景·日出景)', 8. '손님을 보내고 맞이하는 모습(迎送佳賓景)', 9. '더위를 피할 만하고 무릉도원의 풍물을 갖추어 후세에 계속 전해 졌으면 하는 모습(避署景·武陵風物 爲傳子傳孫景)' 등과 같이 특히 유락적 모습을 내세우고 있음을 알 수 있다.[16)]

그런데 이러한 팔경시의 전통이 송적의 〈소상팔경도〉라는 그림으로부터 만들어졌다는 사실이 중요하다. 회화에 나타난 공간의식이 그대로 제화시라는 문학양식에 적용되었고 더 나아가 우리의 노래 문학에도 영향을 주었다는 점을 생각한다면 이는 공간의식의 확대, 재생산의 과정을 보여주는 것으로도 파악할 수 있겠다. 이후 조선조에 이르기까지 소상팔경은 중국의 실경으로서의 절경의 의미를 넘어 이상적 공간으로 그 의미가 변화되면서 여러 가지 예술장르(민화, 판소리, 잡가, 시조 등)로 서민들에게까지 널리 유행하게 된다.[17)]

---

16) 안장리, 앞의 책, pp.76~77.

17) 소상팔경의 수용에 대한 연구로 고연희(2003)의 논문이 있다. 이 논문에서 논한

그런데 팔경시가 반드시 공간을 8분절하는 것으로 고정되어 전승되는 것은 아니다. 위의 『동국여지승람』의 경우에서 보인 바와 같이, 8경에서 나아가 10경, 12경 등 다양한 방식으로 공간을 구분하는 의식을 한시에 반영하고 있다. 소상팔경의 실제 수용 양상을 살펴보면 소상팔경을 전범으로 그것의 모방에만 그치는 것이 아니라 이를 창작자의 욕구에 맞게 변형되어 재창조하였다.[18] 실제로 우리나라의 소상팔경도는 한국적인 자연을 바탕으로 재구되었고, 시가의 경우에도 우리 자연과 대비적으로 소상팔경을 이해하고 있다는 점이 이를 반증한다. 이 글에서의 논점은 몇 분할로 공간을 나누었는가에 있는 것이 아니고, 그렇게 대상 공간을 분할하여 예술적 형상화에 이용할 수 있게 되

소상팔경의 수용 양상을 요약하면 다음과 같다. 제1단계는 중국의 황실에서 여말선초 왕실로의 유입이다. 고려왕실에서는 왕과 최고의 문인들 그리고 궁정의 최고 화가가 어울려 소상팔경을 시화로 제작하였다. 이인로, 진화로 대표되는 당시의 시세계 속에서 형상화된 소상팔경은 감각적으로 아름다운 맑은 이미지였다. 이는 조선초의 왕실문화로 계승되었다. 조선초의 최고 화가와 문인들이 그들의 포부와 낭만을 담아 소상팔경 시화를 제작하였다. 조선초 소상팔경 시화는 새로운 시화 양식으로 다른 산수화나 한국 승경연작시에 깊은 영향을 주었다. 제2단계는 16세기를 지나며 왕실의 문화가 양반가로 널리 확대된 상황이다. 양반들이 불렀을 시조로 소상팔경이 지어졌고 이때의 소상팔경 이미지는 맑은 감각적 섬세함이 아니라 풍류적으로 노닐만한 공간으로 상정되었다. 또한 다소 회화적 수준은 떨어지고 도식화된 화면이지만 8폭 병풍과 8폭 화첩 제작이 널리 이루어지는 유행상을 보여준다. 제3단계는 조선후기를 지나며 소상팔경 잡가와 소상팔경 민화의 제작으로 나타난다. 이들도 그 양이 적지 않다. 소상팔경 잡가는 오기된 한자 표기로 거듭 기록되기도 하면서 판소리 단가로도 불리는 등 놀이마당 속으로 유입되었다. 시조의 일부 양상을 계승하면서 폭로적인 어조와 경험적 상상을 담아 소상팔경을 노래하였다. 민화류의 소상팔경도에도 소상팔경의 중요 모티프들은 노골적으로 제시되고 그 외 산천과 인물 표현에는 경험적인 면모를 담아냈다. 저변화된 문화 확대상으로 파악된다. 고연희, 「瀟湘八景, 고려와 조선의 詩·畵에 나타나는 受容史」(『東方學』 제9집, 한서대학교 동양고전연구소, 2003), pp.234~235.

18) 위의 논문, pp.228~234 참조.

었다는 것에 있다.

이렇게 공간을 분할하여 인식하고 표현하는 관습의 형성과 유행은 한시에서만 아니라 여러 예술 장르와 계층에 두루 나타난다. 경기체가 〈한림별곡〉도 8장으로 이루어졌고, 가사 〈관동별곡〉은 관동팔경을 그 제재로 하고 있으며, 앞 장에서 소개한 〈입암별곡〉과 이와 관련한 정욱(鄭煜)의 〈입암이십팔경(立巖二十八景)〉도 모두 공간 분할 의식의 산물이다. 특히 조선 중기 이후 사림파 문인들을 중심으로 자작자창(自作自唱)의 관습이 유행하면서 개인적 관물의 정서를 담은 시가[19]가 많이 등장하게 됨에 따라 '공간 절편화 현상'은 예술 전반에 확산되었다. 선초의 안견이 그린 〈사시팔경도(四時八景圖)〉 역시 소상팔경의 전통을 이은 작품이라 하겠다.[20] 금강산도(金剛山圖) 역시 팔경으로 그려진 것이 많다는 점을 고려하면 '팔경 의식'이 우리 예술에 미친 영향은 지대하다고 하겠다. 이와 같이 회화에서도 팔경과 관련한 많은 그림들이 남아 있어 공간 절편화 현상은 조선조에 들어 매우 광범위하게 퍼져갔음을 알 수 있다.[21]

다음 절에서는 별곡류 시가에 나타난 공간 절편화 현상을 중심으로

19) 16세기 이후 누정 건축의 유행과 맞물려 팔경시는 누정을 소재로 한 것이 많이 나타나게 된다. 이를 다른 팔경시와 구분지어 '樓亭集景詩'(崔敬桓, 앞의 논문)라 따로 명명하기도 한다.

20) 安輝濬, 「韓國의 瀟湘八景圖」(『韓國繪畫의 傳統』, 文藝出版社, 1988) 참조.

21) 최근에는 지방도시 자체적으로 ○○팔경을 선정하여 관광상품으로 만드는 예도 있다. : 권상준, 「청주경관과 청주8경」, 『産業科學硏究』 Vol.21 No.2, 청주대학교 산업과학연구소, 2004. ; 심상도, 「양산팔경 선정에 관한 연구」, 『문화관광연구』 Vol.4 No.1, 한국문화관광학회, 2002. 최근에 새로 선정되는 팔경은 인지도, 입지성, 연계성, 이미지 등을 기준으로 하고 있다.

하위 장르별로 공간 의식을 분석한다. 작품 내적 공간화 양상은, 경기체가계 별곡은 등질적 공간의 병렬, 속요계 별곡의 경우는 이질적 공간의 병렬, 가사계 별곡의 경우에는 유기적 공간의 병렬로 구분할 수 있는데 이를 장르적 지표와 특성을 고려하여 각각 '절편화된 공간의식(경기체가계 별곡)', '병렬대립된 공간의식(속요계 별곡)', '형상화된 공간의식(가사계 별곡)'으로 항목 구분을 한다. 또한 '별(別)'의 본원적 의미망이 어떻게 작품 속 공간의 의미와 연관되는지도 함께 논함으로써 제명 관습과 공간의식의 관계를 해명하는 단서로 삼겠다.

2. 별곡류 시가의 공간의식

1) 절편화된 공간의식 : 경기체가계 별곡

(1) 문학적 공간 양상 분석

경기체가계 별곡은 〈한림별곡(翰林別曲)〉, 〈관동별곡(關東別曲)〉, 〈죽계별곡(竹溪別曲)〉, 〈상대별곡(霜臺別曲)〉, 〈구월산별곡(九月山別曲)〉, 〈화산별곡(華山別曲)〉, 〈금성별곡(錦城別曲)〉, 〈화전별곡(花田別曲)〉이다.[22] 그 외 비별곡류 시가에 드는 경기체가는 몇 가지로 하위 분류할 수 있다. 먼저 궁중의 악장으로 송도의 기능을 하고 있는 것으로 〈가성덕

22) 경기체가계 별곡은 모두 '공간명+별곡'의 제명 방식을 따르고 있는데, 비별곡류에 드는 작품들 중에도 〈서방가〉와 〈불우헌곡〉은 '공간명'이 제명에 나타나 있다. 〈불우헌곡〉의 경우는 불우헌이 작가의 호이면서 동시에 정자명이므로 공간관계어라고 할 수 있겠는데 〈불우헌+별곡〉으로 명명하지 않고 〈불우헌곡〉이라 명칭을 붙인 것은 아마도 같은 시기에 제작된 〈불우헌가〉와 짝을 맞추기 위한 대칭적 명명이라 볼 수 있다.

(歌聖德)〉, 〈축성수(祝聖壽)〉, 〈오륜가(五倫歌)〉, 〈연형제곡(宴兄弟曲)〉, 〈배천곡(配天曲)〉 등이며, 불교의 교리를 담은 것으로 〈서방가(西方歌)〉, 〈미타찬(彌陀讚)〉, 〈안양찬(安養讚)〉, 〈미타경찬(彌陀經讚)〉, 〈기우목동가(騎牛牧童歌)〉 등이 있고, 성리학적 도를 노래한 〈불우헌곡(不憂軒曲)〉, 〈태평곡(太平曲)〉, 〈도동곡(道東曲)〉, 〈육현가(六賢歌)〉, 〈엄연곡(儼然曲)〉, 〈독락팔곡(獨樂八曲)〉이 있다.[23)]

비별곡류에 드는 작품들이 '별곡'이라는 명칭을 쓰지 않는 이유를 추리해보면, 먼저 궁중의 악장으로 제작된 시가의 경우는 궁중악이라는 성격상 '별(別)'이라는 의미를 제명에 쓸 수 없었다고 보아야 한다. 〈가성덕〉, 〈배천곡〉 등의 노래들은 모두 조선왕조가 건국이념으로 삼고 있는 성리학적 질서를 노래하는 것으로서, 변(變)이 아닌 정(正)의 노래이기 때문에 '○○별곡'의 제명으로 불릴 수 없었다. 『성종실록』에 〈배천곡〉과 관련한 기사를 보면 이 노래가 "연악(宴樂)을 위한 것이 아니고 곧 유학(儒學)을 숭상하고 도(道)를 존중하기 위한 것"[24)]이라고 되어 있어 유교적 도를 위한 노래로 인식하고 있었음을 알 수 있다. 이에 비해 궁중악으로 쓰인 경기체가계 별곡은 궁중악이면서도 '변(變)'의 성격을 가진 노래다. 〈상대별곡〉은 그 노래의 대상이 '왕'이 아닌 '신'이었으며, 〈화산별곡〉의 경우 제6장에서 화자의 주관적 감상이 드러난다는 점에서 다른 궁중악의 내용과는 다른 점이 있다.[25)] 이 노래들은 〈가성덕〉이나 〈배천곡〉의 제명에서처럼 추상적인 명사가 없

23) 1860년에 창작된 민규의 〈忠孝歌〉는 논의에서 제외한다.
24) 『成宗實錄』 卷268 23年 8月 21日(己未). "非爲宴樂也 乃所以崇儒重道也"
25) 임기중 외, 『경기체가 연구』(태학사, 1997).

고, 공간관계어(상대, 화산)가 드러나기 때문에 제명 관습을 따라 '○○별곡'으로 명명한 것으로 보인다.

불교의 교리를 담은 것들 역시 종교적 교리라는 특성상 '변(變)'으로 인식하기보다는 '정(正)'으로 인식하고 있다는 점을 간과할 수 없을 것이다. 이런 점에서 종교적 노래에 '○○별곡'의 제명이 붙는 것은 그 제작 목적에 부합하지 않는다. 마찬가지로 성리학적 도를 노래한 작품들도 '변(變)'이 아닌 '正'의 세계를 형상화하고 있다고 인식하였기 때문에 제명에 '별(別)'을 집어넣지 않았다고 판단된다.

요컨대 경기체가의 제명의 기준은 공간관계어가 제명에 드러나는가와 노래의 내용이 '변(變)'에 속하는 것인가를 핵심으로 하고 있다고 볼 수 있다.[26)]

경기체가는 화자가 긍정하는 어떤 장면을 독자들에게 제시하여 놓고 이를 과시하는 것을 문학적 장치로 삼고 있기 때문에 공간화 양상이 분명히 드러나는 장르이다. 특히 별곡류에 드는 경기체가는 '공간명'이 제명에 제시되어 있어 '경(景)'으로 분절된 각 공간을 통합적으로 이해할 수 있도록 하고 있다. 다시 말해 제명의 '공간'에 의미를 부여하고 구체적 모습을 나열하는 기능을 '-경(景)' 단위의 공간화 양상이

---

26) 이 두 기준에서 벗어나는 것은 〈불우헌곡〉인데 앞서 말한 바와 같이 이는 〈불우헌가〉와의 대우적 명칭으로 보는 것이 타당하다. 또한 작가가 궁중 악장에 편입되기를 바라고 〈한림별곡〉의 곡조에 의거하여 창작하였으나 궁중악으로 편입되지 않는 이유는 이미 궁중에서 필요한 만큼의 악장을 구비한 상태였고 또한 사적인 내용이 들어가 있는 것도 문제시된 것 같다. 요컨대 〈불우헌곡〉은 궁중악의 기준에 미치지 못한 노래인데 이는 악장의 공적 기능에 대한 이해가 부족하여 사적인 내용을 가사에 집어넣은 것이 문제였다. 마찬가지로 제명 의식도 궁중악 편집자의 기준에 미치지 못한 것으로 볼 수 있다.

맡고 있는 셈이다. 이 장에서는 경기체가 전 작품을 대상으로 '-景'으로 표현된 단위 공간(절편화 현상)을 분석하고 별곡계와 비별곡계의 공간화 양상의 차이를 밝혀 경기체가계 별곡의 공간화 양상의 의미에 대해 논하고자 한다.

경기체가의 공간이 주관적인가 객관적인가는 시문학의 본질과 관련된 문제이다. 시문학 자체가 주관적 성격을 띠고 있기 때문에[27] 경기체가 역시 이 테두리 내에서 설명되어야 할 것이다. 따라서 경기체가의 장르적 속성을 '사물의 객관적 나열'[28]로 보아 경기체가의 문학적 공간을 객관화된 공간의 나열로 보는 것은 문제가 있다. 객관화된 공간이 아니라, 오히려 주관화된 공간으로 볼 수 있는 것은 경기체가에 나타나는 사물의 열거는 어디까지나 제시 형식의 문제이기 때문이다. 즉, 자신이 최고라고 생각하는 것을 모아 놓고 이를 과시하는 것에 불과하다. 그렇기 때문에 사물의 열거도 주관적 진술의 범주에 있다고 보아야 한다.

그런데 경기체가계 별곡의 주관화의 양상은 일반 서정시에서의 그것과는 차이가 있다. 서정자아의 내부세계는 밝히지 않고, 지향공간만을 편집하여 보여주기 때문에 서정적 주관화라기보다는 교술적 주관화의 양상을 보인다. 교술적 주관화란 자아와 대상을 직접 일치시키지 않고, 객관 대상을 주관 시각에 의해 편집하여 간접적으로 주관화를 이룬 것을 말한다. 한편으로 경기체가계 별곡이 개인적 주관화

27) 김흥규, 「장르론의 전망과 경기체가」(『한국시가문학연구』, 신구문화사, 1981) ; 성호경, 「경기체가 구조연구」(서울대 석사논문, 1980).

28) 조동일, 「경기체가의 성격」(『학술원논문집』 15집, 1976).

를 떠난 집단적 주관화, 서정적 공간이 아닌 교술적 공간을 지향한다는 점도 일반 서정시와 차이를 보이는 부분이다.

또한 공간화의 양상은 여러 공간을 분절하여 보여줌으로써 공간 절편화 현상을 보이고 있다. 이는 '-경(景)'이라는 문학적 장치에 의해 구현되는 것이며 동시에 경기체가계 별곡의 한계를 짓는 것이기도 하다. 따라서 경기체가계 별곡에 나타나는 공간 양상은 '-경(景)'[29]이라는 장르지표로 설명할 수 있다. '경(景)'은 경치를 이루는 말로서, 피수식어(팔경(八景), 광경(光景), 절경(絶景), 풍경(風景) 등)로 쓰이면 '-장면, -모습'의 의미로 해석할 수 있다. 경기체가에 나오는 '-경(景)'은 모두 피수식어로 쓰였는데, 앞의 수식어에 따라 다양하게 해석하는 것이 가능하다. '-경(景)'은 그 자체로 공간을 환기시키는 기능을 갖는다. 경기체가는 이 '경(景)'을 중심으로 각 장을 나누고 개별화된 문학적 공간을 형상화하고 있다.

경기체가 작품들을 공간을 중심으로 궁중의 공간㉮, 사대부의 공간㉯, 성리학적 관념공간㉰, 불교적 관념 공간㉱으로 나누고, '-경(景)'에 의한 절편화 현상이 보이는 구절을 정리하면 다음과 같다.

㉮ 궁중의 공간에서 사용된 노래.

·〈한림별곡(翰林別曲)〉 : 1장(試場(시장)ㅅ 景(경)), 2장(註(주)조쳐 내 외옰 景(경)/歷覽(역람)ㅅ 景(경)), 3장(딕논 景(景), 走筆(주필)ㅅ 景(경)), 4장(勸上(권상)ㅅ 景(경)/醉(취)혼ㅅ 景(경)), 5장(間發(간발)ㅅ 景(경)/相映(상영)ㅅ 景(경)), 6장(過夜(과야)ㅅ 景(경)), 7장(登望五湖(등망오호)ㅅ 景(경)), 8장(携手同遊(휴수동유)ㅅ景(경))

---

29) 위 - 景 긔 어떠하니잇고 - 객관적 물음이 아니라 수사적 의문에 불과.

·〈상대별곡(霜臺別曲)〉 : 1장(萬古淸風(만고청풍)ㅅ景(경)), 2장(霜臺(상대)ㅅ景(경)/振起頹綱(진기퇴강)ㅅ景(경)), 3장(狀上(장상)ㅅ景(경)/從諫(종간) ㅅ景(경)), 4장(勸上(권상)ㅅ景(경)/醉(취)훈ㅅ景(경))

·〈화산별곡(華山別曲)〉 : 1장(都邑(도읍) 景(경)/持守(지수) 景(경)), 2장(太平(태평) 景(경)/兩得(양득) 景(경)), 3장(右文(우문) 景(경)/古今(고금) 景(경)), 4장(講武(강무) 景(경)/豫備(예비) 景(경)), 5장(無逸(무일) 景(경)), 6장(登覽(등람) 景(경)), 7장(侍宴(시연) 景(경)), 8장(長治(장치) 景(경)/並久(병구) 景(경))

·〈가성덕(歌聖德)〉 : 1장(四海一家(사해일가) 景(경)/四海一家(사해일가) 景(경)), 2장(愛之敬之(애지경지) 景(경)), 3장(祝壽萬年(축수만년) 景(경)/祝壽萬年(축수만년) 景(경)), 4장(天下大平(천하대평) 景(경)/天下大平(천하대평) 景(경)), 5장(三呼萬歲(삼호만세) 景(경)/三呼萬歲(삼호만세) 景(경)), 6장(敷奏冕旒(부주면류) 景(경)/敷奏冕旒(부주면류) 景(경))

·〈축성수(祝聖壽)〉 : (永荷皇恩(영하황은) 景(경) - 10번 반복)

·〈오륜가(五倫歌)〉 : 1장(萬古流行(만고류행)ㅅ 景(경)/立極(입극)ㅅ 景(경)), 2장(養老(양노)ㅅ 景(경)/定省(정성)ㅅ 景(경)), 3장(復唐虞(부당우)ㅅ 景(경)/祥瑞(상서)ㅅ 景(경)), 4장(和樂(화락)ㅅ 景(경)/言約(언약)ㅅ 景(경)), 5장(讓義(양의)ㅅ 景(경)/相讓(상양)ㅅ 景(경)), 6장(表誠(표성)ㅅ 景(경)/久而敬之(구이경지)ㅅ 景(경))

·〈연형제곡(宴兄弟曲)〉 : 1장(相愛(상애)ㅅ景(경)/率性(솔성)ㅅ景(경)), 2장(相勉(상면)ㅅ景(경)/進德(진덕)ㅅ景(경)), 3장(厚倫(후륜)ㅅ景(경)/永好(영호)ㅅ景(경)), 4장(兩全(양전)ㅅ景(경)/無間(무간)ㅅ景(경)), 5장(泰治(태치)ㅅ景(경)/壽昌(수창)ㅅ景(경))

·〈배천곡(配天曲)〉 : 1장(至治蝟興(지치위흥) 景(경)/熙熙皞皞(희희호호) 景(경)), 2장(崇教隆((숭교융)化 景(경)/臨雍盛擧(임옹성거) 景(경)), 3장(同宴以飮(동연이음) 景(경)/載賡周雅(재갱주아) 景(경))

㉯ 사대부의 공간에서 사용된 노래

·〈관동별곡(關東別曲)〉 : 1장(巡察(순찰) 景(경)/王化中興(왕화중흥) 景(경)),

2장(登望滄溟(등망창명) 景(경)/歷訪(역방) 景(경)), 5장(泛舟(범주) 景(경)), 6장(爭弄朱絃(쟁농주현) 景(경)), 7장(遊賞(유상) 景(경)/日出(日出) 景(경)), 8장(迎送佳賓(영송가빈) 景(경)), 9장(避署(피서) 景(경)/傳子傳孫(전자전손) 景(경))

·〈죽계별곡(竹溪別曲)〉 : 1장(爲釀作中興(위양작중흥) 景(경)/山水淸高(산수청고) 景(경)), 2장(遊寺(遊寺) 景(경)/携手相從(휴수상종) 景(경)), 3장(春誦夏絃(춘송하현) 景(경)/呵喝迎新(가갈영신) 景(경)), 5장(雪月交光(설월교광) 景(경))

·〈구월산별곡(九月山別曲)〉 : 1장(積善流芳(적선유방) 景(경)), 2장(餘慶無窮(여경무궁) 景(경)), 3장(親睦九族(친목구족) 景(경)), 4장(藏器待時(장기대시) 景(경))

·〈금성별곡(錦城別曲)〉 : 1장(鍾秀人才(종수인재) 景(경)/佳氣葱籠(가기총롱) 景(경)), 2장(切磋琢磨 (절차탁마) 景(경)/日就月將(일취월장) 景(경)), 3장(以德化民(이덕화민) 景(경)/養育人才(양육인재) 景(경)), 4장(振起文風(진기문풍) 景(경)/師明弟哲(사명제철) 景(경)), 5장(羅顯羅贇(나현나윤) 四寸兄弟(사촌형제) 共上蓮榜(공상련방) 景(경)/十人同年(십인동년) 景(경)), 6장(醉裡歡場(취리환장) 景(경)/待使華獨調(대사화독조) 景(경))

·〈화전별곡(花田別曲)〉 : 1장(天南勝地(천남승지) 景(경)), 2장(品官齊會(품관제회) 景(경)/唱和(창화) 景(경)), 3장(花林勝美(화림승미) 景(경)), 4장(發興(발흥) 景(경)), 5장(ᄀᆞ득브어 勸觴(권상) 景(경))

㉰ 성리학적 관념 공간을 노래한 작품

·〈불우헌곡(不憂軒曲)〉 : 1장(樂以忘憂(낙이망우) 景(경)/遵道而行(준도이행) 景(경)), 2장(諄諄善誘(순순선유) 景(경)/自遠方來(자원방래) 景(경)), 3장(如釋重負(여석중부) 景(경)/再參原從(재삼원종) 景(경)), 4장(樂且有義(낙차유의) 景(경)/祈天永命(기천영명) 景(경)), 5장(不懼不憂(불구불우) 景(경)/古訓是式(고훈시식) 景(경)), 6장(過蒙褒奬(과몽포장) 景(경)/聖恩深重(성은심중) 景(경)), 7장(作此好歌(작차호가) 消遣世慮(소견세려) 景(경))

·〈도동곡(道東曲)〉 : 1장(繼天立極(계천입극) 景(경)), 3장(君臣(군신)이 相

得(상득) 景(경)), 5장(學聖忘勞(학성망로) 景(경)), 9장(吾道東來(오도동래) 景(경))

·〈육현가(六賢歌)〉 : 2장(張橫渠(장횡거)의 一變至道(일변지도) 力踐(력천) 景(경)), 3장(邵堯夫(소요부)의 駕風鞭霆(가풍편정) 歷覽(력람) 景(경)), 4장(司馬公(사마공)의 事神不欺(사신불기) 獨樂(독락) 景(경))

·〈엄연곡(儼然曲)〉 : 4장(一元循環(일원순환) 悠久(유구) 景(경)), 5장(俯仰(부앙)애 붓끄럽디 아닌 景(경)), 6장(萬福無彊(만복무강) 景(경))

·〈대평곡(大平曲)〉 : 3장(大平(대평) 景(경)), 4장(進賢(진현) 景(경)), 5장(江海能下(강해능하) 百川(백천)이 朝宗(조종) 景(경))

·〈독락팔곡(獨樂八曲)〉 : 1장(居居然(거거연) 浩浩然(호호연) 開襟獨酌(개금독작) 岸幘長嘯(안책장소) 景(경)), 2장(一竿竹(일간죽) 빗기안고 忘機伴鷗(망기반구) 景(경)), 3장(嘐嘐然(교교연) 尙友千古(상우천고) 景(경)), 4장(悠然胸次(유연흉차) ㅣ 與天地(여천지) 萬物上下(만물상하) 同流(동류) 景(경)), 5장(世間萬事(세간만사) 都付天命(도부천명) 景(경)), 6장(錄籤(록첨) 山窓(산창)의 共把遺經(공파유경) 究終始(구종시) 景(경)), 7장(百年閒老(백년한로) 景(경))

㉣ 종교적 관념 공간을 노래한 작품

·〈미타찬(彌陀讚)〉 : '-景(경)'에 의한 절편화 현상 없음

·〈안양찬(安養讚)〉 : '-景(경)'에 의한 절편화 현상 없음

·〈미타경찬(彌陀經讚)〉 : '-景(경)'에 의한 절편화 현상 없음

·〈서방가(西方歌)〉 : 1장(敎化衆生(교화중생) 景(경)/返淨卽是(반정즉시) 景(경)), 2장(功德莊嚴(공덕장엄) 景(경)/撻矢成佛(달시성불) 景(경)), 3장(微妙香潔(미묘향결) 景(경)), 4장(供養他方(공양타방) 景(경)/勝事諸佛(승사제불) 景(경)), 5장(演暢說法(연창설법) 景(경)/緣念三昧(연념삼매) 景(경)), 6장(念僧 景(경)/聞法歡喜(문법환희) 景(경)), 7장(壽命長遠(수명장원) 景(경)/永斷生死(영단생사) 景(경)), 8장(但會一處(단회일처) 景(경)/熏習增進(훈습증진) 景(경)), 9장(直證上品(직증상품) 景(경)/殊勝功德(수승공덕) 景(경)), 10장(寶皆接人(보개접인) 景(경)/生生極樂(생생극락) 景(경))

·〈기우목동가(騎牛牧童歌)〉: 1장(回向三處(回向三處) 景(경)/度諸迷淪(도제미륜) 景(경)), 2장(報佛大恩(보불대恩) 景(경)/發明輪回(발명윤회)景(경)), 3장(出於根塵(출어근진) 景(경)/四洲遊方(사주유방) 景(경)), 4장(空寂靈知(공적영지) 景(경)/返淨卽時(반정즉시) 景(경)), 5장(自然天堂(자연천당) 景(경)/自照元明(자조원명) 景(경)), 6장(定慧等持(정혜등지) 景(경)/蒙佛授記(몽불수기) 景(경)), 7장(成就大員(성취대원) 景(경)/本自圓成(본자원성) 景(경)), 8장(卽離諸想(즉리제상) 景(경)/共證離相(공증리상) 景(경)), 9장(忽然心覺(홀연심각) 景(경)/同訂覺岸(동정각안) 景(경)), 10장(本無形相(본무형상) 景(경)/江湖滿月(강호만월) 景(경)), 11장(廣度衆生(광도중생) 景(경)/大願境界(대원경계) 景(경)), 12장(至今流轉(지금류전) 景(경)/本來虛玄(본래허현) 景(경))[30)]

'-경(景)'에 의해 절편화된 단위 공간들은 각각의 공간 형상화를 통해 작가가 그려내고자 하는 공간(이를 '주제적 공간'이라고 명명하기로 한다)을 편집적으로 보여준다. 작품에 따라서 단위 공간들이 동일한 성격을 가진 것도 있고, 다양한 성격으로 구성되어 주제적 공간의 모습을 조직적으로 형상화하는 경우도 있을 수 있다. 말하자면 '경(景)'의 층위가 다양할 수 있다는 것인데 '경(景)'의 속성이 작가가 독자에게 절편화된 '장면'을 보여주는 것이라고 한다면, 그 장면은 구체성, 가시성이 전제되는 바 이를 그러한 속성이 잘 반영된 경우와 그렇지 않은 경우로 나누어 각각 '구체적·가시적 공간으로서의 경(景)'과 '추상적·비가시적 공간으로의 경(景)'으로 명명하여 분류의 기준으로 삼고자 한다.

구체적·가시적 공간은 화자가 문학 공간 속에 시각적 이미지를 충

30) 전체 24개 작품 총 174장 중 125장이 '-景'에 의한 절편화 현상이 나타났고, 절편화된 장에 '-景'으로 표현된 단위 공간은 모두 186개이다.

분히 활용하여 구체적 형상을 이루어 놓은 것으로 〈한림별곡〉에서처럼 '술을 권하는 장면'이나 '기생들과 손을 잡고 노는 장면' 등이 이에 해당한다.

황금주(黃金酒) 백자주(柏子酒) 송주예주(松酒醴酒)
죽엽주(竹葉酒) 이화주(梨花酒) 오가피주(五加皮酒)
앵무잔(鸚鵡盞) 호박배(琥珀盃)예 ᄀ득브어
위 권상(勸上)ㅅ 景(景) 긔 엇더ᄒᆞ니잇고
유령도잠(劉伶陶潛) 양선옹(兩仙翁)의 유령도잠(劉伶陶潛) 양선옹(兩仙翁)의
위 취(醉)혼ㅅ 경(景) 긔 엇더ᄒᆞ니잇고

당당당(唐唐唐) 당추자(唐楸子) 조협(皂莢)남긔
홍(紅)실로 홍(紅)글위 ᄆᆡ요이다
혀고시라 밀오시라 정소년(鄭少年)하
위 내가논ᄃᆡ 놈갈셰라
삭옥섬섬(削玉纖纖) 쌍수(雙手)ㅅ 길헤 삭옥섬섬(削玉纖纖) 쌍수(雙手)ㅅ 길헤
위 휴수동유(携手同遊)ㅅ경(景) 긔 엇더ᄒᆞ니잇고

〈한림별곡〉 4, 8장.

추상적·비가시적 공간은 '도연명과 유영의 술 취한 모습'처럼 막연한 이미지로 관념화된 경우나 '극락 세계', '천하가 태평한 모습'에서처럼 관념을 공간화한 경우를 말한다. 추상적·비가시적 공간은 기본적으로 실제 현실을 바탕으로 한 것이 아니고, 작가의 관념을 이미지를 통해 공간화한 것이다. 관념을 이미지화하는 것의 극단을 보여주는 예로 〈기우목동가(騎牛牧童歌)〉를 들 수 있다. 작품의 각 장에서 '-경(景)'의 표현이 있는 셋째 구와 넷째 구만 보여면 다음과 같다.

회향삼처(回向三處) 경기하여위니이고(景幾何如爲尼伊古)
도제미륜(度諸迷淪) 경(景) 아호하ᄉᆞ(我好下ᄉᆞ) 아미타불(阿彌陀佛) 재운(再云)
아, 삼처에 회향하는 모습, 그 어떠합니까!
아, 여러 미혹의 늪을 건넌 모습, 가는 좋아라 아미타불.(운운)[31]

〈1장〉

보불대은(報佛大恩) 경기하여위니이고(景幾何如爲尼伊古)
발명윤회경(發明輪回景) 아호하ᄉᆞ(我好下ᄉᆞ) 아미타불(阿彌陀佛) 재운(再云)
아, 부처님의 큰 은례에 보답하는 모습, 그 어떠합니까?
아, 윤회를 밝히는 모습, 나는 좋아라 아미타불.(운운)

〈2장〉

출어근진(出於根塵) 경기하여위니이고(景幾何如爲尼伊古)
사주유방(四洲遊方) 경(景) 아호하ᄉᆞ(我好下ᄉᆞ) 아미타불(阿彌陀佛) 재운(再云)
아, 근진(根塵)에서 벗어나는 모습, 그 어떠합니까!(재운)
아, 사주(四洲)에 행각(行脚)하는 모습, 나는 좋아라 아미타불.(재운)

〈3장〉

공적영지(空寂靈知) 경기하여위니이고(景幾何如爲尼伊古)
반정즉시(返淨卽時) 경(景) 아호하ᄉᆞ(我好下ᄉᆞ) 아미타불(阿彌陀佛) 재운(再云)
아, 공정한 가운데 영명(靈明)한 지혜의 모습, 그 어떠합니까!
아, 곧바로 청정함에 돌이키는 모습, 나는 좋아라 아미타불.(재운)

〈4장〉

31) 번역은 임기중, 앞의 책을 따름.

자연천당(自然天堂) 경기하여위니이고(景幾何如爲尼伊古)
자조원명(自照元明) 경(景) 我好下ᄉ 아미타불(阿彌陀佛) 재운(再云)
아, 자연스런 천당의 모습, 그 어떠합니까!
아, 큰 광명 절로 비추는 모습, 나는 좋아라 아미타불.(재운)

〈5장〉

정혜등지(定慧等持) 경기하여위니이고(景幾何如爲尼伊古)
몽불수기(蒙佛授記) 경(景) 아호하ᄉ(我好下ᄉ) 아미타불(阿彌陀佛) 재운(再云)
아, 정혜(定慧)를 등지(等持)하는 모습, 그 어떠합니까!
아, 부처님의 가르침을 받는 모습, 나는 좋아라 아미타불.(재운)

〈6장〉

성취대원(成就大員) 경기하여위니이고(景幾何如爲尼伊古)
본자원성(本自圓成) 경(景) 아호하ᄉ(我好下ᄉ) 아미타불(阿彌陀佛) 재운(再云)
아, 대원(大圓)을 성취하신 모습, 그 어떠합니까!
아, 본래 원만히 이룬 모습, 나는 좋아라 아미타불.(재운)

〈7장〉

즉리제상(卽離諸想) 경기하여위니이고(景幾何如爲尼伊古)
공증리상(共證離相) 경(景) 아호하ᄉ(我好下ᄉ) 아미타불(阿彌陀佛) 재운(再云)
아, 곧바로 온갖 생각 떨친 모습, 그 어떠합니까!
아, 함께 증도하고 상(相)을 떠난 모습, 나는 좋아라 아미타불.(재운)

〈8장〉

홀연심각(忽然心覺) 경기하여위니이고(景幾何如爲尼伊古)
동정각안(同訂覺岸) 경(景) 아호하ᄉ(我好下ᄉ) 아미타불(阿彌陀佛) 재운(再云)
아, 홀연히 마음을 깨달은 모습, 그 어떠합니까!

아, 깨달음의 세계를 함께 증득(證得)한 모습, 나는 좋아라 아미타불.(재운)

〈9장〉

본무형상(本無形相) 경기하여위니이고(景幾何如爲尼伊古)
강호만월(江湖滿月) 경(景) 아호하ᄉᆞ(我好下ᄉᆞ) 아미타불(阿彌陀佛) 재운(再云)
아, 본래 형상이 없는 모습, 그 어떠합니까!
아, 강호에 달빛 가득한 모습, 나는 좋아라 아미타불.(재운)

〈10장〉

광도중생(廣度衆生) 경기하여위니이고(景幾何如爲尼伊古)
대원경계(大願境界) 경(景) 아호하ᄉᆞ(我好下ᄉᆞ) 아미타불(阿彌陀佛) 재운(再云)
아, 널리 중심을 건지신 모습, 그 어떠합니까!
아, 크게 서원하신 경계의 모습, 나는 좋아라 아미타불.(재운)

〈11장〉

지금류전(至今流轉) 경기하여위니이고(景幾何如爲尼伊古)
본래허현(本來虛玄) 경(景) 아호하ᄉᆞ(我好下ᄉᆞ) 아미타불(阿彌陀佛) 재운(再云)
아, 지금토록 유전하는 모습, 그 어떠합니까!
아, 본래 텅비고 오묘한 모습, 나는 좋아라 아미타불.(재운)

〈12장〉

〈1장〉의 '회향삼처(回向三處) 경(景)(삼처에 회향하는 모습)/ 도제미륜(度諸迷淪) 경(景)(여러 미혹의 늪을 건넌 모습)'은 비가시적 세계를 형상화 한 것이다. '삼처(三處)'는 구체적 장소를 가리키는 것이 아니고 보리회향(菩提回向), 중생회향(衆生回向), 실제회향(實際回向)의 선행을 돌리는 방법[32]을 말한다. '미혹의 늪을 건넌 모습'도 관념에 불과하며 구체적인 이미지로 연결되지 않는다. 이는 〈기우목동가〉의 불교적 성격에 기인하는 것이며, 그 표현 자체가 매우 추상적이고 비유적인 성격을 가지고 있는데 이는 나머지 장에서도 마찬가지로 나타난다. 〈2장〉의 '報佛大恩 경(佛大恩 景)(부처님의 큰 은례에 보답하는 모습)/ 발명윤회경(發明輪回景)(윤회를 밝히는 모습)', 〈3장〉의 '출어근진(出於根塵) 경(景)(근진(根塵)에서 벗어나는 모습)/ 사주유방(四洲遊方) 경(景)(사주(四洲)에 행각(行脚)하는 모습)'도 관념적 종교 세계를 형상화하고 있지만 구체적 이미지는 획득하지 못하고 있다. 〈기우목동가〉의 '-경(景)'은 사실상 경기체가의 관습적인 표현에 불과할 뿐 '경(景)'의 본질적 기능이라 할 수 있는, 구체적 정경의 형상화는 이루어지지 않았다. 특히 〈5장〉의 자연천당(自然天堂) 경(景)(자연스런 천당의 모습)이나 〈8장〉의 즉리제상(卽離諸想) 경(景)(곧바로 온갖 생각 떨친 모습)은 종교인의 관념적 사고 안에서만 이해할 수 있는 표현일 것이다. 더구나 〈10장〉에서는 본무형상(本無形相) 경(景)(본래 형상이 없는 모습)이라고 해서 추상적 관념화의 극단을 보여준다. '본래 형상이 없는 모습'이라는 표현은 사실상 모순형용이다. 그럼에도 불구하고 이런 표현이 나오게 된 것은 '경기체가'가 지닌 '-경(景)'이라는 장르 지표의 관습적 사용 때문이라고 생각된다. 〈기우목동가〉에서 본 바와 같이 '경(景)'은 추상적, 비가시적 상황을 보여주는 표현으로도 사용되고 있어 〈한림별곡〉에서와 같은 구체적·가시적 모습과는 변별된다.

'경(景)'의 층위를 좀 더 세분하여 구체적·가시적 공간에서 '화자가 대상과 동락(同樂)하는 경우', 대상을 찬양하되 '특화된 장면을 사용하는 경우'과 '일반적 현상을 공간화한 경우'로 나누고, 추상적·비가시

32) 임기중, 앞의 책, p.208.

적 공간에서는 '관념적 모습을 공간화 한 경우'와 '규범적 원리를 공간화한 경우'로 나눈다. 이를 보이면 다음과 같다.

ㄱ. 구체적·가시적 공간으로서의 경(景)
ㄱ-1. 화자 동락의 장면
ㄱ-2. 대상 찬양 : 특화된 장면
ㄱ-3. 대상 찬양 : 일반적 현상의 공간화

ㄴ. 추상적·비가시적 공간으로의 경(景)
ㄴ-1. 관념적 모습의 공간화
ㄴ-2. 규범적 원리의 공간화

경기체가를 별곡계와 비별곡계로 나누어 위의 분류기준에 의해 공간절편화 현상을 정리하면 다음과 같다.

	작품명	공간양상(景의 층위 분석)						성격
		ㄱ. 구체적·가시적 공간			ㄴ. 추상적·비가시적 공간			
		1. 화자 동락의 장면	2. 대상 찬양 : 특화된 장면	3. 대상 찬양 : 일반적 현상의 공간화	1. 관념적 모습의 공간화	2. 규범적 원리의 공간화	景/전체 장수	
별곡계	한림별곡	4장(勸上ㅅ 景), 6장(過夜ㅅ 景), 8장(携手同遊ㅅ景)	1장(試場ㅅ 景), 2장(註조쳐 내 외옰 景/歷覽ㅅ 景), 3장(딕논 景, 走筆ㅅ 景), 5장(間發ㅅ 景/相映ㅅ 景), 7장(登望五湖ㅅ 景)		4장(醉혼ㅅ 景)		8/8	악장 (연향)
	관동별곡	1장(巡察 景), 2장(歷訪 景), 5장(泛舟 景), 6장(爭弄朱絃 景), 7장(遊賞 景), 8장(迎送佳賓 景), 9장(避署 景)	2장(登望滄溟 景), 7장(日出 景)	1장(王化中興 景), 9장(傳子傳孫 景)			7/9	사적 연향

	죽계별곡	2장(遊寺 景/携手相從 景), 3장(春誦夏絃 景/呵喝迎新 景)	1장(山水淸高 景), 5장(雪月交光 景)	1장(爲釀作中興 景)			4/5	사적 연향
	상대별곡		2장(霜臺ㅅ景/振起頹綱ㅅ景), 3장(狀上ㅅ景/從諫 ㅅ景), 4장(勸上ㅅ景/醉흥ㅅ景)		1장(萬古淸風ㅅ景)		4/5	악장 (연향)
	구월산별곡	3장(親睦九族 景)		1장(積善流芳 景), 2장(餘慶無窮 景), 4장(藏器待時 景)			4/4	사적
	화산별곡	6장(登覽 景), 7장(侍宴 景)	1장(都邑 景), 2장(太平 景/兩得 景), 3장(右文 景/古今 景), 4장(講武 景/豫備 景), 5장(無逸 景)		1장(持守 景)	8장(長治 景/並久 景)	8/8	악장
	금성별곡	6장(醉裡歡場 景/待使華獨調 景)	1장(鍾秀人才 景/佳氣葱籠 景), 5장(羅顯羅贇 四寸兄弟 共上蓮榜 景/十人同年 景)	2장(切磋琢磨 景/日就月將 景)	3장(以德化民 景/養育人才 景), 4장(振起文風 景/師明弟哲 景)		6/6	사적
	화전별곡	4장(發興 景), 5장(ᄀᆞ독브어 勸觴 景)	1장(天南勝地 景), 2장(品官齊會 景/唱和 景), 3장(花林勝美 景)				5/6	사적

	작품명	공간양상(景의 층위 분석)						성격
		ㄱ. 구체적·가시적 공간			ㄴ. 추상적·비가시적 공간			
		1. 화자 동락의 장면	2. 대상 찬양 : 특화된 장면	3. 대상 찬양 : 일반적 현상의 공간화	1. 관념적 모습의 공간화	2. 규범적 원리의 공간화	景/전체 장수	
비별곡계	가성덕		2장(愛之敬之 景), 3장(祝壽萬年 景/祝壽萬年 景), 5장(三呼萬歲 景/三呼萬歲 景), 6장(敷奏冕旒 景/敷奏冕旒 景)		4장(天下大平 景/天下大平 景)	1장(四海一家 景/四海一家 景)	6/6	악장(송도)
	축성수				永荷皇恩 景		10/10(동일)	악장(송도)
	오륜가				3장(復唐虞ㅅ 景/祥瑞ㅅ 景)	1장(萬古流行ㅅ 景/立極ㅅ 景), 2장(養老ㅅ 景/定省ㅅ 景), 4장(和樂ㅅ 景/言約ㅅ 景), 5장(讓義ㅅ 景/相讓ㅅ 景), 6장(表誠ㅅ 景/久而敬之ㅅ 景)	6/6	악장(송도)
	연형제곡					1장(相愛ㅅ景/率性ㅅ景), 2장(相勉ㅅ景/進德ㅅ景), 3장(厚倫ㅅ景/永好ㅅ景), 4장(兩全ㅅ景/無間ㅅ景), 5장(泰治ㅅ景/壽昌ㅅ景)	5/5	악장(송도)
	배천곡		2장(崇教隆化 景/臨雍盛擧 景), 3장(同宴以飮 景/載賡周雅 景)		1장(至治蜎興 景/熙熙皥皥 景)		3/3	악장(송도)

	작품명	공간양상(景의 층위 분석)						성격
		ㄱ. 구체적·가시적 공간			ㄴ. 추상적·비가시적 공간			
		1. 화자 동락의 장면	2. 대상 찬양 : 특화된 장면	3. 대상 찬양 : 일반적 현상의 공간화	1. 관념적 모습의 공간화	2. 규범적 원리의 공간화	景/전체 장수	
비별곡계	서방가				1장(教化衆生景/返淨卽是景), 2장(功德莊嚴景/撻矢成佛景), 3장(微妙香潔景), 4장(供養他方景/勝事諸佛景), 5장(演暢說法景/緣念三昧景), 6장(念僧景/聞法歡喜景), 7장(壽命長遠景/永斷生死景), 8장(但會一處景/熏習增進景), 9장(直證上品景/殊勝功德景), 10장(寶皆接人景/生生極樂景)		10/10	불교의 교리
	미타찬						0/10	불교의 교리
	안양찬						0/10	불교의 교리
	미타경찬						0/10	불교의 교리
	기우목동가				1장(回向三處 景/度諸迷淪 景), 2장(報佛大恩 景/發明輪回景), 3장(出於根塵 景/四洲遊方 景), 4장(空寂靈知 景/返淨卽時 景), 5장(自然天堂 景/自照元明 景), 6장(定慧等持 景/蒙佛授記 景), 7장(成就大員 景/本自圓成 景),		12/12	불교의 교리

					8장(卽離諸想 景/共證離相 景), 9장(忽然心覺 景/同訂覺岸 景), 10장(本無形相 景/江湖滿月 景), 11장(廣度衆生 景/大願境界 景), 12장(至今流轉 景/本來虛玄 景)			

	작품명	공간양상(景의 층위 분석)					景/전체장수	성격
		ㄱ. 구체적·가시적 공간			ㄴ. 추상적·비가시적 공간			
		1. 화자 동락의 장면	2. 대상 찬양 : 특화된 장면	3. 대상 찬양 : 일반적 현상의 공간화	1. 관념적 모습의 공간화	2. 규범적 원리의 공간화		
비별곡계	불우헌곡	2장(諄諄善誘 景/自遠方來 景), 3장(如釋重負 景/再參原從 景), 4장(樂且有義 景/祈天永命 景), 5장(不懼不憂 景/古訓是式 景), 6장(過蒙褒奬 景/聖恩深重 景), 7장(作此好歌 消遣世慮 景)		1장(樂以忘憂 景/遵道而行 景)			7/7	성리학
	태평곡			4장(進賢 景)	3장(大平 景)	5장(江海能下 百川이 朝宗 景)	3/5	성리학
	도동곡					1장(繼天立極 景), 3장(君臣이 相得 景), 5장(學聖忘勞 景), 9장(吾道東來 景)	4/9	성리학
	육현가				2장(張橫渠의 一變至道 力踐 景), 3장(邵堯夫의 駕風鞭霆 歷覽 景), 4장(司馬公의 事神不欺 獨樂 景)		3/6	성리학
	엄연곡				4장(一元循環 悠久 景), 6장(萬福無彊 景)	5장(俯仰애 붓끄럽디 아닌 景)	3/7	성리학

	독락팔곡			1장(岸幘長嘯 景), 2장(一竿竹 빗기안고 忘機伴鷗 景)	3장(嘐嘐然 尙友千古 景), 4장(悠然胸次 ㅣ 與天地 萬物上下 同流 景), 5장(世間萬事 都付天命 景), 6장(究終始 景), 7장(百年閒老 景)		7/7	성리학

이상 분류한 내용을 바탕으로 별곡류와 비별곡류의 공간화 양상을 비교하면 다음과 같다.

공간양상(景의 층위 분석)									
		ㄱ. 구체적·가시적 공간				ㄴ. 추상적·비가시적 공간			성격
		1. 화자 동락의 장면	2. 대상 찬양 : 특화된 장면	3. 대상 찬양 : 일반적 현상의 공간화	소계	1. 관념적 모습의 공간화	2. 규범적 원리의 공간화	소계	
별곡류	악장	5	22		27	3	1	4	공적
	사대부	16	12	8	36	4		4	사적
소계		21	34	8	63	7	1	8	
비별곡류	악장		11		11	6	22	28	공적
	성리학	11		5	16	11	6	17	사적
	불교					43		43	사적
소계		11	11	5	27	60	28	88	
총계		32	45	13	90	67	29	96	

전체적으로는 구체적·가시적 공간과 추상적·비가시적 공간의 비율이 각각 48%와 52%로 비슷하게 나타났지만, 별곡류에 드는 작품수가 24개중 8개에 불과하다는 점을 생각하며 별곡류에 나타난 구체적·가시적 공간은 상대적으로 매우 높다고 볼 수 있다. 이를 별곡류와 비별곡류의 구체적·가시적 공간과 추상적 비가시적 공간의 빈도수를 보더라도 뚜렷한 차이를 보인다.

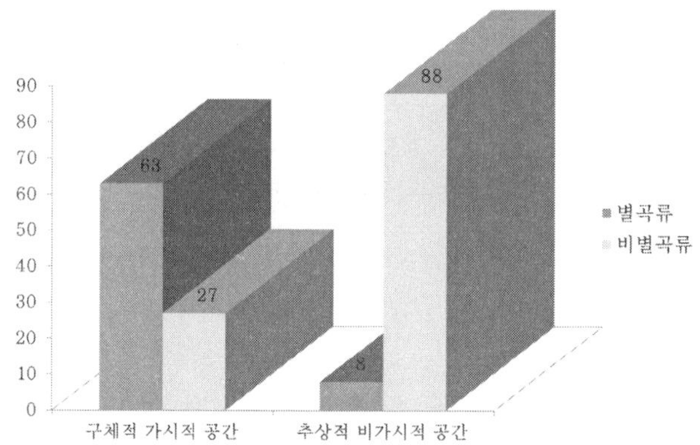

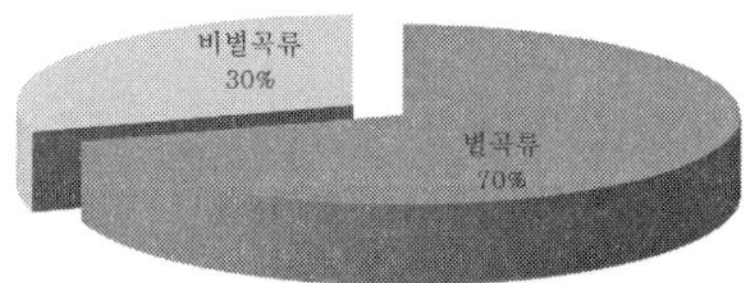

구체적, 가시적 공간의 점유율

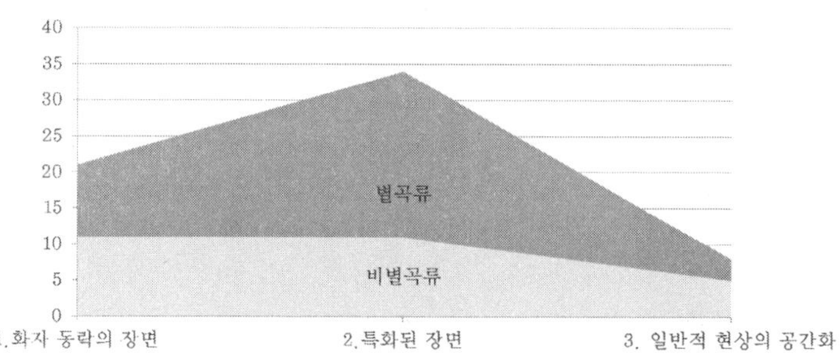

구체적 가시적 공간의 분포

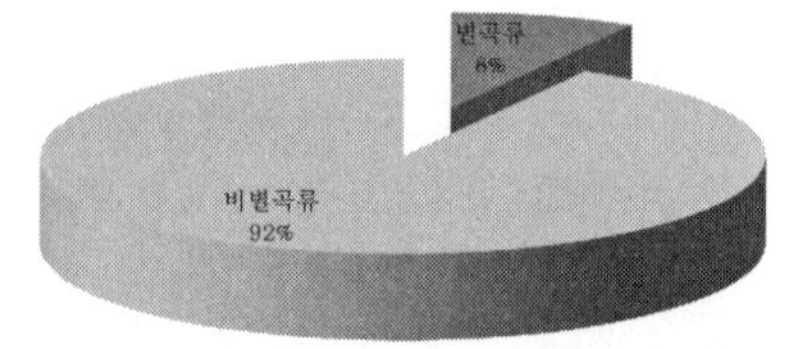

추상적, 비가시적 공간의 점유율

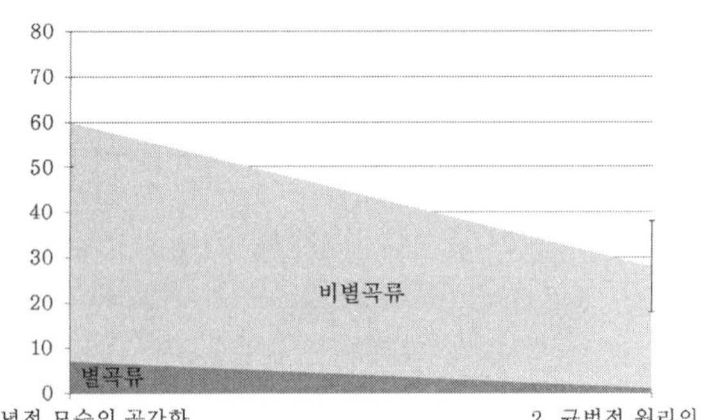

추상적 비가시적 공간의 분포

〈도표1〉에서 보인 바와 같이 별곡류 시가는 구체적·가시적 공간이 우세하게 나타나고 추상적 비가시적 공간은 상대적으로 매우 낮게 분포되어 있다. 〈도표2〉를 보면 구체적·가시적 공간에서 별곡류는 70%를 차지하여 비별곡류보다 화자와 대상의 모습을 보다 구체적으로 형상화한 것으로 나타났다. 이같은 현상은 별곡류가 공간 인식과 형상화가 비별곡류에 비해 더 구체적이며 가시적이라는 사실을 보여주며, 〈도표3〉에서 별곡류에 특화된 장면이 많이 분포하고 있는 것도 '○○별곡'에 대한 인식과 형상화의 방향을 가늠할 수 있게 하는 자료가 된다.

한편 추상적·비가시적 공간의 점유율은 비별곡류가 92%로 높게 나타났으며(〈도표4〉) 주로 관념적 모습의 공간화에 치중하고 있는 결과(〈도표5〉)를 얻을 수 있었다. 추상적·비가시적 공간의 양상을 강하게 보이는 불교계, 성리학적 내용의 작품들은 모두 비별곡류로서 '별곡'의 인식과는 상반되는 공간 양상을 보여주었다.

경기체가 24개 작품에 나타난 '-경(景)'이라는 단위 공간을 중심으로 별곡류와 비별곡류 간의 공간 양상을 고찰하였다. 앞서 살핀 바와 같이 '-경(景)'은 그 자체로 '구체적·가시적 공간'을 전제하지만 '-경(景)'이라는 장르 지표가 관습화되면서 '경(景)'은 추상적·비가시적 이미지까지 포괄적으로 수용하게 되었다. 이렇게 '景'이 추상과 구체를 아우르게 되면서 표면적으로 '-경(景)'이라는 공간 인식이 모호해지게 된 것으로 보이지만, '구체적·가시적 공간'에 대한 인식과 그 형상화는 '○○별곡'이라는 제명 관습을 통해 표출되어 전승된 것 같다. 그 결과 별곡은 비별곡류 작품에 비해 구체적이고 가시적인 문학적 공간을 형성하고 있었으며, 이는 '별곡'에 대한 인식이 지속적으로 전승하였기 때문으로 볼 수 있겠다.

(2) 경기체가계 별곡의 공간 양상과 '별'의 의미망

경기체가계 별곡의 문학적 공간의 양상이 구체적·가시적 공간으로 나타나는 것은 '별(別)'의 의미망 중 '실(實)'과 '진(眞)'이 작용한 것으로 해석할 수 있다. 경기체가는 구체적인 연행 공간과 연행 관습을 가지고 있으며 이는 〈한림별곡〉, 〈상대별곡〉 등 주도적 작품들에 의해 전승되어 왔다. 경기체가의 연행 방식으로 볼 때, 별곡류에 드는 사대부 계층의 작품들은 크게 공적 연향에 쓰인 경우와 사적 연향에 쓰인 경우, 그리고 유교의식에서 쓰인 경우로 나눌 수 있다.[33] 이렇게 실제적인 공간(實)에서 사대부의 계층적인 진면목(眞)을 보여주고자 한 것이 경기체가계 별곡이었다. 특히 구체적인 연행 상황이 작품의 내용으로 반영되어 있는 것을 볼 때 경기체가계 별곡의 문학적 공간은 현실 공간의 객관적 형상화라는 측면에서 '실(實)'의 의미망을 획득하고 있으며 동시에 그 문학적 주제가 사대부의 지향적 모습이었다는 점에서 '진(眞)'의 의미망을 내함하고 있다.

먼저 '실(實)'의 의미망을 획득하게 된 배경을 살펴본다. 경기체가계 별곡 중 〈한림별곡(翰林別曲)〉, 〈상대별곡(霜臺別曲)〉, 〈화산별곡(華山別曲)〉은 실제 공적 연향에 쓰인 노래다. 이와 관련한 기록들은 실제 궁중에서의 연향 사실을 뒷받침해 준다.

① 상(上태종)께서 술과 고기를 내리시고 명하기를 "그대들은 한림별곡을 불러 즐기도록 하라"고 말씀하였다.[34]

② 임금이 왕세자와 문무 여러 신하들을 거느리고 태평관(太平館)에 거둥하여 창성(昌盛)·이상(李祥) 두 사신에게 송별연을 열었다. 연회가 파할 무렵에 창성이 말하기를, "내가 이 나라에 사신으로 온 것이 여러 번이나 말할만한 일이 없습니다." 하고, 또 말하기를, "중국 조정의 한림원(翰林院)은 곧 귀국(貴國)의 승정원으로서, 다 유림(儒林)이 모이는 관사(官司)입니다. 대체로 유생(儒生)이 다 한소(寒素)한 것은 천하가 일반입니다." 하고, 드디어 한림별곡(翰林別曲)을 써 가지고 돌아갔다.[35]

---

33) 최선경, 「景幾體歌의 享有方式에 관한 연구」(연세대 석사논문, 1994), pp.25~26.
34) 『太宗實錄』 卷26, 13년 7월 18일(乙未). "上賜酒肉 仍命曰汝等唱翰林別曲以歡."
35) 『世宗實錄』 卷62, 15年 11月 14日(癸巳). "上率王世子及文武群臣 幸 太平館 餞昌 李 兩使臣 宴將罷 昌盛 曰 我來使本國數矣 無可言之事 又曰 中朝翰林院 卽本國承政院 皆是儒林所會之司也 大抵儒生皆酸 天下一般 遂書 翰林別曲而歸"

③ 이날 강옥(姜玉) 등이 황주(黃州)에 이르니, 선위사(宣慰使) 성임(成任)이 선위례(宣慰禮)를 행하면서 여악(女樂)을 쓰니, 김보(金輔)가 말하기를, "내가 본국(本國)에 있었을 때에 기생[妓] 옥생향(玉生香)의 집에서 자라며 한림별곡(翰林別曲)과 등남산곡(登南山曲)을 익히어, 일찍이 경태 황제(景泰皇帝)의 앞에서 불렀다."고 하였다. 곧 기생 3, 4인을 불러서 부르게 하고, 말하기를, "이 곡(曲)은 내가 전에 들었던 것과 다르다."[36]

④ 예문관 봉교(藝文館奉教) 안진생(安晉生) 등이 아뢰기를, "유생(儒生)들이 처음 과거(科擧)에 오르면 사관(四館)에 나누어 속(屬)하게 하고 허참례(許參禮)와 면신례(免新禮)를 거행하며 한림별곡(翰林別曲)을 본관(本館)의 모임에서 노래하는 것은 오래된 풍속입니다. 그런 까닭으로 새로 검열(檢閱)이 된 조위(曹偉)가 연회(宴會)를 베풀어 신(臣) 등을 맞았습니다. 그런데 음식 중에는 금지된 고기가 있었으며, 또 기생(妓生)과 공인(工人)들이 장고(杖鼓)·피리[笛]·필률(觱篥)을 가지고 왔기에, 신(臣) 등이 다만 그들로 하여금 필률만 불고 노래하도록 했습니다. 이튿날 음악 소리가 대궐 안에까지 들리는 것이 있기에 곧 자수(自首)하고자 했으나, 필률(觱篥)과 노래는 그 소리가 반드시 먼 곳까지 미치지는 않을 것이므로 시일을 지체하면서 감히 알리지 못했습니다. 신(臣) 등은 비록 품계(品階)는 낮지마는 경연(經筵)에 가까이 모시고 있으므로 외관(外官)과는 비교가 안됩니다. 비록 출사(出仕)하라고 명령하셨지만, 이런 큰 죄를 범하고서 뻔뻔스럽게 입시(入侍)한다는 것은 마음에 실로 편안하지 못합니다." 하니, 전교(傳教)하기를, "옛날부터 내려오는 풍속을 누가 그치게 하겠는가? 다만 한재(旱災)로 인하여 술을 금하게 하였는데도 그대들이 태연하게 모여서 마시고 금하는 고기까지 먹었으니 옳지 못한 일이다. 비록 북을 치고 피리를 불지 않았더라도 필률을 불고 또 노래를 불렀다

---

36) 『世祖實錄』卷46, 14年 4月 1日(庚寅). "是日 姜玉 等至 黃州 宣慰使 成任 行宣慰禮 用女樂 金輔 曰 吾在本國時 長於妓 玉生香 家 習 翰林別曲 及 登南山曲 嘗於景泰皇帝 前唱之 卽招妓三四人唱之曰 此曲與吾前所聞異矣"

면, 또한 음악을 하지 않았다고 할 수는 없다. 사관(史官)은 군주(君主)의 과실을 기록하는데, 어찌 마땅히 이와 같이 할 수가 있겠는가? 그러나 집에 있을 필요는 없으니 나와서 근무(勤務)하라."하였다.[37)]

⑤ 술과 앵무잔(鸚鵡盞)을 승정원(承政院)과 홍문관(弘文館)에 하사(下賜)하고, 이어 전교(傳敎)하기를, "한림별곡(翰林別曲)에 앵무잔(鸚鵡盞)이니 호박배(琥珀杯)니 하는 등의 말이 있기에, 한림(翰林)으로 하여금 술잔을 돌려가며 실컷 술 마시고 헤어지도록 하라."하였다.[38)]

⑥ 손순효(孫舜孝)를 숭정 대부(崇政大夫) 의정부 우찬성(議政府右贊成)으로, 설무림(薛茂林)을 통정 대부(通政大夫) 행 청송 부사(行青松府使)로 삼았다. 사신(史臣)이 논평하기를, "손순효는 기량이 활달하고 거칠어서 충효(忠孝)로써 자부(自負)하고 큰소리치기를 좋아하였다. 친구와 어울려 술을 마시다가 크게 취하면 갑자기 상대별곡(霜臺別曲)의 '임금이 밝고 신하가 곧다.'는 가사(歌詞)를 노래하였고, 또 잔치의 모임에 기생들로 하여금 이 가사를 노래하게 하였으며, 혹은 스스로 일어나서 절하고 춤추기도 하였다. 일찍이 강원도 감사(江原道監司)가 되어 중관(中官)으로서 고향에 돌아온 자를 대(對)하여 연궐시(戀闕詩)를 지어서 그 부채에 써 주고 눈물을 흘리면서 그 뜻을 말하였었다. 중관(中官)이 궁중으로 돌아오게 되자 임금이 우연히 그 부채를 보고는 손순효가 한 것임을 물어서 알고는 임금을 사랑한다고 여겼다. 또 일찍이 임금의 앞에서 경의(經

---

37) 『成宗實錄』卷58, 6年 8月 4日(庚辰). "藝文館奉教 安晋生 等啓曰 儒生初登科第 分屬四館 有許叅 免新之禮 翰林別曲歌於本館之會 古風也 故新檢閱 曺偉 設宴邀臣等 饌中有禁肉 且妓工人等齎杖皷笛鵞篥而來 臣等但使吹鵞篥唱歌 翼翌日聞有樂聲徹闕內 卽欲自首 以鵞篥與歌 其聲必不及遠 遷延不敢 臣等雖秩卑 昵侍經筵 非外官之比 雖命出仕 犯此大罪 靦然入侍 心實未安 傳曰 古風 誰令止之 但因旱禁酒 而爾輩恬然會飮 至食禁肉 不可 雖不擊鼓吹笛 而吹鵞篥且歌 則亦不可謂不作樂也 史官記人君過失 豈宜如是 然不須在家 其出仕."

38) 『成宗實錄』卷111, 10年 11月 14日(乙未). "賜酒及鸚鵡盞于承政院弘文館 仍傳曰 翰林別曲 有鸚鵡盞琥珀杯等語 令翰林行酒痛飮而罷"

義)를 논난(論難)하다가 충서(忠恕)를 행하기를 권하였는데, 이로써 매우 후대(厚待)를 받아 지위가 숭정대부의 반열(班列)에 이르게 되었다." 하였다.[39)]

⑦ 전교하기를, "이번에 간흉(奸兇)이 모조리 제거되어 조야(朝野)가 무사하므로, 이에 5월 5일 대비전(大妃殿)에서 연회를 베풀고, 왕후와 친족에게 음식을 하사하여, 위로 자전(慈殿)을 받들고 아래로 구족(九族)을 돈독히 하려 하니, 이 뜻을 가지고 글 잘하는 문신에게 상대별곡체(霜臺別曲體)에 따라 곡을 짓게 하고, 운평(運平)에게 익혀서 연주하게 하라." 하였다.[40)]

⑧ 대제학 변계량이 화산별곡(華山別曲)을 지어 바치니, 그 가사[詞]는 이러하다. …(中略)… 임금이 명하기를, "이를 악부(樂府)에 올려 연향(宴饗)할 때에 쓰게 하라." 하였다.[41)]

⑨ 예조에 전지하기를, "금후로는 연향파연곡(宴享罷宴曲)에 정동방천권곡(靖東方天眷曲)과 성덕가(盛德歌)를 사용하고, 응천곡(應天曲)과 화산별곡(華山別曲)은 사용하지 말라."고 하였다.[42)]

---

39) 『成宗實錄』 卷200, 18年 2月 7日(丁丑). "以 孫舜孝 爲崇政議政府右贊成 薛茂林 通政行 青松 府使 史臣曰 舜孝 氣度濶略 以忠孝自許 好爲大言 與朋友飮至大醉 輒歌 霜臺別曲 君明臣直之詞 又於宴集令妓歌此詞 或自起拜舞 嘗爲 江原道 監司 對中官歸鄕者 作戀闕詩 題其扇 垂淚道其意 及中官還 上偶見其扇 問知 舜孝 所爲 以爲愛我 又嘗於上前論難經義 勸行忠恕以此深蒙眷遇 致位崇班."

40) 『燕山君日記』 卷57, 11년 4月 23日(戊寅). "傳曰今者奸兇盡去 朝野無事 玆以五月初五日進宴于大妃殿 仍饋諸王后族親 上奉慈殿 下敦九族 其以此意 令能文文臣依霜臺別曲體製曲 令運平習奏之."

41) 『世宗實錄』 卷28, 7年 4年 2日(辛丑). "大提學卞季良製華山別曲 以進 其詞曰…(中略)…命載諸樂部 用之宴饗."

42) 『世宗實錄』 卷32, 8年 5月 6日(己亥). "傳旨禮曹今後宴享罷宴曲 用靖東方天眷曲 盛德歌 勿用 應天曲 華山別曲."

①~⑤은 〈한림별곡〉이 조선조의 궁중에서 연행된 기록이다. 고려조에도 연행되었을 것으로 추측되나 관련 기록이 남아 있지 않다. ⑥~⑦은 〈상대별곡〉, ⑧~⑨는 〈화산별곡〉의 연행 기록으로 이는 모두 궁중악으로 실제 향유되었던 상황을 말해준다. 하지만 이런 향유의 실제만으로는 위 작품들이 구체적·가시적 공간 양상을 가지게 된 것으로 볼 수 없다. 같은 궁중의 공간에서 같은 기능으로 향유되었던 〈가성덕〉, 〈연형제곡〉, 〈오륜가〉, 〈배천곡〉 등의 존재는 실제적 연행 상황이 반드시 '실(實)'의 의미망을 담아내어 구체적·가시적 공간을 형상화한다는 논리를 성립할 수 없게 하기 때문이다.

그런데 경기체가계 별곡의 공간화 양상에 관여하는 것은 '○○별곡'이라는 의식이며, 특히 '별(別)'의 의미가 문학 내적 공간을 특성화한다. 위의 작품들에는 사대부들의 특별한 세계(別)가 형상화되어 있다. 또한 '별(別)'의 양상은 연행 상황이라는 구체적 현장을 작품 속 공간으로 이입시킴으로 '실(實)'의 의미를 획득한다. 이러한 예를 작품에서 찾으면 다음과 같다.

황금주(黃金酒) 백자주(柏子酒) 송주예주(松酒醴酒)
죽엽주(竹葉酒) 이화주(梨花酒) 오가피주(五加皮酒)
앵무잔(鸚鵡盞) 호박배(琥珀盃)예 ᄀᆞ득브어
위 권상(勸上)ㅅ 경(景) 긔 엇더ᄒᆞ니잇고
유령도잠(劉伶陶潛) 양선옹(兩仙翁)의 유령도잠(劉伶陶潛) 양선옹(兩仙翁)의
위 취(醉)혼ㅅ 경(景) 긔 엇더ᄒᆞ니잇고

〈한림별곡(翰林別曲)〉 4장

아양금(阿陽琴) 문탁적(文卓笛) 종무중금(宗武中琴)

대어향(帶御香) 옥기향(玉肌香) 쌍가야(雙伽倻)ㅅ고
금선비파(金善琵琶) 종지혜금(宗智嵇琴) 설원장고(薛原杖鼓)
위 과야(過夜)ㅅ 경(景) 긔 엇더ᄒᆞ니잇고
일지홍(一枝紅)의 빗근 적취(笛吹) 일지홍(一枝紅)의 빗근 笛吹(笛吹)
위 듣고아 좀드러지라

〈한림별곡(翰林別曲)〉 6장

지어자(止於慈) 지어효(止於孝) 천성동환(天性同歡)
지어인(止於仁) 지어경(止於敬) 명량상득(明良相得)
선천하우(先天下憂) 후천하낙(後天下樂) 낙이불음(樂而不淫)
위(偉) 시연(侍宴) 경기하여(景其何如)
천생성주(天生聖主) 부모동인(父母東人) 재창(再唱)
위(偉) 만세을세이소서(萬歲乙世伊小西)

〈화산별곡(華山別曲)〉 7장

원의후(圓議後) 공사필(公事畢) 방주유사(房主有司)
탈의관(脫衣冠) 호선생(呼先生) 섯거 안자
팽룡포봉(烹龍炮鳳) 황금예주(黃金醴酒) 만루대잔(滿鏤臺盞)
위 권상(勸上)ㅅ경(景) 긔 엇더ᄒᆞ니잇고
즐거온뎌 선생감찰(先生監察) 즐거온뎌 先生監察(先生監察)
위 醉(醉)혼ㅅ경(景) 긔 엇더ᄒᆞ니잇고

〈상대별곡(霜臺別曲)〉 4장

〈한림별곡〉 4장에서는 “황금빛 도는 술, 잣으로 빚은 술, 솔잎으로 빚은 술, 그리고 단술, 댓잎으로 빚은 술, 배꽃 필 무렵 빚은 술, 오갈피로 담근 술” 등 궁중에서나 맛볼 수 있는 다양한 술의 종류와 “앵무새 부리 모양의 자개껍질로 된 앵무잔과, 호박빛 도는 호박배”와 같은 사치스런 술잔이 등장하여 술에 취한 모습을 형상화하고 있다. 이렇게 잔치자리와 술 취함의 연결과 작품 내적 형상화는 현실의 연행 공간이 그대로 작품 속에 이입한 예가 된다. 이런 현상은 〈한림별곡〉 6장에서도 이어진다. “아양이 튕기는 거문고, 문탁이 부는 피리, 종무가 부는 중금. 명기 대어향과, 최우의 애첩이요 명기인 옥기향 둘이 짝이 되어 뜯는 가얏고. 명수 김선이 타는 비파, 종지가 켜는 해금, 설원이 치는 장고. 아! 병촉야유하는 광경, 그것이야말로 어떻습니까? 명기 일지홍이 비껴대고 부는 멋진 피리 소리를, 아! 듣고야 잠들고 싶습니다.”라고 하여 창기와 악공이 등장하는데 이는 실제 궁중 연향에서의 장면을 그대로 옮겨 온 것으로 볼 수 있다. 이런 연향의 모습은 〈화산별곡〉 7장 “궁중잔치에 임금을 뫼시는 광경”이라는 표현에서도 알 수 있거니와, 실제 궁중 연회의 공간이 문학적으로 재현된 것이다. 실제로 〈한림별곡〉과 〈상대별곡〉 속의 술 취함의 상황과 여악 연향의 상황은 그대로 당대 기록에서도 찾아 볼 수 있다. 앞의 자료 ④~⑥을 보면 면신지례를 치르면서 악공과 창기를 불러 〈한림별곡〉을 노래하고 금지된 술을 마신 일(④), “술과 앵무잔(鸚鵡盞)을 승정원(承政院)과 홍문관(弘文館)에 하사하고, 이어 전교하기를, “한림별곡에 앵무잔이니 호박배(琥珀杯)니 하는 등의 말이 있기에, 한림으로 하여금 술잔을 돌려서 술을 많이 마시고 헤어지도록 한다.” 하였다.”는 기록(⑤), 성종 대 손순효(孫舜孝)에 대한 사신(史臣)의 논평에서 “손순효는 기량이 활달하고 거칠어서 충효로써 자부하고 큰소리치기를 좋아하였다. 친구와 어울려 술을 마시다가 크게 취하면 갑자기 〈상대별곡〉의 ‘임금이 밝고 신하가 곧다’는 가사를 노래하고, 또 잔치의 모임에 기생들로 하여금 이 가사를 노래하게 하였으며, 혹은 스스로 일어나서 절하고 춤추기도 하였다.”는 기록(⑥)에서 보는 바와 같이 〈한림별곡〉, 〈상대별곡〉의 문학적 상황은 실제를 그대로 이입한 것이다.

〈상대별곡〉 4장에서 "원의석(圓議席)을 편 뒤, 공무를 마친 방주감찰과 유사들이, 의관을 벗고 '선생'이라 부르면서 한자리에 섞여 앉으니, 용을 삶고 봉을 구은 것처럼 진귀한 요리에다, 황금빛 도는 청주와 단술들을 여러 무늬를 아로새긴 쇠붙이술잔에다 가득 부어, 아! 권하여 올리는 광경, 그것이야말로 어떻습니까? 즐겁구려, 선임이신 감찰이여, 아! 취한 광경, 그것이야말로 어떻습니까?"라고 노래한 장면은 선임과 후임 감찰의 연행 모습인데 이는 문생(門生) 좌주연(座主宴)의 전통이 배경이 된다.

문생좌주연의 연원은 〈상대별곡〉보다는 〈한림별곡〉에서 찾을 수 있다. 이 노래들은 공적 연향의 자리에 불린 노래이며, 그 공간 자체가 문학적으로 형상화되어 있다. 그리고 그 연향의 모습은 문생좌주연에서 확인할 수 있다. 고려 시대의 〈한림별곡〉은 분명 문신들만의 연향의 자리에서 불린 노래다. 특히 한림(翰林院)이라는 공간이 전제된다는 점이 문생과 좌주[43]의 노래로 생각될 수 있는 바탕이 된다. 원래

43) 좌주라는 명칭에 대해서는 『고려사』 이색을 보면 '좌주'란 고유명사가 아니라 보통명사로 쓰인 예가 보인다. 즉, 시험관=좌주가 아니라, 어떤 모임의 우두머리를 말하는 보통명사인 것이다.【관련기록】『東槎日記』 坤 〈聞見錄〉 "시(市) 마다 각각 주(主)가 있어 그 시의 사람들이 그를 '좌(座)'라 부르고, 그 시에서 수입되는 세금을 관장하니 우리나라의 좌주(座主)와 같은 것이다." 『高麗史節要』에도 좌주를 우두머리의 의미로 쓴 기록이 있음(34卷 恭讓王一 條 참고) 중한테도 쓴 예가 있다.【관련기록】『문견별록(聞見別錄)』 「왜황 대서(倭皇代序)」 인황(人皇)편 각주참고(民族文化推進會編)[주 D-006] 원인(圓仁) : 일본의 학승(學僧)이며 시호는 자각대사(慈覺大師). 최징(最澄)을 사사하다가 당(唐)에 들어가 6년 동안 유학하고 돌아와 천태종(天台宗)의 좌주(座主)가 되어, 최징에게 전해 받은 천태밀교(天台密教)를 완성함. 〈금강정경소(金剛頂經疏)〉·〈소실지경소(蘇悉地經疏)〉·〈현양대계론(顯陽大戒論)〉의 저서가 있음. 《高僧傳》. 한편 지방을 관리하는 사람을 좌주라

문생과 좌주에 대한 연원은 중국에 있었다.44) 이 문생좌주연에 대해 권근은 다음과 같이 기록하고 있다.

> 삼대(三代) 이전에는 사도(師道)가 가장 밝았던 터라 다스림이 융성하고 풍속이 아름다웠거니와, 한나라 때부터 과거가 처음으로 시행되어 스승과 제자의 예가 그래도 다 변하지는 않았다. 그러다가 당나라 때에 이르러서는 과거를 치르는 법도가 점차 성하여 과거 시험을 관장하는 사람을 좌주(座主)라 부르고 급제하여 뽑힌 사람은 문생(門生)이라고 불러 사제의 예가 여기에 겨우 남아 있게 되었으니, 그 문생이 좌주가 생존해 있을 적에 그 試官 자리를 잇게 되면 사람들이 모두 칭송하며 아름다운 일로 여겼다. 우리 나라는 고려 광종 이래로 사제의 예가 더욱 풍부하게 되었다.45)

과거제가 실시되면서 문생과 좌주의 개념이 우리나라에도 흘러들어왔고 이렇게 형성된 사제관계가 지속적으로 이어지고 있음을 여러 자료를 통해 확인할 수 있다. 『동문선』에 성석린(成石磷)의 〈하조시중요좌주개연(賀趙侍中邀座主開讌)〉라는 칠언절구에도 좌주 문생연과 관련한 대목이 보인다.

고 하기도 함. 【관련기록】『聞見別錄』 風俗 雜制 편 "시(市)마다 각기 그 시를 관리하는 사람이 있어 좌(座)라고 일컬으니 우리나라의 좌주(座主)와 같고, 리(里)마다 각기 그 리를 관리하는 사람이 있어 간전(肝煎)이라 하니 우리나라의 유사(有司)와 같으며, 시 밖에는 마을마다 그 마을을 주관하는 사람이 있어 장옥(庄屋)이라 하니 우리나라의 권농(勸農)과 같음." 또한 허균의 『성소부부고』에는 중국에서 좌석의 수장이라는 의미로 '좌주'를 언급한 예가 있다.
이 글에서는 이 같은 좌주의 의미는 차치하고, 문생에 대한 대칭어로서의 좌주로 그 의미를 한정하여 논의한다.

44) 유영봉, 「高麗時代의 座主와 門生」(『고려 문학의 탐색』, 이회, 2001) 참고.

45) 權近, 『陽村集』 卷16, 〈賀門下左侍中平壤趙公浚詩序〉.

得士方知座主賢(득사방지좌주현)
侍中稱壽侍中前(시중칭수시중전)
天教好雨留佳客(천교호우류가객)
風送飛花落舞筵(풍송비화락무연)

선비를 잘 뽑았으니 좌주 현명 알겠어
시중이 시중 앞에서 수 빌어 올리네
하늘도 좋은 비로 고운 손 머무르니
바람은 꽃을 날려 춤 자리에 떨어진다.[46)]

이러한 좌주와 문생의 관계와 이들 사이에 벌어졌던 잔치는 그 연원이 당나라 양사복(楊嗣僕)과 배호(裵皥)의 고사에 있다. 고려 말에 이제현은 문생좌주연의 연원과 당시 상황을 다음과 같이 기록하고 있다.

당(唐) 나라 양사복(楊嗣僕)이 문생(門生)을 거느리고 고향 집에서 그의 아버지 복야공(僕射公 양어릉(楊於陵))을 위하여 연회를 베풀었는데, 그때의 좌객(座客)이었던 양여사(楊汝士)가 다음과 같은 시(詩)를 지었다.

文章舊價留鸞掖(문장구가유란액)
桃李新陰在鯉庭(도이신음재리정)

문장의 오랜 성가 궁궐에서 머물더니
복사 오얏 새 그늘이 이정에 덮였구나.[47)]

---

46) 『東文選』 卷22 七言絶句 成石磷, 〈賀趙侍中邀座主開讌〉.

47) 훌륭한 門生이 많다는 뜻이다. 이정은 아버지가 아들을 훈계하는 장소를 가리키는데 孔子가 그의 아들 孔鯉를 훈계한 데서 온 말이다. 여기서는 座主를 가리키고, 桃李는 문생을 말한다.

오대(五代) 때에 마예손(馬裔孫)이 문생을 이끌고 와서 좌주(座主) 배호(裵皥)의 집에 가 뵈니, 배공(裵公)이 다음과 같은 시를 지었다.

三主禮闈年八十(삼주예위년팔십)
門生門下見門生(문생문하견문생)

세 번 試官 맡아서 팔십에 이르니
문생의 문하에서 문생을 보는구나

우리나라는 과거 시험을 관장하는 사람을 가리켜 학사(學士)라고 부른다. 그 문생은 그를 은문(恩門)이라고 부르기도 하는데, 문생과 좌주 사이의 예법이 옛날에 비하면 더욱 엄중하다. 학사에게 부모가 계시거나 좌주가 생존해 계시면 과거 시험장의 방문이 나붙고 나서 반드시 공복(公服)을 갖추어 찾아가 알현해야 하는데, 그의 문생들은 줄지어 그의 뒤를 따른다. 도착해서 학사가 앞에서 절을 하면 문생들은 뒤에서 절을 하는데, 여러 빈객들은 비록 지위가 높거나 나이가 많다하더라도 모두 당에서 내려와 뜰어 서서 예를 마치기를 기다려 읍양(揖讓)하고 올라가 차례로 절을 하고 축하를 한다. 그런 다음에야 학사가 자신의 집으로 맞이해서 잔을 올리고 오래 사시라고 축수(祝壽)를 한다. 이러한 의식은 모두가 당나라 양사복(楊嗣僕)과 배호(裵皥)의 고사에 의한 것으로, 예법이 그보다 지나치다.[48]

위의 기록에서 볼 수 있듯이 이제현 스스로도 당시의 문생좌주연이 지나친 면이 있다고 비판할 만큼 엄격하게 지켜진 것으로 볼 수 있다. 〈한림별곡〉 8장에서 보이는 바와 같이 그 연행의 양상은 매우 흐드러진 것으로 생각되며[49] 이 같은 정황은 〈상대별곡〉 4장에서도 찾아볼

---

48) 李齊賢, 『益齋集』 櫟翁稗說 後集二 ; 번역은 古典國譯叢書 197 『益齋集』(民族文化推進會, 1979)을 따름.

수 있다.

문생좌주연이 〈한림별곡〉의 발생과 그 내용 및 전승에 크게 영향을 주었다고 추측하는 데에는 무리가 없어 보인다. 좌주문생연은 고려 공민왕과 신돈에 의해 혁파되고[50] 선초에 들어 고려조와 같은 모습의 좌주 문생의 관계는 없어진 듯하지만[51], 문생과 좌주의 관계 자체가 없어진 것은 아니었고 조선 말까지 지속적으로 전승된다.

> 문생(門生)이 좌주(座主)에게 궤유(餽遺)하는 법으로 말하자면, 이 또한 마땅히 행해야 하는 규정이 되었습니다. 문생으로서 지방의 관원이 된 자는 반드시 양렴의 절반을 좌주에게 드리는데, 주는 자는 감히 폐하지 않고 받는 자도 사양하지 않습니다. 이 때문에 장시관(掌試官)을 여러 번 거친 자는 집안 살림이 풍족해진다고 합니다.[52]

좌주 문생의 관계가 지속되면서 〈한림별곡〉 역시 오랫동안 지속될 수 있었고 그 영향으로 경기체가가 조선조에서도 다수 지어지게 된

---

49) 『太宗實錄』 卷26 13年 7月 18日 참고. 酒肉을 藝文館에 내려 주었으니, 館官이 잣을 바쳤기 때문이다. 임금이 주육을 내려 주고 이어서 명하였다. "너희들은 翰林別曲을 唱하면서 즐기라." ; 좌주문생연의 흐드러진 잔치 분위기와 〈한림별곡〉의 내용이 일치하는 것으로 보아 좌주 문생연이 크게 융성한 시기에 '한림별곡'이 제작되었을 것으로 생각된다. 〈한림별곡〉의 한림은 단순히 관직명이나 관청명의 의미를 넘어 좌주문생 전체를 가리키는 것으로 파악된다.

50) 『양촌집』에는 공민왕 18년(기유)에 좌주문생연을 금지하고 회시를 따르도록 했다는 기록이 있다.

51) 〈견한잡록〉에 보면 조선조에는 '용두회'(장원급제자의 모임)가 없다고 하고, 고려조의 '오서홍정'을 전수하는 것도 '벼루'를 전수하는 것으로 잘못 알고 있는 것으로 보아, 조선조에는 장원급제자의 모임(용두회)가 없었고, 아마 좌주문생의 관례도 고려조의 비해 축소되었을 것으로 생각된다.

52) 『國譯日省錄』 正祖 10年 丙午 3月 27日(辛未).

것으로 볼 수 있겠다. 〈상대별곡〉의 경우에는 좌주와 문생의 관계에서 허참(許參) 면신(免新)의 예로 변화된 모습이 보인다. 좌주문생연(座主門生宴)이나 허참면신지례(許參免新之禮)가 사실상 신임관리와 전임관리의 유대를 만들어내는 것이라는 점에서는 같은 기능을 가지고 있다. 선초에 이를 혁파하려는 시도가 있었지만[53] 허참면신지례는 이후에도 음성적으로 지속된다.[54] 신임관리들이 기존의 관리들과 유대를 형성하는 자리에서 〈한림별곡〉과 〈상대별곡〉이 불려진다는 점은 경기체가계 별곡이 공적 연향으로부터 발생해 전승되어왔음을 보여준다. 안축의 경기체가는 사적 연향에 쓰인 것이지만 그 모태는 공적 연향에서의 〈한림별곡〉 향유 경험이었다고 추측할 수 있다. 안축 역시 좌주문생연을 잘 알고 있었음은 그의 시를 통해 알 수 있다.

文闈發策得英才(문위발책득영재)
掌試傳芳壽宴開(장시전방수연개)
白雪淸歌和寶瑟(백설청가화보슬)

---

53) 『太宗實錄』卷10 5년 7月 16日. "정부(政府)에서 의논하여 아뢰기를 …… 난침(亂侵)·간방(看訪)·허참(許參)·복지(伏地) 등 제반(諸般) 희학(戲謔)하는 일들은 일체 모두 금단(禁斷)하여 묵은 폐단을 고치소서."

54) 조선왕조실록에서 허참면신의 폐해를 논한 기사를 대략 보이면 다음과 같다. 『世宗實錄』卷20 5年 5月 27日. "성균 박사(成均博士) 박서(朴叙)·교서랑(校書郞) 곽규(郭珪)·승문원 박사(承文院博士) 이변(李邊)을 의금부에 가두었다. 처음에 삼사(三司) 참외관(參外官) 등이 옛날 풍속에 따라 권지(權知)에 허참(許參)할 때에 신래(新來)를 불러 잡희(雜戲)를 하게 하였으므로, 헌부(憲府)에서 탄핵하여 이러한 명령이 있었는데, 마침내 속태(贖笞)에 처하였다." ; 『成宗實錄』卷58 6年 8月 4日. "봉교 안진생 등이 금지된 행위를 한 것으로 대죄하다." ; 『中宗實錄』卷7 4年 2月 25日. "신규 급제자에 대한 침학과 각사의 유연 같은 것을 엄금하라고 전교하다." ; 『中宗實錄』卷97 36年 12月 10日. "신래의 폐단을 사헌부가 상소하다." ; 『宣祖實錄』卷165 36年 8月 13日. "헌부에서 의복과 음식의 사치에 대해 논하다."

紫霞靈液滿金杯(자하령액만금배)
<u>門生自領門生到(문생자령문생도)</u>
<u>座主親迎座主來(좌주친영좌주래)</u>
多賀相公連喜慶(다하상공련희경)
二郎當作桂林魁(이랑당작계림괴)

과장에서 글제 내어 영재를 얻었으니
과거 관장 명성 전해 수연을 열었다네.
백설 맑은 노래 비파에 화답하고
자하주 좋은 술은 금잔에 가득하네
<u>문생이 제 문생을 거느려 오고</u>
<u>좌주가 몸소 좌주를 맞아드네</u>
상공의 이은 경사를 모두 하례하노니
둘째 아들 마땅히 장원에 오르리라.[55]

좌주문생연, 허참면신지례 등 공적 연향에서 불려진 경기체가계 별곡은 이후 경기체가의 발전 배경이 되었으며, 동시에 그 연향의 공적 속성이 장르적 속성으로까지 이어진다는 점에서 〈한림별곡〉, 〈상대별곡〉, 〈화산별곡〉에 구현된 문학적 공간은 공적 공간의 양상을 보이며 동시에 현실의 공간이 그대로 문학 작품 내에 이입되었다는 점에서 '실(實)'의 의미망을 형성하고 있다. 그리고 그 문학적 공간의 양상이 구체적·가시적 공간화로 나타나게 된 것이다.

한편으로 경기체가계 별곡은 '진(眞)'의 의미망을 획득한다. '진(眞)'은 가치론적 미의식이다. 진에 대한 대립항은 가(假)이기 때문에 진에 해당하는 것은 진정성을 내포하고 있어야 한다. 이런 점에서 진은 가

55) 『東文選』 卷15 七言律詩 安軸 〈賀益齋相國〉.

치론적 의미망을 구축한다. 경기체가계 별곡의 작가들이 진(眞)으로 가치 판단하고 있는 것은 〈한림별곡(翰林別曲)〉, 〈상대별곡(霜臺別曲)〉의 경우에는 '궁중 관리로서의 모습', 〈관동별곡(關東別曲)〉에는 '지방관으로서의 모습', 〈죽계별곡(竹溪別曲)〉에는 죽계지방의 태평한 모습, 〈구월산별곡(九月山別曲)〉에는 유교적 도를 실현하는 모습, 〈화산별곡(華山別曲)〉에는 수성한 신도읍지와 왕조의 모습, 〈금성별곡(錦城別曲)〉에는 금성에서 문풍이 진작되는 모습, 〈화전별곡(花田別曲)〉에서는 사대부의 유흥과 안빈낙도를 형상화하며 이에 대한 적극적 가치부여가 나타난다. 이 작품들은 고려와 조선 사대부들의 참다운 사대부의 모습(眞)이 무엇인가에 대한 생각이 반영되어 있다. 진정한 사대부의 모습, 신하의 모습, 그리고 태평한 나라의 모습이 사대부들의 이념 지향과 더불어 작품 속에 투영된 것이다.

한편, 〈한림별곡〉의 경우 그 발생 배경과 관련하여 한림제유들의 정치적 상황이 무신 정권에 의한 문신들에 대한 탄압이 심했던 시기임을 생각하면 〈한림별곡〉에서 한림들이 추구했던 공간은 부정적 현실을 벗어난 긍정적 관념 공간이다. 그래서 자신들만의 독자적인 문학 공간을 만들어 자족하는 노래를 만든 것인데, 이는 정격 궁중악의 성격에서 벗어나 있는 것으로 궁중에서 불려진 '신을 위한 노래'였다. 이런 의미에서 〈한림별곡〉은 '외(外)'의 의미 범주도 걸쳐있다고 생각된다.

요컨대 경기체가계 별곡의 공간의식은 '-경(景)'이라는 절편화에 의해 형상화되었는데, 별곡류와 비별곡류의 비교 분석 결과 경기체가계 별곡은 '구체적·가시적 공간 의식'을 가지고 있었다. 그 배경에는 문생좌주연이라는 실제 연행 상황과 진정한 사대부상의 추구라는 '실(實)'과 '진(眞)'의 의미 범주가 있었고, 정격 궁중악에서 벗어나 신의 음악을 창작했다는 점에서 '외(外)'의 의미도 아우르고 있다.

2) 병렬대립된 공간의식 : 속요계 별곡

(1) 문학적 공간 양상 분석

① 서경별곡[56)]

〈서경별곡〉과 관련한 논의 중 가장 논란이 되어 온 것은 노랫말이 '합성편사(合成編詞)'되었다는 주장이다. 합성편사설은 〈서경별곡〉을 서경노래, 구슬노래, 대동강 노래의 3편이 합성된 것으로 파악[57)]하여, 민요의 궁중악 편입시의 변개를 주장한다. 이러한 논의는 〈서경별곡〉에 보이는 내용적 괴리, 다중화자의 문제, 타작품과의 공통으로 들어간 노랫말(구슬연)에 대한 문제를 해결하려는 목적을 가지고 있다. 하지만 보다 중요한 것은 합성 편사 여부를 증명하는 것이 아니라 이미 하나의 노래로 불리고 있는 〈서경별곡〉을 어떻게 해석할 수 있느냐의 문제다. 노랫말들이 합성되기 전의 의미망과 합성 후의 의미, 즉 전체에 기여하는 부분으로서의 기능적 의미는 구분해서 이해해야 하기 때문에, 합성편사설에 편향하여 〈서경별곡〉을 하나의 노래로 그 의미망을 짜내지 못하면, 결국 편사의 목적을 발견하지 못한 꼴이 되

---

56) 이 장과 관련하여 고려속요의 공간론에 대한 상세한 논의는 『열상고전연구』 제21집(열상고전연구회, 2004.12)에 기고한 바 있다.

57) 김택규의 논문 이후 〈西京別曲〉을 合成歌謠로 보는 견해가 지배적이긴 하나 〈西京別曲〉을 하나의 통일된 작품으로 파악하려는 연구도 나오고 있다. ; 金宅圭, 「別曲의 構造」(『高麗時代의 言語와 文學』, 螢雪出版社, 1975). 김미영, 「서경별곡의 구조」(『연세어문학』 28집, 1996), pp.1~16. ; 김명준, 「서경별곡의 구조적 긴밀성과 그 의미」(『韓國詩歌硏究』 8집, 한국시가학회, 2000), pp.59~78.

고 말 것이다. 따라서 이 노래를 어떻게 하나의 의미망으로 구성할 것인가 하는 것이 〈서경별곡〉 해석의 관건이 된다고 볼 수 있다.

〈서경별곡〉은 님과 함께라면 모든 것을 버려도 좋다는 화자의 모습(1연), 님과의 영원한 믿음을 기원하는 화자의 모습(2연), 님을 떠나보내는 사공을 꾸짖는 화자와 그에 응수하는 사공의 모습(3연)이 형상화되어 있다. 각기 다른 내용처럼 보이지만 이를 통일된 구성으로 이해하여 동일한 서정적 자아의 다양한 감정을 읊은 것이라 보면 하나의 의미망으로 짜낼 수 있다. 반복되는 시구를 빼고 작품을 보이면 다음과 같다.

서경(西京)이 셔울히마르는
닷곤 ᄃᆡ 쇼셩경 고요ㅣ마른
여ᄒᆡ므론 질삼뵈 ᄇᆞ리시고
괴시란ᄃᆡ 우러곰 좃니노이다
구스리 바회예 디신ᄃᆞᆯ
긴힛ᄃᆞᆫ 그츠리잇가 나ᄂᆞᆫ
즈믄ᄒᆡ를 외오곰 녀신ᄃᆞᆯ
신(信)잇ᄃᆞᆫ 그츠리잇가 나ᄂᆞᆫ
대동강(大同江) 너븐 디 몰라셔
ᄇᆡ내여 노ᄒᆞᆫ다 샤공아
네가시 럼난 디 몰라셔
녈 ᄇᆡ예 연즌다 샤공아
大同江 건너 편 고즐여
ᄇᆡ 타들면 것고리이다 나ᄂᆞᆫ

먼저 '서경'은 작품의 맨 처음 등장하는 시어로서 서정적 자아의 위치를 환기하고 있다. 서경은 고려조의 큰 도시로서 그곳에 거하는 여

성인 화자는 사랑의 문제에 봉착해 있다. 님은 떠나시더라도 자신은 울면서라도 님을 쫓아가겠다는 적극적인 의지를 반영하고 있다. 이런 적극적인 사랑쟁취형의 여인상이 〈서경별곡〉의 서정적 자아이다. 고전시가에서 흔히 나타나는 순응적인 여인상과는 다르게 님이 떠나감을 허용치 않고 어떻게든 님을 붙잡아 두려는 모습은 〈가시리〉의 화자와는 극명한 대조를 이루고 있다. 바로 이러한 분위기를 조성하는 것이 '서경'이라는 공간이며 첫 번째 등장하는 주공간이다. 만약 이 주공간이 서경이라는 도시가 아니고, 시골이었다면 그 속에 적극적인 모습의 여인상을 형상화하는 것은 부적절했을 것이다. 공간의 설정 자체가 그 안에서의 문학적 인물 형상에 관여하기 때문에 서경과 도시적 풍모의 여인상은 서로 유기적인 관계에 있다. 이렇게 〈서경별곡〉의 첫 번째 주공간인 '서경'은 도시적 풍모를 환기한다고 할 수 있다.

도시적 풍모의 이미지와 연결하여 좀더 적극적인 사랑 쟁취의 내면이 드러나는 부분이 바로 2연이다. 구슬 노래 부분은 1연과 긴밀하게 연결되어 화자의 님에 대한 변치 않는 사랑을 강조하고 있는 것으로 볼 수 있다. 그런데 이렇게 1, 2연이 연결된다하여도 3연의 이미지는 1,2연과 많이 달라 이미지의 통일이 이루어지지 않고 있다. 이는 〈청산별곡〉에서도 마찬가지다. '청산'이라는 공간에서의 화자의 발원과 '에정지'에서의 화자의 체념은 너무나 거리가 있다. 〈서경별곡〉 역시 공간의 변이는 서정적 자아의 심적 변화 뿐 아니라 내용의 변화와도 맞물려 있다. '서경'이 화자의 님에 대한 믿음과 사랑을 가꾸어가고 유지시켜 주었던 공간이라면, 두 번째 주공간으로서의 '대동강'은 그 사랑과 믿음이 철저하게 파괴되는 공간이다.

'대동강'은 전통적으로 이별과 전송의 공간이었다. 이런 공간이 설정되었다는 것 자체가 화자의 순탄치 않은 미래를 암시하고 있다. 우리의 산수화에서도 그렇듯이 꽃이 나오면 으레 나비가 나오고, 호랑이가 나오면 까치가 나와야 하는 '관계된 이미지의 관습적 대응 현상'은 시가에도 나타나고 있다. 따라서 '대동강'이라는 공간 설정이 이별이라는 이미지를 환기시키는 것은 당연한 현상이라 볼 수 있다. 그래서 사랑을 맺었던 '서경'이라는 공간에서 '대동강'으로 이동한 화자가 자신의 사랑이 떠나가는 것을 목도하게 되는 것은 자연스러운 설정으로 생각된다.

1연에서의 짜던 길쌈베라도 버리고 울면서라도 님을 따르겠다고 한 화자의 적극성은 3연의 '대동강'이라는 공간으로 이동한 후에는 하소연도 못하고 사공을 불러들여 자신의 심정을 간접적으로 표현하는 것으로 나타난다. 1연의 화자의 태도로 미루어 볼 때는 적극적인 태도로 떠나는 님을 붙잡아야 자연스러울텐데 작품은 그렇지 못하다. 이는 결국 서정공간의 특성이 화자의 행동·심리를 지배하고 있음을 보여주는 것이다. 이렇게 본다면 〈서경별곡〉이 3편의 독립된 노랫말에 각각의 화자가 등장하여 내용적으로 통일성이 결여된 합성편사의 가사일 뿐이라는 생각은 좀 더 보완이 요구된다 하겠다.

한편 3연의 '대동강 건너편'은 어떤 공간인지 생각해 볼 필요가 있다. 1연의 화자가 모든 것을 버리고 울면서라도 쫓아가겠다고 한 곳, 님이 떠나 향해 가는 목적지인 '대동강 건너편'은 흡사 피안의 공간인 듯하다. 대동강 이편이 님과의 사랑이 이루어진 공간이라면 건너편은 그것이 무화되는 공간이기에 서정적 자아에게는 죽음과 같은 공간일 것이다. 이는 마치 〈공무도하가〉의 백수광부가 아내의 만류에도 불구하고 물에 빠져 들어가는 형국과 비슷하다. 이러한 대동강 건너편이라는 공간은 여성에게는 파탄의 공간이지만, 새로운 꽃을 찾는 남성에게는 유희의 공간일 수 있다.

이러한 다양한 공간의 변이는 결국 서정적 자아의 의식의 변화, 행동의 변화와 긴밀하게 연결되어 있다. 다시 말해 서정적 자아의 공간 이동은 단순히 배경의 변화만을 나타내는 데에 머무르지 않고 서사적 내용의 변화를 이끌어 낸다는 점이다.

〈서경별곡〉에서 나타나는 공간은 전체적으로는 서정적 자아의 내면적 공간이면서 각 주공간의 양상을 볼 때는 님과의 사랑이 맺어지는 '서경'이라는 공간(긍정적 공간)과 그것이 깨어지는 '대동강'의 공간(부정적 공간)이라는 이질적 공간이 병렬하여 님과의 사랑을 갈구하는 여인의 실연을 보여주는 작품이라고 할 수 있다.

② 청산별곡

〈청산별곡(靑山別曲)〉에 나타나는 공간관계어는 '청산'과 '바다' 그리고 '에졍지'이다. '청산'과 '바다'가 서정적 자아가 지향하는 공간이라면, '에졍지'는 서정적 자아가 떠나왔던 현실 공간일 수 있다. '청산'의 공간에서 '바다'의 공간으로 다시 '에졍지'의 공간으로 이동하면서 자아의 심리 변화가 명확히 나타난다. 〈청산별곡〉의 작품 구조적 의미망은 이러한 공간의 이동이 보여주는 은유적 장치에서 찾을 수 있다.

한편 〈청산별곡〉은 많은 연구자들이 역사적, 사회사적, 신화적 입장에서 해석하여[58] 고려시대의 원나라의 침략과 관련하여 피난민(유

---

58) 이와 관련한 주요 논문은 다음과 같다.
서수생, 「청산별곡 소고」(『국문학논고』, 문이당, 1965).

랑민)의 애환을 읊은 노래라고 보는 견해가 있었다. 특히 박노준은 『고려사(高麗史)』 열전(列傳) 권제사십이(卷第四十二) 반역삼(叛逆三) 최충헌전(崔忠獻傳)의 기록 중 '우견사제도(又遣使諸道) 사민산성해도(徙民山城海島)'라는 구절을 증거로 산과 바다로 백성들을 피난시킨 것과 〈청산별곡〉이 직접적으로 관계가 있다고 하며 〈청산별곡〉의 창작시기를 고종(高宗) 19년(1232) 이후 고종 44년(1257) 사이라고 주장한 바 있다.[59)]

이렇게 〈청산별곡〉에 대한 해석은 연구자들이 어떠한 자료와 기준을 가지고 있느냐에 따라 다양하게 시도되었다. 이러한 논의에 대한 구체적 비판은 이 글의 목적이 아니므로 생략하기로 하고 다만 문학적 공간양상만을 중심으로 논의를 펴기로 한다.

살어리 살어리랏다 청산에 살어리랏다
멀위랑 ᄃᆞ래랑 먹고 청산에 살어리랏다

김상억, 「청산별곡 연구」(『국어국문학』 30, 국어국문학회, 1965).
김완진, 「청산별곡 사슴에 대하여」(『낙산어문』 1호, 서울대 국어국문학과, 1966).
성현경, 「청산별곡고」(『국어국문학』 58~60 합병호, 국어국문학회, 1972).
김택규, 「별곡의 구조」(『고려시대의 가요와 문학』, 형설출판사, 1975).
이승명, 「청산별곡 연구」(『고려시대의 언어와 문학』, 한국어문학회, 형설출판사, 1975).
정병욱, 「靑山別曲의 分析」(『한국고전시가론』, 신구문화사, 1975).
김완진, 「靑山別曲에 대하여」(『고전문학을 찾아서』, 문학과 지성사, 1976).
김학성, 『한국고전시가의 연구』(원광대출판국, 1980).
신동욱, 「청산별곡의 평민적 삶의식」(『고려가요 연구』, 김열규・신동욱 편, 새문사, 1982).
김복희, 「청산별곡의 신화적 의미」(김대행 편 『고려시가의 정서』, 개문사, 1985).
박노준, 「靑山別曲의 재조명」(국어국문학회 편, 『고려가요・악장 연구』, 태학사, 1997).

59) 박노준, 위의 책, pp.150~153.

　얄리얄리 얄랑셩 얄라리 얄라 〈1연〉

살어리 살어리랏다 바ᄅᆞ래 살어리랏다
ᄂᆞᄆᆞ자기 구조개랑 먹고 ᄇᆞᄅᆞ래 살어리랏다
　얄리얄리 얄랑셩 얄라리 얄라 〈6연〉

가다가 가다가 드로라 에졍지 가다가 드로라
사ᄉᆞ미 짒대예 올아셔 ᄒᆡ금을 혀거를 드로라
　얄리얄리 얄랑셩 얄라리 얄라 〈7연〉

〈청산별곡〉의 화자는 어디론가 떠나고 싶은 심정을 가지고 청산과 바다로 나아간다. 어쩌면, 현실을 떠나 이상적 공간을 찾고자 하는 것이다. 현실을 부정하고 이상에서 자아를 실현하려는 것으로 볼 수 있다. 청산과 바다는 화자가 지향하는 공간인데 이 공간은 자연적 공간이면서 동시에 서정적 자아의 문제를 해결할 수 있는 이상적 공간이다.

하지만 청산에서 누가 왜 던진 지도 모르는 돌에 얻어맞고, 밤에는 고독감으로 괴로워하던 화자는 청산이 자신이 찾던 이상적 공간이 아님을 깨닫게 되며, 또 다른 이상공간인 '바다'를 향해 이동하게 된다. 그러나 '바다' 공간에 대한 형상화는 이루어지지 않고 있으며, 서정적 자아는 사슴이 긴 장대에 올라 해금을 켜는 것을 듣게 되는데 이는 결국 이상적 공간으로의 도피로는 현실의 문제가 여전히 풀리지 않음을 보여주는 것이며, 동시에 서정적 자아의 위치가 다시 현실적 공간으로 이동했음을 알 수 있다. 다만 사슴이 긴 장대에 오른다는 표현은 왜곡되고 부정한 현실을 비유한 것으로 볼 수 있겠다. 서정적 자아가 진정으로 필요한 공간은 이상적인 공간이 아니라, 현실의 공간이다. 현실의 공간(에정지)으로 돌아온 화자는 현실 세계에 대한 부정적 인식과 이상 세계에 대한 회의로 고민하게 된다. 그 고민의 모습이 비유적으로 나타난 부분이 사슴이 해금을 켜는 모양이다. 그는 바로 화자의 모습이라 할 수 있는데, 다름 아닌 현실에 기반을 두고 있으면서 이상적인 세계를 동경하는 이율배반적인 자아를 발견한 것이다. 여기서 그는 자기의 모습을 발견하게 된다.

이와 같은 작품의 기본적 의미를 구성하는 공간은 '靑山', '바다'와 같은 이상적 공간과 '에졍지'와 같은 현실적 공간이다. 특히 이상적 공간에서의 실패와 현실적 공간에서의 자탄은 이상과 현실의 대비를 잘 보여주는 문학적 장치라 볼 수 있다. 따라서 〈청산별곡〉의 문학적 공간이 구성하고 있는 항구적 의미는 이상과 현실의 괴리에서 오는 인간적 갈등과 해소일 것이다.

정리하자면 〈청산별곡〉의 공간은 이상적이라 생각했던 관념적 공간으로서의 '청산, '바다'(이상적 공간)와 완전히 떠난 줄 알았던 부정적 현실 공간(에졍지)이 작품에 등장하면서 서정적 자아의 심리적 변화를 보여주는 장치로 기능하고 있다고 할 수 있다.

〈서경별곡〉과 〈청산별곡〉에 나타나는 문학적 공간 양상은 이질적 공간을 병렬시킴으로써 두 공간 사이의 괴리를 통해 화자의 정서를 극대화하여 형상화하는 것으로 나타났다. 고려속요 중 이 두 작품이 '○○별곡'의 제명을 가지고 있는데, 이를 타 작품들의 공간 양상과 비교하여 그 변별을 시도할 필요가 있다.

고려속요 13개 작품의 공간양상을 살피면 다음과 같다.[60]

---

60) 다음 표와 관련한 논의는 졸고(「고려속요의 문학적 공간과 그 분류」, 『洌上古典硏

<table>
<tr><th>주공간</th><th>공간의 양상</th><th>해당작품</th><th>공간관계어</th><th>비고</th></tr>
<tr><td rowspan="10">단일 공간</td><td rowspan="2">실제적(實際的) 현실공간</td><td>유구곡</td><td>없음</td><td></td></tr>
<tr><td>정과정</td><td>없음</td><td></td></tr>
<tr><td rowspan="2">실재적(實在的) 현실공간</td><td>사모곡</td><td>없음</td><td></td></tr>
<tr><td>상저가</td><td>없음</td><td></td></tr>
<tr><td rowspan="4">내면적 공간</td><td>동동</td><td>없음</td><td></td></tr>
<tr><td>가시리</td><td>없음</td><td></td></tr>
<tr><td>만전춘별사</td><td>없음</td><td></td></tr>
<tr><td>이상곡</td><td>없음</td><td></td></tr>
<tr><td rowspan="2">이상적 공간</td><td>처용가</td><td>없음</td><td></td></tr>
<tr><td>정석가</td><td>없음</td><td></td></tr>
<tr><td rowspan="3">복합 공간</td><td rowspan="2">이질적 공간의 병렬</td><td>서경별곡</td><td>서경, 대동강</td><td>긍정적 공간
→ 부정적 공간</td></tr>
<tr><td>청산별곡</td><td>청산, 바다, 에정지</td><td>이상적 공간
→ 현실적 공간</td></tr>
<tr><td>동질적 공간의 중첩</td><td>쌍화점</td><td>쌍화점, 삼장사, 우물, 술집</td><td>애욕의 공간</td></tr>
</table>

위 표에서 보는 바와 같이 비별곡류에 속하는 속요들은 대개 단일한 공간을 구성하고 있어 별곡류에 속하는 속요와 차이를 보인다. 다만, 〈쌍화점〉의 경우만 별곡류에 속하는 속요처럼 여러 공간이 등장하지만, 사실상 동질적 공간의 반복이라는 점에서 다른 속요들과 마찬가지로 단일한 성격을 지닌 공간으로 파악된다. 동질적 공간의 중첩과 이질적 공간의 병렬의 차이는 서정적 자아의 공간 이동이 어떤 의미를 가지느냐에 있다. 동질적 공간이 중첩된 경우는 같은 성격을 지닌 공간이 반복해 나타남으로써 그 공간의 의미를 더욱 심화시키는 장치로 볼 수 있다.

〈쌍화점〉의 경우에 '쌍화점'이나 '삼장사, 우물, 술집'은 모두 그 애욕

究』 제20집, 洌上古典硏究會, 2004.12.)에서 다루었음. 여기서는 별곡류와 비별곡류의 공간 양상의 차이만을 논하기로 한다.

이 형상화되는 공간으로 그 공간상의 질적 차이는 크지 않다. 화자가 어디로 이동하더라도 애욕이라는 범주에 머물러 있는 것이기 때문에 화자의 공간 이동 자체가 큰 의미를 가지지 않는다. 그렇기에 그 공간의 순서도 큰 의미를 가지지 않는다. 그에 비해 속요계 별곡(〈서경별곡〉, 〈청산별곡〉)의 공간들은 각기 그 의미의 형상이 이질적이며 화자의 공간 이동도 큰 의미를 갖는다. 〈서경별곡〉에서 '서경'에서 '대동강'으로의 이동은 만남에서 이별로의 상황 변화, 순정한 사랑에서 애증으로서의 감정 변화를 유발하고 있으며, 〈청산별곡〉의 경우에는 '청산, 바다'에서 '에정지'로의 이동은 '이상향에서 현실공간으로의 지향 공간의 변화'와 '의지적 삶의 추구에서 현실적 난국의 도피라는 삶의 자세의 변화'를 유발한다. 이렇게 속요계 별곡에서 공간은 작품의 주제를 환기하고 서정적 자아의 내부 세계의 변화를 드러내는 역할을 한다.

이런 점에서 속요계 별곡은 다른 속요들과는 변별된 공간의식을 가지고 있다고 판단되며, 그 공간의식의 발로로 공간명을 제명에 둔 의식적 제명 제작이 이루어졌다고 생각된다.

고려속요는 그 장르명에서도 알 수 있는 바와 같이 민요적 성격이 강하다. 작품명으로 보아도 〈유구곡(維鳩曲)〉은 '비둘기노래', 〈鄭瓜亭〉은 정서(鄭敍)라는 신하의 하소연, 〈사모곡(思母曲)〉은 어머니의 은혜가 아버지보다 낫다는 뜻이고, 〈상저가(相杵歌)〉는 방아노래, 〈동동(動動)〉은 후렴구의 여음, 〈가시리〉는 구어(口語) 자체를 제명으로 삼았고, 〈이상곡(履霜曲)〉은 이슬 밟는 노래, 〈쌍화점(雙花店)〉은 만두가게, 〈처용가(處容歌)〉는 민속신(民俗神)을 뜻하는 것으로 그 제명 의미 자체에서 이 노래들이 '민요(民謠)'였음을 나타낸다.[61]

이에 비해 〈만전춘별사(滿殿春別詞)〉, 〈서경별곡〉, 〈청산별곡〉는 그 제명만으로는 민요적 성격을 알 수 없다. '만전춘(滿殿春)'은 '전(殿)'이라는 글자 때문에 궁중이 공간적 배경이라는 것을 알 수 있다. '서경(西京)'은 고려의 3경(京) 중의 하나로 정치적, 군사적 요충지였기 때문에 이 지명만으로는 노래의 민요적 성격을 가늠할 수 없다. 더구나 『고려사』 「악지」에 〈서경(西京)〉[62]이라는 노래가 송도적 성격을 가진 것으로 소개된 것으로 보면 '서경'이라는 공간명으로는 민요적 의미가 전혀 드러날 수 없다. '청산'도 구체적 지리명이 아니고 관념화된 명칭이기 때문에 그것이 은자적 공간의 청산인지, 유락적 공간의 청산인지는 알기 어렵다. 이렇게 제명에 '별(別)'이 붙은 이유는 '○○별곡'의 ○○에 해당하는 공간관계어만으로 작품의 성격을 제대로 드러낼 수 없는 경우에 '별(別)'을 추가하여 민요적 의미를 지시하는 제명 장치로 사용한 것이다. 〈만전춘별사〉의 경우도 일반적인 궁중악과는 달리 남녀의 애욕을 주제로 한 노래이기에 '별(別)'을 제명에 추가하여 그 일탈적 의미를 표출한 것으로 생각된다.[63]

---

61) 〈정석가〉는 원래 민요에 궁중악적 성격을 담은 서사를 보태어 그 서사의 여음(딩아돌하)을 제명으로 삼았기 때문에 민요적 성격이 제명에는 나타나지 않아 다른 노래들의 경우와는 다르다. 이에 대해서는 다음 논문 참고 ; 양주동, 『麗謠箋註』(을유문화사, 1947), pp.335~336. ; 이상보, 「정석가 연구」(『한국 언어문학』 창간호, 1963), pp16~17. ; 전규태, 『고려 속요의 연구』(정음사, 1979), p.89.

62) 『高麗史』 「樂志」. "俗樂條西京古朝鮮卽箕子所封之地 其民習於禮讓知尊君親上之義 作此歌 言仁恩充暢以及草木雖折敗之柳亦有生意也."

63) 〈滿殿春別詞〉의 '別詞'에 의미에 대해서는 김택규, 박노준의 논의 참고.; 김택규, 「별곡의 구조」(『고려가요연구』, 정음사, 1979), 박노준, 「만전춘별사의 제명과 작품의 구조적 이해」(『문학한글』 1호, 1987), pp.5~36. ; 이 논문들은 〈만전춘별사〉의 가사가 原詞인데 세종 때 尹淮가 개찬한 〈만전춘〉과 구분하기 위해 '別詞'라는 명칭이 부가되었다고 주장한다. 이 글 역시 이 주장에 동의하면서 '별(別)'의 의미가 무엇인지에 초점을 맞추어 논의를 편다. '原詞, 舊詞' 등의 표현 대신 '別詞'라고

비별곡류에 드는 속요들이 대체로 단일 공간을 설정하여 긍정적 공간을 형상화하는 데에 비해 별곡류에 드는 〈청산별곡〉과 〈서경별곡〉은 긍정적 공간과 부정적인 공간을 병렬시키고 결국은 감정적 파국을 맞게 함으로써 부정적 상황으로 마무리하게 한다. 이질적 공간의 설정은 긍정에서 부정으로의 감정의 변화 과정을 잘 드러낼 수 있기 때문에 '별(別)'의 '변(變)'의 의미를 획득한다.

(2) 속요계 별곡의 공간 양상과 '별'의 의미망

〈서경별곡〉과 관련된다고 생각되는 노래로는 『고려사』「악지」에 가사부전(歌詞不傳)의 속악(俗樂)인 〈서경(西京)〉과 〈대동강(大洞江)〉이 있다. 그러나, 〈서경별곡〉의 두 공간인 '서경'과 '대동강'은 위의 노래들의 성격과는 매우 다르게 나타나고 있어 〈서경별곡〉이 〈서경〉과 〈대동강〉의 합성이라는 추측은 설득력을 갖기 어렵다. 『고려사』「악지」의 관련 기록을 보이면 다음과 같다.

> 서경의 유래는 이러하다. 고조선은 바로 기자(箕子)가 봉 받았던 땅으로, 그곳의 백성들은 예양(禮讓)에 익숙하고 임금을 존경하고 웃사람을 친히 여기는 의리를 알아 이 노래를 지었다. 그 뜻은, 인애(仁愛)와 은혜가 충만하고 넘쳐 초목에까지 미쳐 비록 꺾인 버들까지라 하더라도 살아나고자 하는 뜻을 가진다는 것을 말한 것이다.[64] 〈서경(西京)〉
>
> 주(周)나라의 무왕(武王)이 은(殷)나라의 태사(太師)였던 기자(箕子)를

한 것은 '별(別)'에 특별한 의미가 있다고 생각되기 때문이다.

64) 『高麗史』「樂志」俗樂條. "西京古朝鮮卽箕子所封之地 其民習於禮讓知尊君親上之義 作此歌 言仁恩充暢以及草木雖折敗之柳亦有生意也."

> 조선에 봉했는데 기자는 팔조(八條)의 가르침을 베풀어 예의를 숭상하는 풍속을 일으키니 조야(朝野)에 다른 일이 없었다. 백성들은 기뻐하여 대동강을 황하(黃河)에, 영명령(永明領)을 숭산(嵩山)에 각각 비유해서 그들의 임금을 송축했다. 이 노래는 고려로 들어온 이후에 지어진 것이다.[65]
>
> 〈대동강(大同江)〉

이 노래들은 서경(西京)을 중심으로 발생한 노래로 임금을 송축하는 것인데, 기자숭배사상과 깊은 관련을 가진다. 이는 고려 시대의 관료제도가 정비되어가고 유교가 주도적인 정치이념으로서의 위치를 굳혀감에 따라, 동방 유교 문화의 시원(始原)으로서 기자에 대한 숭앙심이 높아지게 되었던 결과로 생각된다. 1102년(숙종7) 평양에 기자사당이 세워졌고, 국가에서 공식적으로 여기에 제사를 지냈다. 이어 1178년(명종8) 기자묘에 유향전(油香田) 50결이 배당되었다. 이와 같이 기자(箕子) 동래설(東來說)은 틀림없는 사실로 받아들여졌고, 또 기자묘까지 설정하였던 것이다.[66] 이러한 역사적 배경 속에서 〈서경(西京)〉, 〈대동강(大洞江)〉은 정치이념적으로 중요한 의미를 가지게 되었고, 중앙에서도 의도적으로 노래를 채집하였을 것으로 추정된다.

〈서경〉의 공간적 배경인 '서경'은 〈서경별곡〉의 '서경'과 그 의미의 차이가 현격하다. 『고려사』「악지」에서 설명하고 있는 '서경'은 기자(箕子) 숭배와 관련이 있기 때문에 매우 정치적인 성격의 공간이다. 따라서 그 내용도 '君長의 가득찬 인애(仁愛)와 은혜'를 찬양하는 것으로 되어 있다. 즉 설정된 공간의 성격에 따라 내용이 제약되는 현상이 나

---

65) 『高麗史』「樂志」俗樂條. "周武王封殷太師箕子于朝鮮 施八條之教以興禮俗朝野無事 人民懽悅 以大同江比黃河永明嶺比嵩山頌禱其君 此入高麗以後所作也."

66) 『民族文化大百科事典』 참조.

타난다. 이는 〈대동강〉의 경우에도 마찬가지이다. 이 작품에서의 '대동강'은 〈서경별곡〉의 이별과 회한의 '대동강'이 아니라 기자(箕子) 동래(東來)와 그 교화(敎化)가 배경된 것으로, 보이는 대동강을 노래했다기보다는 보이지 않는 '황하(黃河)'를 노래한 것으로 생각된다. 이렇게 〈서경〉과 〈대동강〉은 실제의 공간과 그 삶의 모습을 담은 것이 아니라, 정치적이며 비현실적인 상황을 노래한 것이다. 이에 비해 〈서경별곡〉의 서경은 도시적 풍모를 구체적으로 묘사하는 부분(서경(西京)이 셔울히마르는 /닷곤 듸 쇼셩경 고요ㅣ 마른)이 들어가 있고, 대동강 위에 노젓는 뱃사공의 모습까지 여실히 보여주고 있어 『고려사』「악지」의 작품들과는 대비를 이룬다. 이런 점에서 〈서경별곡〉은 실제 민중들의 삶의 모습이 그려져 있고 그들의 진솔한 감정이 드러난다고 볼 수 있고, 이는 '별(別)'의 의미로 보면 '실(實)'과 '진(眞)'의 모습이라고 볼 수 있다.

다음으로 〈청산별곡〉의 공간 의식과 '별(別)'의 의미에 대해 살핀다. 『고려사』 열전 최충헌전의 기록을 보면 최이(崔怡)가 강화도로 천도(遷都)를 추진하던 과정에서 백성들을 산성(山城)과 해도(海島)에 옮겼다는 기록이 보인다.

> 또 사자를 제도(諸道)에 보내어 백성을 산성(山城)과 해도(海島)에 옮겼다. 2령군(領軍)을 발(發)하여 강화(江華)에 궁궐(宮闕)을 짓고 드디어 천도(遷都)하니 때에 장마비가 열흘이나 계속하여 진흙에 정강이까지 빠져서 인마(人馬)가 엎어져 넘어졌으며 달관(達官) 및 양가(良家) 부녀(婦女)들도 발을 벗고 지고 이고 하기에 이르렀으며 환과고독(鰥寡孤獨)은 갈 바를 잃고 호곡(呼哭)하는 자가 이루 헤아릴 수 없었다.[67]

67) 『고려사』 卷129 列傳 42, 叛逆 崔忠獻 崔怡. "又遣使諸道 徙民山城海島 發二領軍

박노준[68]은 이 기록을 토대로 〈청산별곡〉에서 청산과 바다로 들어가 사는 피난민의 모습이 반영되었다고 보았다. 하지만 이러한 견해가 완전한 설득력을 갖기 위해서는 보다 확실한 기록과 함께 문학적 내용과의 연결도 맞아떨어져야 한다는 전제가 있다.

> 어듸라 더디던 돌코
> 누리라 마치던 돌코
> 믜리도 괴리도 업시
> 마자셔 우니노라
> 　얄리얄리 얄라셩 얄라리 얄라

제5연의 서정적 자아의 모습은 누가 보더라도 고독한 개인이다. '미워할 사람도 사랑할 사람도 없이'라는 표현은 피란민의 입에서 나온 것이라고 보기에는 너무나 감상적이기만 하다. 국난을 당하여 미워할 대상은 당연히 침략군(몽고군)이고 사랑할 대상은 우리 민족일텐데 그런 역사적 인식이 결여되어 있는 인물을 고려 피란민들의 상황과 연결시킨 것은 무리라는 생각이다.[69] 또한 박노준은 청산 속의 무리를 병력화하기 위해 '바다'로 몰았을 것이라고 추정하였는데, 앞의 자료에서 볼 수 있듯이 피난민들은 대부분은 병력으로 이용할 수 없는 '양가부녀(良家 婦女), 환과고독(鰥寡孤獨)'이었음을 생각한다면 이 역시 설득

營宮闕于江華 遂遷都 時 霖雨彌旬 泥濘沒脛 人馬僵仆 達官及良家婦女 至有跣足負戴 鰥寡孤獨 失所號哭者 不可勝計."

68) 박노준, 앞의 책, p.150.

69) 일반 백성들의 적극적 대몽항쟁 사실을 생각한다면 〈청산별곡〉의 내용처럼 소극적, 도피적인 모습의 인물을 고려시대의 민중들과 연계하는 것은 적절하지 않다. 朴龍雲, 『高麗時代史』(下)(一志社, 1991), pp.495~501. 참조.

력 없는 주장이라고 본다. 요컨대 '믜리도 괴리도 없이' 술을 마시며 자신의 운명을 체념적으로 받아들이는 것은 국난극복의 과정과는 거리가 있는 내용이므로 박노준의 견해는 일견 무리가 따른다. 이런 점들로 미루어 볼 때 〈청산별곡〉에 나타나는 공간은 사회적 공간으로부터 유리되어 있는 문학적인 공간일 가능성이 더 크다.

그런데 사회로부터 유리되어 있어, 산 속에서 자신의 운명을 한탄하며 술과 노래로 쓸쓸한 나날을 보내는 사람들은 누구일까.

> 의종 24년(1170) 경인 8월에 무신들이 봉기하면서 "무릇 문관(文冠)을 쓴 자는 서리(胥吏)라 할지라도 남김없이 죽이라"고 하여 문신 멸종의 구호를 외치며 대소 문신에 대해 무차별로 대략 살육을 감행하였다. 이어 명종 3년(1173) 계사 9월 김보당(金甫當)의 반란 때에는 앞서 경인란 때 살아남은 문신들이 다시 참화를 입어 10일간에 걸쳐 모두 살해되었거나 강물에 던져져 거의 전멸상태에 이르렀다고 한다.[70]

물론 목숨을 구한 문신들이 살해당한 문인들 수보다는 많았지만, 숫자의 과다를 떠나 문신 중심의 사회에서 무신 중심의 사회로의 대변혁이었다는 점이 중요하다. 목숨을 건진 문신들의 행보는 다양한데 이를 구분해 보면,[71] ①입산도피(入山逃避) : 신준(神駿)·오생(悟生)·권돈례(權敦禮)·이인로(李仁老), ②예우무신(禮遇武臣) : 서공(徐恭)·이혁유(李奕蕤), ③덕망지사(德望之士) : 최유청(崔惟淸), ④충직(忠直) 또는 무신과 인척관계 : 문극겸(文克謙), ⑤혜정치민(惠政治民) : 이지명(李知命),

70) 국사편찬위원회, 『한국사』 권18(고려무신정권)(탐구당문화사, 1993), pp.216~217. ; 『高麗史』 卷128, 列傳 41, 鄭仲夫, 참고.

71) 위의 책, pp.217~218.

⑥무신에 의탁 또는 상선(相善)한 경우 : 유자량(庾資諒)·노영순(盧永淳)으로 나눌 수 있다. 이를 다시 크게 세 유형으로 보면 은거문사, 소외문인, 등용문신으로 나눌 수 있다. 이 중 입산도피한 은거문사들은 대개 불문(佛門)에 들어가 유자(儒者)의 옷을 벗어버리고 가사를 입고서 일생을 고결하게 보냈다. 하지만 이들의 입산은 문신으로서의 恨을 동반한 것이었다.

> 그런데 불행하게도 의왕(毅王) 말년에 무인(武人)의 변란이 일어나 순식간에 훈유(薰蕕 훈은 향취를 지닌 풀이고 유는 악취를 지닌 풀이다.)가 그 냄새를 같이하고 옥석(玉石)이 함께 타는 것처럼 선악의 구별이 없었습니다. 그 중에서 겨우 범의 입에서 벗어난 것처럼 화를 피한 자는 깊은 산 속으로 도망가서, 의관(衣冠)을 벗어버리고 가사(袈裟)를 입고서 남은 생애를 보냈으니, 신준(神駿)·오생(悟生) 같은 유가 바로 그들입니다. 그 후 국가에서 차츰 문교를 쓰는 정책(政策)을 회복하자, 선비들이 비록 학문을 원하는 뜻이 있으나 좇아 배울 만한 곳이 없었으니, 부득이 가사를 입고 깊은 산중에 도망가 있는 이를 찾아가 배우지 않을 수 없었습니다. 그 까닭에 신준이 자기 제자를 서울로 보내 과거에 응시하게 하던 시(詩)에,
>
> 신능공자통정병(信陵公子統精兵)
> 원부감단입대명(遠赴邯鄲立大名)
> 천하영웅개법종(天下英雄皆法從)
> 가련휘루노후영(可憐揮淚老侯嬴)
>
> 신릉 공자가 정병을 거느리고,
> 멀리 한단에 가 큰 이름 세웠으니,
> 천하 영웅들이 다 본받아 좇았으나,
> 가엾어라 눈물짓는 늙은 후영이여.

> 하였으니, 이것이 그 증거입니다. 그러므로 신의 생각에는 학자들이 중을 좇아 장구만을 익히게 된 그 원인이 대개 이로부터 시작되었다고 봅니다.[72]

『역옹패설(櫟翁稗說)』의 기록으로 보건대 신준(神駿)·오생(悟生)같은 은거문사들은 현실에 참여할 수 없는 한(恨)을 품고 불자의 옷으로 갈아입었지만 그 마음의 지향은 항상 사대부의 포부를 펼칠 수 있는 현실 세계였다. 신준의 시에 등장하는 늙은 후영(侯嬴)은 바로 신준 자신의 모습이며 자신의 한을 '눈물짓는 후영(侯嬴)의 모습'으로 형상화 한 것이다. 이로 보건대 〈청산별곡〉은 바로 이런 은거문인들의 상황과 부합한다. 청산이란 공간은 현실적 어려움을 피할 수 있는 이상적인 장소이지만, 그것은 어디까지만 부정적 현실이라는 상황에 대비되는 상대적 층위의 이상향이었다. 그렇기 때문에 청산은 그들이 궁극적으로 지향하는 곳이라 볼 수 없고 그들의 시선은 항상 현실 세계를 향할 수밖에 없다.

> 가던 새 가던 새 본다
> 믈아래 가던 새 본다
> 잉무든 장글란 가지고
> 믈아래 가던 새 본다
> 얄리얄리 얄라셩 얄라리 얄라

'믈아래'의 현실 세계를 바라보는 시적 화자의 심정은, 자기 제자에게 자신의 모든 학문을 전수시켜 과거에 보내는 늙은 선생인 신준의

---

72) 『櫟翁稗說』 前集一.

아픈 심정과 통한다. 현실에 참여하지 못하고 은거를 택할 수밖에 없었던 신준과 같은 은거문사들이 선택한 것은 결국 산사(山寺)에서 담근 술로 그 삶의 아픔을 해소하는 것이었다. 그런데 이런 모습이 조선조의 산사에서 발견되어 주목을 끈다.

> 또 성거산 위 봉우리에 올랐는데 남풍이 더욱 거세어진데다 바윗돌들이 매우 위태하여 발을 땅에 붙일 수 없었다. 정중이 크게 두려워하여 곧바로 우리들을 데리고 내려갔다. 나는 자용과 함께 그를 따라갔는데 북쌍련 암자에 이르러서는 바람이 더욱 세차고 비가 얼어 눈이 되었으며, 낙엽까지 뒤섞여 공중에 흩날렸다. 창을 열고 바다를 바라보니 신령이 기운을 내뿜는 것 같았는데 정중과 자용이 크게 기뻐했다. 정중이 〈청산별곡〉 1결을 연주하자 주지 성호 역시 매우 기뻐하며 포도즙을 걸러 목마른 우리들에게 주었다. 나 역시 기뻐했으니 근래에 산중의 맛 중에 이것과 비교할 것이 없었다.[73)]

인용문은 남효온이 친구들과 함께 고려의 유적지인 송도를 방문하여 유람한 기록이다. 위의 대목은 산봉우리까지 올라갔다가 날씨가 나빠져서 급하게 내려와 암자에 머물게 되었는데 친구 정중이 〈청산별곡〉을 연주하자, 마침 주지승 성호가 그 의미를 알아듣고 포도즙을 술 대신 내온다는 부분이다. 이 기록으로 보아 남효온 시대에도 〈청산별곡〉은 민간에 널리 유행하였으며 그 가락만으로 가사의 내용을 알 수 있을 정도로 유명한 작품이었음을 추측할 수 있다. 주목할 만한 사

---

73) 『秋江集』 秋江先生文集 卷之六 雜著 〈松京錄〉. "又上聖居上峯 南風甚勁 巖石甚險 足不接地 正中大恐 固引余輩下 余與子容從之 至北雙蓮 風力益緊 凍雨成雪 雜與黃葉飛空 開囱望海 如有神靈作氣者 正中子容大喜 正中彈青山別曲第一関 主僧性浩亦大喜 漉葡萄汁 沃余輩渴喉 余亦喜比來山中之味無此比"

항은 먼저 주지승이 〈청산별곡〉의 가락과 내용을 잘 알고 있었다는 점이다. 〈청산별곡〉의 1결만을 듣고도(아마도 제1장이라 추측됨) 마지막 장의 술 마시는 대목을 생각하여 손님들에게 없는 술을 만들어 내오는 장면은 〈청산별곡〉이라는 노래가 주로 산사를 중심으로 연행되었을 것이라는 추측이 가능하게 한다. 마침 암자의 위치가 바다가 내려다 보이는 곳이었으니 그야말로 〈청산별곡〉의 공간이라 할 수 있겠다.

앞에서 〈청산별곡〉의 시적 화자가 고려 무신정권 시절에 山寺로 은거한 문인들일 가능성을 논했는데 이를 남효온의 기록과 맞추어 본다면 그 가능성이 없지는 않을 듯하다. 이렇게 〈청산별곡〉은 실제 은거 문인들의 상황이 배경이 되고, 작품에 나타난 문학적 공간은 실제 현실을 반영하고 있는 것이다. 이런 점에서 〈청산별곡〉의 공간은 은거지(外)이자 은거문인들의 현실 공간(實)이기도 했던 것이다.

〈서경별곡〉은 기존의 서경곡, 대동강곡과는 다른(別) 새로운 노래라는 점에서 '신(新)'의 의미를 가지고 있으며, 민중들의 진솔한 애정 문제를 그대로 전달하고 있다는 점에서도 '진(眞)'의 의미를 가진다. 또한 서경과 대동강이 현실의 지명이며 그 공간의 정서를 그대로 표출하고 있다는 점에서 '실(實)'의 의미도 가지고 있다.

〈청산별곡〉의 경우에는 고려 무신정권 시대의 은거문인들의 삶의 모습과 조선조에 연행된 상황을 종합해 볼 때 은거문인들이 도피했던 공간(外)이며 동시에 그들의 부정적 현실(實)을 보여준다는 점에서 '외(外)'와 '실(實)'의 의미를 발견할 수 있다.

2) 형상화된 공간의식 : 가사계 별곡

가사계 별곡 중 〈관동별곡(關東別曲)〉과 〈입암별곡(立巖別曲)〉에는 전통적인 천지관이 문학적 공간으로 형상화되어 있다. 하늘과 땅에 대한 관심은 인류 보편적인 것이라 할 수 있는데, 이러한 천지에 대한 관념이 문학적으로 형상화된 것은 17세기 이후 발달한 실학적 우주론과 그에 대한 사대부들의 관심이 배경이 되었다.

우리나라를 비롯한 동양의 우주·자연관은 주로 천(天)·지(地)라는 두 개의 축으로 설명되고 있다.[74] 천지는 의미상 '자연(自然)'이라는 용어보다 좀 더 포괄적이며 추상적인 개념이며 '우주'라는 용어에 비해 좀더 인간중심적이다.[75] 『회남자(淮南子)』에는 "시간의 변화를 '주(宙)'라 하고, 사방과 상하의 공간을 '우(宇)'라 한다[76]"고 정의하고 있는데 이는 우주라는 말 자체가 시·공간의식을 반영하고 있음을 말해준다. 우주가 거시적 차원의 공간이라면 자연은 그보다는 좁은 차원의 공간이며 천지는 거시적 우주를 포괄하는 개념이면서도 인간이 하늘과 땅 사이에 존재하는 모습이 전제되어 있다.

인간이 땅에서 하늘을 쳐다보고 살면서 인간사가 천지의 조화와 관계있다고 하는 관념이 지속되는 한 하늘과 땅은 객관적 실재로서 연구

74) 천지의 구조에 대한 논의로는 蓋天說, 渾天說, 宣夜說 등이 있는데, 모두 天과 地를 축으로 우주의 구조에 대해 설명하고 있다.

75) 『천자문』, 『주역』은 '天地'에 대한 동양적 사고를 반영하고 있다. 고대의 갑골문이나 鐘鼎文에서 '天'자는 본래 사람의 형상 위에 한 획을 더한 모습이다. 사람의 머리 위가 곧 하늘임을 표시한 것이다. 또 '地'자는 『설문해자』에서 "만물이 진열되어 있는 곳(萬物所陳列也)"으로 풀이하였다. 자의로 볼 때 '천지'는 인간을 포함한 만물의 위·아래에 있으면서 그 삶의 환경이 되는 어떤 것이다.

76) 『회남자』, 「齊俗訓」, 往古來今謂之宙 四方上下謂之宇.

되기보다는 주관적 인식의 차원에서 설명될 수밖에 없다. 조선 중기 이후 실학적 세계관에 기초한 우주론이 등장하기 이전까지(사실상 그 이후에도) 전통적인 천지관은 세계인식에 큰 영향을 주게 된다.

우리나라의 천지에 대한 관념도 중국의 것과 크게 다르지 않다.『증보문헌비고(增補文獻備考)』 신라조에는 당시의 우주관을 알 수 있는 기록이 남아 있다.

> 혜공왕(惠恭王) 때에 큰 종(鐘)을 주조(鑄造)하였는데, 구리[銅]의 무게가 12만 근이었다. 이것을 치면 소리가 1백여 리까지 들렸다. 지금은 경주부에 있다.
>
> 한림랑(翰林郎) 김필해(金弼奚)의 명(銘)에 이르기를, "하늘에는 별들이 걸려 있고, 땅은 평탄하게 열려 있고, 강산(江山)은 각 진(鎭)으로 나누어지고, 구우(區宇)는 분야(分野)로 배열되었다. 동해(東海)의 위에는 여러 신선이 살고 있다. 무릉도원(武陵桃源)처럼 신성한 땅으로, 경계는 부상과 인접(隣接)하였다. 착하시고 착하신 임금의 덕은 어느 시대보다도 더욱 새롭다. 신비하게 맑은 덕화는 먼 데나 가까운 데나 골고루 미친다. 보화와 상서가 자주 나타나고, 영묘한 증험이 항상 생긴다. 임금이 어지시니 하늘이 도우시고, 시대가 태평하니, 나라가 평화롭다. 신인(神人)이 힘을 도와 진귀(珍貴)한 그릇이 이루어졌다. 위엄은 양곡까지 떨치고 맑은 소리 삭봉(朔峰)까지 울려 퍼진다. 둥글고 텅 빈 것은 신령함을 본받았고, 네모짐[方]은 임금의 업적을 나타내었다. 영원토록 이런 큰 복이 항상 거듭하소서." 하였다.[77]

다소 소박한 천지관이기는 하지만 천원지방의 관념과 이상세계에 대한 관심이 표현되어 있다. 이러한 천지에 대한 공간의식은 조선조

77)『增補文獻備考』 권3 상위고3 의상2 부록신혼대종 〈신라조〉.

까지 지속적으로 이어지면서 공간관념의 틀을 이루게 된다. 유학적 세계관은 바로 세계를 설명해 내려고 하는 의식과 밀접한 관련을 맺고 있으며 세계에 대한 이해가 결국 인간에 대한 이해와 맞물리면서 인식론적 세계관을 형성해 왔다.

세계에 대한 관심과 그것의 문화 공간적 변용은 고분벽화, 천체 관측 시설, 회화, 지도 등에 그대로 반영되어 남아 있다. 문학 작품에도 이러한 세계 인식이나 천지관에 반영된 예가 있다. 먼저 고구려 문학으로 을지문덕(乙支文德)의 〈여수장우중문시(與隋將于仲文詩)〉를 들 수 있다.

神策究天文(신책구천문)
妙算窮地理(묘산궁지리)
戰勝功旣高(전승공기고)
知足願云止(지족원운지)

그대의 신기한 책략은 하늘의 이치를 다했고
오묘한 계획은 땅의 이치를 다했노라
전쟁에 이겨서 그 공 이미 높으니
만족함을 알거든 그만두기를 바라노라

이 시에서 언급된 '천문(天文)'은 글자 그대로 하늘의 무늬라는 뜻을 넘어 인간사를 주관하는 운명 상징으로 해석된다. 하늘에 대한 관심은 고대로부터 계속 이어져 왔고 초기의 주술적인 천체관은 과학적 사고가 발달하기까지 매우 큰 영향력을 행사한다. 하늘과 땅은 서로 대응하며 하늘의 변괴가 땅에 사는 인간의 재앙과 직결된다는 의식이 형성되었다. 이러한 하늘의 조짐을 제대로 해석할 수 있는 사람이 전쟁에서도 승리하게 마련이다. 을지문덕은 적진에 들어가 적의 상태를 살피고 나서 우리 지리를 적절히 이용하여 수군(水軍)을 수장시켜 버린다.[78] 거짓으로 항복하고 적을 농간하는 시를 보내는 것도 고도의 심리전을 방불케 한다. 이런 점을 보았을 때 천문과 지리에 통했던 사람은 수의 장수 우중문이 아니라 을지문덕이었다.

향가 〈혜성가〉도 신라인들의 천문에 대한 관심과 해석 그리고 문학적 변용의 예를 보여주고 있다.

> 제 5 거열랑, 제 6 실처랑(혹은 돌처랑이라 함), 제 7 보동랑 등 세 화랑이 금강산에 유람하려 했다. 그런데 혜성이 심대성을 범하는 일이 생기자 낭도들은 의아하게 생각하고 가지 않으려 했다. 그 때 융천사가 노래를 지어 부르자 혜성의 변괴가 없어지고 때마침 일본의 군대도 되돌아가 도리어 복이 되었다. 대왕이 기뻐하여 낭도들을 금강산에 보내어 유람하게 하였다.[79]

심성이란 28수의 하나로서 3개의 붉은 별로 이루어져 있다. 임금을 상징하는 별을 심대성(心大星)이라 하는데, 혜성이 이 심대성을 범하자 낭도들은 이를 국가의 변란을 예고하는 것이라 생각한 듯하다. 이 위기를 향가를 통해 주술적으로 풀어냈다는 것이 위의 기록인데, 신라시대에도 천문에 대한 관심이 매우 컸다는 것이 첨성대 하나만을 보아도 충분히 짐작할 수 있을 것이다. 천문학과 관련해서 신라 효소왕 대

---

78) 『三國史記』 卷44, 列傳 4 乙支文德條 참조.

79) 『三國遺事』 卷5, 感通. "第五居烈郎 第六實處郎[一作突處郎] 第七寶同郎等 三花之徒 欲遊楓岳 有彗星犯心大星 郎徒疑之 欲罷其行 時天師作歌歌之 星怪卽滅 日本兵還國 反成福慶 大王歡喜 遣郎遊岳焉."

에는 고승 도증(道證)이 당(唐)에서 귀국하여 천문도(天文圖)를 바쳤다[80]는 기록이 있고 그 밖에도 천문기상을 살피는 관청과 관직명이 보인다.[81] 이규보의 『동국이상국집(東國李相國集)』에도 신라시대에 천문기구를 만들었다는 기록이 있다.[82]

조선시대에 사대부들도 천문에 대한 지대한 관심을 가지고 있었으며, 혼천의(渾天儀)를 집에 두고 별들의 모습을 학습·관찰하기도 했다.

> ① 복희씨(伏羲氏)가 우러러보고 굽어살핌으로부터 황제(黃帝)는 날을 이미 헤아려 수(數)를 추정[迎日推策][83] 하였고 요(堯)는 일월(日月)의 운행(運行)을 헤아려[曆日月]써 사람에게 때[時]를 주었고 순(舜)은 기형(璣衡)[84] 을 살펴 칠정(七政)[85] 을 맞게 하여 관천(觀天)의 도(道)가 갖추어졌다. 《주역(周易)》에 말하기를 하늘이 징후(徵候)를 나타내어 길흉(吉凶)을 보이면 성인(聖人)이 이를 규범(規範)으로 삼았다. 그러므로 공자(孔子)가 노사(魯史)에 인하여 《춘추(春秋)》를 지으매 일식(日食)과 성변(星變)을 모두 그대로 두고 삭제하지 않았음은 이를 삼가하였기 때문이다. 고려(高麗) 475년 사이에 일식(日食)이 132번이요 월식(月食)이 5번이며

80) 『三國史記』, 新羅本紀 第八 孝昭王條.

81) 각종 문헌마다 관련된 기록이 산재하므로 이를 일일이 밝히지는 않는다.

82) 『東國李相國集』 卷5 古體律詩 〈次韻吳東閣世文呈誥院諸學士三百韻詩幷序〉 참조.

83) 추책(推策): 점(占)대로 수(數)를 헤아려 정하는 것을 말함. 《사기(史記)》 봉선서(封禪書)에 「於時皇帝迎日推策」이라 하였음.

84) 기형(璣衡): 천체(天體)를 관측하는 기구(器具)로서 원구(圓球)의 표면(表面)에 일월성신(日月星辰)을 그린 천구의(天球儀), 즉 혼천의(渾天儀)를 말함. 《서경(書經)》 순전(舜典)에 「재선기옥형이제칠정(在璿璣玉衡以齊七政)」이라 되어 있고 소(疏)에 「璇璣玉衡 王者正天文之器 漢世以來 謂之渾天儀」라 하였음.

85) 칠정(七政): 일월(日月)과 오성(五星)【수화금목토(水火金木土)】으로서 운행(運行)에 절도(節度)가 있음은 국가 정치와 같은 고(故)로 칠정(七政)이라 하였고 《서경(書經)》에 「齊七政 統六師」라 하였음.

성신(星辰)의 능범(凌犯)과 여러 가지 성변(星變)도 또한 많은지라, 이제 그 사(史)에 나타난 것을 채집(採集)하여 천문지(天文志)를 짓는다.[86)]

② 석강(夕講)에 나아갔다. 《전한서(前漢書)》 천문지(天文志)를 강(講)하다가 검토관(檢討官) 황계옥(黃啓沃)이 아뢰기를, "별의 변화로 재화(災禍)의 연월[歲月]에 대하여 기한을 정하는 것은 억지로 부합(符合)시킨 것으로서 통하지 않는 것입니다. 그러나 임금이 공경하여야 할 것은 하늘입니다." 하니, 시독관(侍讀官) 조지서(趙之瑞)가 말하기를, "엄광(嚴光)이 황제(皇帝)의 배 위에 발을 올려 놓자, 태사(太史)가 아뢰기를, '객성(客星)이 황제의 자리를 매우 급속하게 침범합니다.' 하였고, 한(漢)나라 환제(桓帝)가 교제(郊祭)를 지내려 하자, 태사(太史)가 아뢰기를, '마성(馬星)이 움직이지 않으니, 명일(明日)에는 틀림없이 교제를 지내지 못할 것입니다.' 하였는데, 과연 교제를 지내지 못하였으니, 하늘에서 형상을 드리워 주는 것이 분명합니다." 하자, 도승지(都承旨) 권건(權健)이 말하기를, "세종조(世宗朝)에 천문(天文)을 아는 자로는 이순지(李純之)·김담(金淡)·정인지(鄭麟趾) 같은 이가 있었지만, 지금은 아는 자가 없습니다. 그러니 나이 젊은 문신(文臣)으로 하여금 익히게 하는 것이 어떻겠습니까?" 하니, 임금이 말하기를, 천문(天文)이 비록 마땅히 알아야 할 것이기는 하나, 이러한 술수(術數)를 숭상하게 되면 간사한 사람들이 더러 요망한 말을 만들어 백성들의 뜻을 동요시킬까 두렵다." 하였다[87)]

86) 『高麗史』卷47 志1 〈天文志〉 序文. "自伏犧仰觀俯察 黃帝迎日推策 堯曆日月以授人時 舜察璣衡以齊七政 而觀天之道備矣 易曰天垂象 見吉凶 聖人象之 故孔子因魯史作春秋 於日食星變 悉存而不削 所以愼之也 高麗四百七十五年間 日食一百三十二 月五星凌犯 及諸星變亦多 今採其見於史者 作天文志."

87) 『成宗實錄』권185, 16年 11月 9日(丙辰). "御夕講 講前漢書天文志 檢討官黃啓沃啓曰 以星變定禍災歲月之限 牽合不通 然人君所可敬者 天也 侍讀官趙之瑞曰 嚴光加足帝腹 太史奏客星犯帝座甚急 漢桓帝 欲郊祀 太史奏 馬星不動 明日必未郊祀 而果未郊 天之垂象明矣 都承旨權健曰 世宗朝 知天文者 有如李純之 金淡 鄭麟趾 今無知者 令年少文臣肄習何如 上曰 天文雖所當知 然崇尙此術 則恐奸人或興妖言 以動民志矣."

조선 초에 정린지(鄭麟趾)가 『고려사(高麗史)』에 교수(敎修)한 〈천문지(天文志)〉의 서문(①)을 보면 유학자에게 있어 하늘의 징후에 대한 관심이 매우 오래되었으며 우리나라도 여러 왕조에 걸쳐 천문학을 연구하였음을 알 수 있다. 조선의 세종조에는 임금의 천문에 대한 관심과 지원으로 천문과학이 크게 발전했음은 주지의 사실이다. 천문학에 대한 과학적 인식은 상대적으로 천문의 주술적 의미에 대한 폄하(②)로 이어지기도 했지만 그것이 천문학에 대한 관심 자체가 적어졌다는 것을 의미하지는 않는다.

이러한 천지에 대한 관심이 문학적으로 나타난 예를 가사 〈관동별곡〉에서도 찾을 수 있다.

> 왕정(王程)이 유한(有限)ᄒᆞ고 풍경(風景)이 못슬믜니
> 유회(幽懷)도 하도할샤 객수(客愁)도 둘듸업다
> ㉮ 선사(仙槎)ᄅᆞᆯ 씌워내여 두우(斗牛)로 향(向)ᄒᆞ살가
> 선인(仙人)을 ᄎᆞᄌᆞ려 단혈(丹穴)의 머므살가
> 천근(天根)을 못내보와 망양정(望洋亭)의 올은말이
> ㉯ 바다밧근 하ᄂᆞᆯ이니 하ᄂᆞᆯ밧근 므서신고
> …(중략)…
> 말디쟈 학(鶴)을ᄐᆞ고 구공(九空)의 올나가니
> 공중(空中) 옥소(玉簫)소ᄅᆡ 어제런가 그제런가
> ㉰ 나도 ᄌᆞᆷ을ᄭᆡ여 바다ᄒᆞᆯ 구버보니
> 기픠ᄅᆞᆯ 모ᄅᆞ거니 ᄀᆞ인들 엇디알리
> 명월(明月)이 천산만락(千山萬落)의 아니비쵠 ᄃᆡ업다. 〈관동별곡 부분〉

하늘에 대한 관심은 이미 조선조 사대부들에게 익히 알려진 별자리(㉮ : 북두성과 견우성)에만 국한되지 않는다. 송강은 이를 하늘 밖, 즉 미지의 우주 세계에 대한 관심으로 확대시킨다. 이러한 수직적 공간

에 대한 의식의 확대(㉯)는 바다 저편에 대한 지리적, 수평적 공간에 대한 의식의 확대(㉰)로 이어지며 송강 당대의 천문학적 지식으로는 인지할 수 없는 초월 공간에 대한 관심을 표출한다.

이러한 우주 공간에 대한 관심은 비단 송강만의 것은 아니었다. 계곡(谿谷) 장유(張維)의 〈속천문(續天問)〉이란 시에 송강의 〈관동별곡〉에 나타난 표현(㉯)과 유사한 구절이 보인다.

太虛之大(태허지대)
無外無際(무외무제)
夫曰無外(부왈무외)
而何所窮止(이하소궁지)[88)]

태허는 하도 커서
밖도 없고 가도 없는데
밖이 없다면
끝나는 데가 어디일까

이 시는 장유가 굴원(屈原)의 〈천문(天問)〉을 본 따 지은 것으로 대체로 오묘한 조화, 만물의 이치, 斯文의 흥망, 도술의 사정(邪正), 유명(幽明)·화복(禍福)의 연고, 세도(世道)·인심의 변화 등을 내용으로 하고 있다.[89)] 장유도 다른 여러 시문들을 통해 천문에 대한 관심을 보이고 있어 우주에 대한 관심이 이렇게 시로 나타났다고 생각된다.

조선조 사대부들의 하늘에 대한 관심이 단순히 문학적 상상의 차

---

88) 『谿谷先生集』 卷1 詞賦17首 〈續天問〉.

89) 모두 40장(章)으로 구성되어 있으며 92개의 운(韻)을 달았는데 천문을 본떠 지었기 때문에 제목을 속 천문(續天問)이라고 하였다.

원에서 그쳤던 것은 아니다. 여헌(旅軒) 장현광(張顯光)은 「우주설(宇宙說)」을 통해 천체의 운행 원리를 독자적으로 설명하고 있는데 이는 그때까지의 천동설을 뒤집는 획기적인 사건이었다. 장현광이 살았던 16~17세기는 조선에 서양의 과학 문물이 들어오기 직전의 시기로 우리의 천체관을 그대로 볼 수 있는 시기이다. 장현광의 「우주설」은 그의 만년인 1631년에 쓴 것으로 서구의 과학이 들어오던 해였으며 서구사상의 영향을 받지 않은 거의 마지막 시기의 자연관을 나타낸다고 할 수 있다.[90] 이 책은 「경위설(經緯說)」, 「태극설(太極說)」 등과 함께 총 8권 6책으로 이루어진 『여헌성리설(旅軒性理說)』에 수록되어 있으며, 이것의 독립된 1책을 이룬 제8권이 바로 「우주설(宇宙說)」이다. 「우주설」은 다시 대략 15,000자에 해당하는 본문과 5,500자 정도의 「부답동문(附答童問)」으로 구성되어 총 20,000자가 넘는 분량을 지닌다. 따라서 내용도 방대하여 우주의 시공 구조, 천지와 만물 그리고 사람이 생성된 과정에 대한 것, 우주 내에서 인간이 지켜야 할 도리 등을 논하고 있다.

이러한 우주에 대한 관심은 자연을 바라보고 해석하는 데에도 그대로 영향을 미쳐 그의 만년에 은거의 공간으로 꾸민 '입암'을 천체의 구조와 병치시키는 데에 이르게 된다. 말하자면 그가 「우주설」에서 보였던 우주에 대한 공간의식이 땅에서 발현한 것인데 〈입암별곡〉에 등장하는 '계구대(戒懼臺)'와 28명소가 천체의 28수 및 북두칠성과 연계되어 그 수가 정해지고 있음을 알 수 있다.

---

90) 이와 유사한 천체관으로는 이이(1536~1584)의 「天道策」(1558)이 있다. 이 문헌 역시 16세기 학자들의 자연관을 그대로 볼 수 있다는 점에서 여헌의 「우주론」과 동궤에 있다고 생각된다.

① 입암의 곁에 돌이 일곱 개가 서 있는데 모양이 북두칠성(北斗七星)과 유사하므로 이름하기를 '상두석(象斗石)'이라 하였다. 사시(四時)의 운행과 해와 달의 운행이 모두 북두칠성에서 법을 취하니, 북두성은 성신(星辰)에 있어 그 관계가 가장 큰데 돌의 숫자와 상(象)이 마침 북두칠성과 부합하니, 이 역시 하나의 기이한 일이다.

이상 이름을 얻은 것이 스물여덟 곳인데 스물여덟 곳이 각자 좋은 경치가 있으니, 그렇다면 이러한 이름을 얻은 것은 진실로 당연하다. 그러나 한 입암의 기이함이 있지 않다면 스물여덟 곳이 스스로 좋은 경치를 자랑하지 못하여, 심상(尋常)한 가운데의 구릉과 골짝, 봉우리와 수석(水石)과 다를 것이 없을 것이니, 그 누가 명칭을 붙여 일컫겠는가. 그렇다면 스물여덟 곳의 좋은 경치는 입암을 얻어 드러나고, 입암의 빼어난 기이함은 스물여덟 곳의 아름다운 경치를 인하여 풍부해지는 것이다.

그러나 또한 한 계구대(戒懼臺)가 있지 않다면 진실로 입암의 빼어난 기이함을 빛내어 스물여덟 곳의 아름다운 경치를 꾸미지 못했을 것이며, 또 스물여덟 곳의 아름다운 경치를 드러내어 입암의 빼어난 기이함을 돕지 못했을 것이니, 이는 입암이 있으면 계구대가 없을 수 없는 이유이다. 이는 마치 북극성(北極星)이 28수(宿)의 높이는 바가 되고 28수가 빙 둘러 향하지 않으면 북극성이 또한 홀로 높음이 될 수 없으며, 28수는 비록 각자의 자리가 있으나 한 북극성의 높음이 있지 않으면 또한 빙둘러 향할 곳이 없는 것과 같다.

그리고 또 그 가운데에 한 각수(角宿)가 28수의 첫번째 별이 되어서 이 각수가 제자리를 얻은 뒤에야 나머지 27개의 별이 차례를 따라 진열하니, 이는 입암이 스물여덟 곳의 종주(宗主)가 되고 계구대가 또 스물일곱 곳의 우두머리가 되는 이유이다.[91]

② 진세상(塵世上) 살암들아 입암풍경(立巖風景) 보앗는다
무릉(武陵)이 좃타 흔들 이에셔 나올쇼냐

91)『旅軒集』卷9,〈立巖記〉.

봉두(峰頭)애 뜬 백학(白鶴)은 운간(雲間)애 춤을 츄고
심원(深源)의 숨은 두견(杜鵑) 월하(月下)의 슬피 운다
봉래(蓬萊)가 어듸메오 영주(瀛洲)가 녀긔로다
일제당(日躋堂) 올나 안즈 이십팔경(二十八景) 도라보니
…(중략)…
상두석(象斗石) 노힌 돌이 칠성(七星)을 버렷더라

〈입암별곡〉(밑줄, 강조점 : 필자)

이렇게 북두칠성을 중심으로 한 천체의 지상적 변용은 결국 '입암'을 자신의 소우주로 여기고 있음을 보여준다. 그런데 천체의 지상적 변용은 조선시대 이전부터 있어 온 일이다. 고구려 시대의 고분 벽화에도 28수와 북두칠성이 이용되었는데 북한 평양에 있는 진파리 4호 고분에는 28수 별자리를 완전하게 그린 〈금박천문도(金箔天文圖)〉가 있고, 덕화리 2호분의 널방 천장에도 역시 같은 별자리들이 그려져 있는 것을 볼 수 있다. 4~7세기 사이에 103개 정도의 고분이 만들어지는데 이 중에 24개에서 별자리 그림이 발견된다.[92] 고분의 성격상 단순히 하늘을 표현한 것이라고 보아야 하겠으나 우주의 공간 관념을 지상의 현실 공간에도 그대로 적용하였다는 점에서 여헌의 경우와 크게 다르지 않다고 하겠다. 이는 사대부의 천지관을 시가문학에 주관적으로 변용한 예라 하겠다. 이러한 공간의식 때문에 박인로가 〈입암별곡〉을 만들고 '별곡'이라는 명칭을 제명으로 쓴 것이라 생각된다.[93]

92) 박미용, 「고구려는 독자적 천문학 지닌 한민족 국가 -고분벽화에 새겨진 고구려의 뛰어난 천문관측기술」, 『동아사이언스』(과학동아 2004.9), p.92.

93) 장현광이 평소 지니고 있었던 뜻을 박인로가 대신 읊어준 것에 불과하다. 〈입암별곡〉에는 장현광의 세계인식이 반영되어 있다. 박인로는 이덕형의 노래(〈사제곡〉)도 대신 지어준 예가 있는데 이덕형은 박인로를 일개 가객으로 대우하여 강호에 은거한

28수 별자리에 대한 중세 이전의 인식은 신화적 천지관을 바탕으로 불가지(不可知)의 세계를 신화적 존재들[94]의 이야기로 설명하려는 것으로 나타났다. 하지만 조선조 16세기에 들어서면서 28수 별자리에 대해 과학적 천지관을 기반으로 한 우주론이 등장하고, 신화적인 세계관에서 탈피하여 좀 더 이성적 세계관을 가지려 했다는 점에서 매우 큰 의미가 있다. 이러한 이성적 세계관은 16세기 별곡류 시가에도 영향을 미친 것 같다. 별곡의 공간은 인간적 공간이며 이성적 공간, 즉 인간이 재창조한 문학적 공간이며 상상 속의 공간이다. 따라서 신화적이며 초월적 존재가 등장하는 작품은 거의 없다.[95] 별곡류 시가의 대상이 되는 공간 자체가 인간을 위한 것이기에 작품을 통해 구현되는 문학적 공간이 인간적 공간이 되는 것은 너무나 당연하다고 생각된다.

여헌은 하늘에 대한 관심을 '입암'이라는 정자 공간을 만드는 데에도 그대로 반영하였다. 28수와 북두칠성 등으로 하늘과 땅을 연계시켜 자신만의 자족적인 공간을 만들어내었고, 이를 박인로가 문학적으로 형상화한 것이다.[96] 따라서 〈입암별곡〉에는 유교적 천지관이 반

자신의 감정을 대신 노래하도록 했다. 우응순, 「박인로의 "안빈낙도"의식과 자연」(신영명·우응순 외, 『조선중기 시가와 자연』, 태학사, 2002) ; 『蘆溪先生文集』 "莎堤地名 在龍津江東距五里許 卽漢陰李相公江亭所在處也 公代相公作此曲".

94) 천지창조신화 중 소별왕, 대별왕의 이야기와 관련된다.

95) 〈관동별곡〉 등 기행가사에 조화옹이 언급되지만 신화적인 존재라고 볼 수는 없다.

96) 이 작품의 작자에 대해서는 金一根은 노계의 작품으로 확정한 반면, 黃忠基는 '立巖'이 '卓立巖'으로 불린 것이 후대의 일이라는 점을 근거로 삼아 노계의 작품이 아닐 것이라고 본바 있다. 여기에서는 노계의 〈입암이십구곡〉과 〈입암별곡〉의 표현과 내용이 매우 흡사한 점을 근거하여 김일근의 견해를 따르기로 한다. ; 金一根, 「朴萬戶 所唱의 立巖別曲 考察」(『국어국문학』 제81권, 국어국문학회, 1979.12), pp.174~175. ; 黃忠基, 「立巖別曲과 立巖二十九曲의 比較考察」(『국어국문학』 82호, 국어국문학회, 1980.4), pp.75~107. ; 黃忠基, 「입암별곡 작자 존의설 재론

영되어 있고 그것은 '○○별곡'이라는 기표로 표출되면서 '입암' 정자의 공간 인식을 드러내고 있다.[97]

여헌은 〈입암기(立巖記)〉에서 자연과 인간이 서로 별개의 존재라고 생각하지 않았으며 오히려 인간을 위해 자연물이 쓰여져야 한다고 주장한다.

> 혹자가 다음과 같이 말하였다. "시내와 산은 아름다우나 시내와 산은 바로 조물옹(造物翁 조물주, 곧 하늘을 가리킴)의 공공(公共)한 물건이다. 또 애당초 정의(情意)가 없고 또 명칭이 없으니, 이곳에 사는 자들은 다만 밭을 갈고 물고기를 잡으며 나무를 하고 약초를 채취하여 자기에게 있는 즐거움을 즐길 뿐이며, 이곳에 노는 자들은 다만 다니며 보고 지나며 구경하여 한때의 눈을 상쾌하게 할 뿐이다. 이것이 조물옹의 공공한 마음을 순히 따르고 시내와 산의 자연의 본성을 온전히 하는 것이 아니겠는가. 이제 마침내 정의가 없는 시내와 산에 정의를 가지고 시끄럽게 하고, <u>명칭이 없는 물과 돌에 명칭을 붙여 누를 끼쳐 공공한 시내와 산을 곧 자신의 물건으로 삼고자 하는가. 더구나 명칭이 그 실재를 따르지 않은 것이 많으니, 그렇다면 조물옹의 마음이 아니어서 시내와 산의 욕이 되지 않겠는가. 또 바깥 사람들의 비웃음을 받아 자신이 망녕되고 허탄한 짓을 하는 데로 돌아가지 않겠는가."</u>
>
> 이에 나는 다음과 같이 대답하였다. "그렇지 않다. 그대의 말과 같다면 <u>이는 산하(山河)의 대지가 우리 인간에게 관여되지 않는다고 여기고, 천지 사이의 만물이 이 몸에 관여함이 없다고 여겨 우리들로 하여금 형적</u>

-김교수의 입암별곡 재론을 읽고」(『어문연구』 통권 제35호, 한국어문교육연구회, 1982.11), pp.120~131 참조.

97) 박노준은 노계의 〈입암이십구곡〉 중 입암에 대한 10수를 중심으로 문학적 해석을 시도한 바 있다. 朴魯埻, 「立巖十首의 意味」, 『韓國學論集』 Vol.4, 漢陽大學校 韓國學研究所, 1983, pp.39~61 참고.

(形跡)을 없애고 공허(空虛)와 현묘(玄妙)에 뜻한 뒤에야 그만두고자 하는 것이니, 이 어찌 평상(平常)한 이치이며 광대(光大)한 도이겠는가.

조물옹이 만물을 만든 이유가 어찌 한갓 조화의 공을 허비하여 다만 쓸모 없는 물건을 만들고자 함이었겠는가. 한 물건이 있으면 반드시 한 물건의 쓰임이 있고 만 가지 물건이 있으면 반드시 만 가지 물건의 쓰임이 있어 먼저 쓰일 이치가 있은 뒤에 이 물건이 있는 것이니, 만약 쓰일 이치가 없었다면 마땅히 이 물건을 내지 않았을 것이다. 그러므로 천지가 이미 만물을 내고 또 반드시 이 인간을 낸 것이니, 그런 뒤에야 인간이 만물을 주장하여 각각 그 쓰임을 다하게 되는 것이다.

…(중략)…

시내와 산은 진실로 공공한 물건이나 내가 얻어 내가 즐거워하고 남이 얻어 남이 즐거워하고 천만 사람이 얻어 천만 사람이 모두 즐거워하여 각각 얻은 바에 따라 즐거워하니, 이 어찌 공공함에 해롭겠는가. 앞사람이 즐거워하고 뒷사람이 또한 즐거워하며 이 사람이 즐거워하고 저 사람 또한 즐거워하여 서로 사양하지 않고 모두 스스로 만족하니, 이 어찌 혐의할 것이 있겠는가. 또 만물이 어찌 반드시 정의(情意)가 있은 뒤에 사람의 쓰임이 되겠는가.

…(중략)…

그리고 만물이 처음에 또 어찌 명칭이 있었겠는가. 명칭이 있는 것은 모두 우리 인간이 붙여준 것인데, 명칭을 붙이는 이유는 바로 쓰임을 다하기 위해서이다. 오직 이 시내와 산은 바로 깊고 궁벽한 한 구역이므로 또한 일찍이 명칭이 없었으며, 이미 명칭이 없었기 때문에 또한 일찍이 사람들이 놀고 감상하는 곳이 되지 못하였다. 우리들이 지금으로부터 비로소 명칭을 가(加)하고 영원히 놀고 감상하는 지역으로 삼아 헛되이 버려지는 시내와 돌이 되지 않게 하였으니, 이 또한 이 시내와 돌의 영광이 아니겠는가.

실재가 없으면서 물건에 명칭을 붙인 것으로 말하면 진실로 이러한 점이 있다. 그러나 이 또한 시내와 산을 위하고 우리 사람들을 위하여 송축(頌祝)한 칭호이니, 또 어찌 나쁠 것이 있겠는가. 그렇다면 오늘날

> 명칭을 지은 것은 진실로 물건을 만든 쓰임을 이루어 시내와 산의 아름다움을 나타낸 것이다."[98]

여헌은 기문에서 혹자(或者)라는 가상적 인물과의 논변을 통해 자연물에 명칭을 부여할 수 있는 이유에 대해 논증하고 있다. 혹자는 자연물은 무명의 존재이고 공공물인데 이를 사적으로 이름을 붙이는 것이 타당하지 않고 또 그 이름이 실상에 부합되지 않음을 질타한다. 이에 대해 여헌은 '산하(山河)의 대지'나 '천지 사이의 만물'이 몸에 관여되어 있다고 보고 '인간이 만물을 주장하여 각각 그 쓰임을 다하게 되는 것'이며 이는 공공에 부합한다고 논파한다. 즉 그는 자연을 대상물로 그대로 두려는 것을 거부하고 인간화된 자연물이 의미있는 것이라는

---

98) 『旅軒集』 卷9, 〈立巖記〉. "或曰 溪山則美矣 然溪山乃造物翁公共之物也 且初無情意 又無名號焉 居于此者 止可耕漁樵採 樂在己之樂而已 遊于此者 但當行賞歷玩快一時之目而已 則玆不爲順造物翁公共之心 而全溪山自然之天耶 今乃於無情意之溪山 用情意以惱之 無名號之水石 立名號以累之 欲以公共之溪山 便作自家之己物 況名之不以其實者多焉 則無乃非造物翁之心 而爲溪山之辱乎 且不爲外人之所笑 而爲自家誕妄之歸耶 余曰 不然 如子之言 則是以山河大地 爲不干於吾人以兩間萬物 爲無與於此身 欲使吾儕沒形跡心空玄而後已也 此豈平常之理 光大之道哉 造物翁所以造萬物者 豈是徒費造化之功 只令爲無用之物哉 有一物則必有一物之用 有萬物則必有萬物之用 先有用之理 然後有是物 若無是用之理 則當不生是物矣 故天地旣生萬物 又必生是人 然後有以主掌乎萬物 而各致其用焉 …(中略)… 溪山固是公共之物也 而我得之而我樂之 人得之而人樂之 千萬人得之而千萬人皆樂之 各隨其所得而樂之 何害其爲公共也 前人樂之 後人亦樂之 此人樂之彼人亦樂之 不相讓而皆自足矣 何嫌乎哉 且萬物豈必有情意 然後爲人之用乎 五穀非有情於爲人之食 而人自食焉 …(中略)… 萬物之初 又孰有名號哉 有名號者皆吾人之所加也 而名號之者 乃所以致用也 惟此溪山 自是深僻之一區 故亦未嘗有名號 旣無名號 故亦未嘗爲人之所遊賞焉 吾儕自今始加名號 而永爲遊賞之地不使爲虛棄之溪石者 亦豈非溪石之榮哉 若夫無其實而名以物者 則固有之 是亦爲溪山爲吾人而頌禱之稱也 又何傷乎 然則今日名號之作 實乃所以成造物之用 而發溪山之美也."

인식을 보여주고 있다. 이 때문에 입암정사 주변의 경물들은 모두 여헌에 의해 의미가 부여되고 이름 붙여지게 된 것으로 생각된다. 이렇게 객관적 공간의 주관적 공간으로의 변용은 문학적인 수사와 공간형상화를 통해 가능하다.

여헌의 천지, 자연에 대한 인식이 '입암'이라는 공간에 반영되었다면 그의 천지관(우주관)과 문학관은 어떻게 관련되는지 살펴볼 필요가 있다.

> 바야흐로 천지(天地)가 만들어지기 전에 도(道)는 천지보다 먼저 있고 천지가 만들어지고 난 뒤에 도(道)는 천지에 있고 만물(萬物)이 만들어지고 나서는 도가 만물에 있으니 이는 때와 곳을 따라 저절로 채워지지 않음이 없는 것이다. 그러므로 도는 천지에 있으나 천지보다 먼저 있는 것은 본디 그대로요, 도는 만물에 있으나 천지에 있는 것은 역시 그대로요, 만물과 천지가 다함에 이르러서도 도(道)의 전체는 또한 그대로이다. 그러므로 천지가 비록 다하였지만 다시 천지를 생(生)하고 만물이 비록 다하였지만 다시 만물을 생(生)하니 이것이 어찌 생(生)하고 생(生)하여 마침이 없는(生生不窮) 도가 아니겠는가?[99)]

위에서 여헌은 천지(天地)가 만들어지기 전에 도(道)가 있었다고 하며 생생불궁(生生不窮)하는 도에 의해 천지와 만물이 생겨난다고 역설하고 있다. 여헌은 만물(萬物)과 천지(天地)는 다함이 있다고 하여 자연은 변화

---

99) 『旅軒先生全書』 下, 『性理說, "方其天地未造 則道在天地之先 天地旣造 則 道在天地萬物旣造 則 道在萬物 此乃隨時隨處而無不自足者也 故道在天地而其在天地之先者 本自若也 道在萬物而其在天地者 亦自若也 至於萬物具盡 天地亦盡 而道之全體 亦自若也 故天地雖盡而復生天地 萬物雖盡而復生萬物 此豈非生生不窮之道哉."

하는 것이라는 인식을 드러내고 있다. 다만 생생불궁(生生不窮)하는 원리에 의하여 다시 순환하는 생명력을 가지게 되는 것으로 보고 있다. 다시 말해 우리가 경험할 수 있는 미시적 범주에서의 자연의 모습은 항상 변화하여 生老病死의 가변적 모습이지만, 거시적 범주에서는 생생불궁(生生不窮)하는 도(道)에 의해 다시금 순환하는 원리를 가지고 있다고 본 것이다. 이러한 여헌의 우주관은 미시적 자연관을 배경으로 무한하고 불변하는 원리에 대한 탐구와 삶의 자세에 대한 동경으로 이어졌는데 이런 모습은 그의 시문학에서 엿볼 수 있다. '입암'과 관련한 그의 시에서 변하지 않는 자연물인 입암에 대한 그의 동경을 엿볼 수 있다.

孤村巖底在(고촌암저재)
小齋性足頤(소재성족이)
老矣無可往(노의무가왕)
從今學不移(종금학불이)

외로운 마을 바위 밑에 있으니,
작은 집이지만 본성 기를 수 있네.
늙어서 갈 만한 곳 없으니,
이제부터 변함 없는 저 바위 배우리라.[100)]

〈立巖村〉

둘째 구의 본성(本性) 즉 '도(道)'와 넷째 구의 '변하지 않는 바위의 속성'을 연결시킴으로써 생생불궁(生生不窮)하는 도(道)의 이미지를 '입암'으로 형상화하고 있음을 알 수 있다. 첫째 구에서 보이는 현실 세계

---

100) 『旅軒先生文集』 卷1, 詩 五言絶句 〈立巖十三詠〉. 번역은 『국역여헌집』(民族文化推進會)을 따름. 이하의 번역도 마찬가지.

는 외로운 촌의 모습이고 거기에다 작은 집에 기거하지만, 그 속에서도 본성을 기를 수 있다고 한 것은 보이는 속세를 초탈하여 보이지 않는 궁구(窮究)의 도(道)를 찾으려는 유학자의 모습을 보여준다.

立從地闢始(입종지벽시)
抵今方不易(저금방불역)
風雨幾萬變(풍우기만변)
歲月誰記曆(세월수기력)
巍將一顏面(외장일안면)
肯隨千飜革(긍수천번혁)
此樣旣往萬(차양기왕만)
此樣應來億(차양응래억)
不倚是中道(불의시중도)
不回惟經德(불회유경덕)
寒暑自往來(한서자왕래)
晦明任闔闢(회명임합벽)
溪流流不返(계류류불반)
百卉紛開落(백훼분개락)
雲煙互變態(운연호변태)
爾獨今猶昔(이독금유석)
一立立終古(일립립종고)
何物能撓得(하물능요득)
爲爾設小齋(위이설소재)
忘言對日夕(망언대일석)

땅이 개벽할 초기부터 우뚝이 솟아
지금까지 바뀌지 않고 있네
풍우의 변고 몇만 번이던가
그 오랜 세월 누가 기억할는지
우뚝한 한 면목을 가지고

어찌 천 번 뒤바뀜을 따르겠는가
이 모양 이미 만고에 그러하였으니
이 모양 응당 억세에도 그러하리
치우치지 않음은 바로 중도이며
간사하지 않음은 떳떳한 덕이라오
추위와 더위 절로 왕래하고
어둠과 밝음 닫힘과 열림에 맡기네
시냇물은 흘러 다시는 돌아오지 않고
꽃들은 어지러이 피었다 졌다 하네
구름과 내는 서로 태도 바꾸는데
너만 홀로 예나 지금이나 똑같구나
한번 서 영원히 우뚝하니
어느 물건이 너를 동요시킬까
너를 위해 작은 집 지어놓고
말을 잊은 채 밤낮으로 마주하네.[101)]

〈입암(立巖)〉

이 시에 나타난 자연관은 '추위와 더위가 왕래하는' 순화· 변화하는 자연이며, '시냇물이 흘러 다시는 오지 않는' 시간적 흐름이 강조된 자연이다. 1, 2구에서 변하지 않는 입암(立巖)의 모습과 3, 4구에서 오랜 세월 속에 만변(萬變)하는 자연사를 대비하고 있어 이 시에 나타난 자연관은 미시적인 것임을 알 수 있다. 여헌은 순환, 변화하는 자연 속에서도 변화하지 않는 '우뚝한 면목'을 가진 입암에서 바로 '중도(中道)'와 '덕(德)'의 이미지를 발견한다. '꽃들은 어지러이 피었다 졌다'하고 '구름과 내는 서로 태도를 바꾸는데', 입암은 '한번 서 영원히 우뚝

101) 『旅軒先生文集』 卷1, 詩 五言長篇.

하니 어느 물건이 너를 동요시킬까'라고 하여 관념화된 바위의 모습을 형상화하고 있으며 이는 그의 생생불궁(生生不窮)하는 도에 대한 인식이 이미지화 된 것이다.

변화·순환하는 것이 시간적 개념에 속하는 것이라면 불변·비순환하는 세계는 공간적 개념에 속하는 것이다. 여헌이 지향하는 세계는 변화하는 진세(塵世)가 아니라 불변하는 도세(道世)였다. 그는 미시적 자연관을 바탕으로 입암정사(立巖精舍)라는 미시적 우주 공간을 형상화하였는데, 그의 미시적 자연관은 생생불궁(生生不窮)하는 도(道)에 대비되는 것이다. 그 생생불궁의 모습이 공간적으로 형상화 된 것이 바로 입암(立巖) 28경(景)이며 문학적인 성취로 나타난 것이 〈입암별곡(立巖別曲)〉이다. 여헌이 설정한 입암 28경을 그의 기문(記文)[102]에서 발췌 정리하면 다음과 같다.

연번	명소	원모습	명소의 의미
0	立巖	선바위	生生不窮하는 道
1	우란재(友蘭齋)	평평한 땅(집터)	군자적 모습 표상
2	기여암(起予巖)	바위	정신이 엄숙하고 상쾌하며 마음과 생각이 깨끗하고 원대하게 하여 자연히 흥기(興起)하는 바가 있음.
3	계구대(戒懼臺)	평평한 바위	바위가 절벽을 이루어 그 형세를 '계구(戒懼)' 라는 의미로 품.
4	구인봉(九仞峯)	봉우리	공자(孔子)의 산을 만드는 비유.
5	토월(吐月)	봉우리	마치 봉우리가 둥근 달을 토해내는 듯 함.
6	소로(小魯)	산	공자께서 동산(東山)에 오르고 태산(泰山)에 오른 놀이 연상
7	산지령(産芝嶺)	고개	멀리 당(唐), 우(虞)의 태평성세를 그리워하였으니, 천 년이 지난 뒤에 자지가(紫芝歌)를 외우고 읊어보면 또한 그 금회(襟懷)가 세속을 초탈하였음을 상상.
8	함휘령(含輝嶺)	고개	군자가 덕을 쌓아 순수함이 얼굴에 나타나고 덕스러운 모양이 등에 가득함을 비유.

102) 『旅軒先生文集』 卷9, 〈立巖記〉.

9	정운령(停雲嶺)	고개	변화가 무상하고 가고 오는 흔적이 없는 것이 이 구름이다(道를 비유).
10	격진령(隔塵嶺)	고개	마치 세상과 멀리 떨어져 있는 듯 함.
11	경운(耕雲)	들	신야(莘野)에서 농사짓던 노인, 남양(南陽)의 와룡(臥龍), 관중(管仲)과 악의(樂毅)에게 자신을 비유.
12	야연(惹煙)	숲	마을 사람들이 아침저녁으로 밥을 짓거나 노는 손님들이 다(茶)를 끓이고 고기를 삶을 적에 푸른 연기 한 가닥이 작은 색깔을 야기(惹起)하여 시인들의 입에 제공하고 혹 돌아가는 새의 눈을 혼미하게 함.
13	초은(招隱)	골짜기	벼슬길에 혼미하고 빠져서 돌아오지 못하는 자들을 불쌍히 여김.
14	심진(尋眞)	골짜기	참을 간직하고 깊이 은둔하는 자를 그리워하나 만나볼 수가 없다는 뜻.
15	채약(採藥)	골짜기	약물이 많이 생산.
16	경심대(鏡心臺)	돌	이 돌에 앉아 있으면 못을 굽어볼 수 있다.
17	수어연(數魚淵)	못	몸을 씻기도 하고 혹 양치질하면서 노는 물고기가 오고 가는 것을 구경할 수 있음.
18	피세대(避世臺)	평평한 바위(집터)	그윽하고 아늑하며 깊고 조용하여 아득히 외인(外人)과 서로 접하지 않는 듯 함.
19	상엄대(尙嚴臺)	벼랑 밑	엄자릉의 절개를 숭상.
20	욕학(浴鶴)	못	수석(水石)의 기이하고 깨끗함을 나타낸 것.
21	화리대(畵裏臺)	바위(소나무)	이곳은 비록 스스로 기이하지는 못하나 여러 산과 여러 봉우리, 여러 바위와 여러 돌로 무릇 한눈에 거두어 볼 수 있는 것이 황홀하여 형용하기 어려우며 마치 그림 속에 있어 진면목(眞面目)이 아닌 듯함.
22	합류대(合流臺)	바위 언덕	북쪽 산에서 흘러오는 시냇물이 차츰 이 시내로 떠내려와서 그 앞에 합류
23	조월(釣月)	여울	강태공 연상(은자적 삶 동경)
24	세이담(洗耳潭)	못	소유(巢由)와 허부(許父)를 따르고자 함.
25	향옥(響玉)	돌다리	다리를 밟을 즈음에 옥소리 같은 물소리가 들려옴.
26	답태(踏苔)	돌다리	바위 밑 숲 속에 있어 돌바닥에 파란 이끼가 잘 자라 그윽한 홍취가 있음.
27	물멱(勿冪)	우물	물건을 윤택하게 하는 공효(功效)가 넓음.
28	상두석(象斗石)	돌7개	모양이 북두칠성(北斗七星)과 유사함.

입암 28경에 나타난 공간명들은 모두 여헌의 세계 인식과 지향 공간과 깊은 관련이 있다. 또한 공간의 배치도 그가 〈입암기〉에서 밝힌 것처럼 하늘의 28수를 모형으로 입암과 계구대를 중심으로 펼쳐져 있다. 여헌은 "입암이 스물여덟 곳의 종주(宗主)가 되고 계구대(戒懼臺)가 또

스물일곱 곳의 우두머리가 된다"고 하여 입암과 계구대의 공간적 의미를 매우 크게 생각하고 있다. 이는 입암에 부여된 의미와 계구(戒懼)의 의미를 중시한 것이기도 하지만 공간배치가 더욱 큰 이유가 된다.

> 네 친구는 지형을 따라 터를 닦고 그 주위에 돌을 쌓아 대(臺)를 만들었다. 대의 좌우에는 두 그루의 높은 소나무가 있어 아침저녁의 햇빛을 가리울 수 있으며, 한낮에 그늘이 완전하지 않을 때가 있으므로 또 긴 나무를 두 소나무에 걸쳐 놓아 기둥을 삼고 딴 소나무의 먼 가지를 베어다가 덮어서 햇빛을 가리우지 못하는 부분을 보충하니, 종일토록 햇빛을 보지 않을 수 있었다. 대의 남쪽 귀퉁이에도 작은 소나무 몇 그루가 있는데 길이가 혹 몇 자쯤 된다. 네 친구들은 이 소나무를 사랑하고 보호하여 날마다 자라기를 기다리니, 이 소나무가 만약 자라면 굳이 딴 나뭇가지를 베어다가 덮지 않아도 그늘이 저절로 충분할 것이다.
>
> 대 위는 10여 명이 앉을 만하니 차를 끓이고 술을 데우는 데 모두 적당한 장소가 있으며, 따라온 노비(奴婢)와 어린이들도 각기 곁에 편안히 앉을 곳이 있다. 대 위에 앉으면 3면이 모두 높은 절벽이어서 반드시 항상 깊은 못에 임한 듯이 경계하고 두려워하는 마음이 있으므로 이 대를 이름하여 '계구(戒懼)'라 하였으니, 계구는 대가 된 형세인데 계구의 뜻은 참으로 많다.
>
> 이 대는 뒤에는 기여암이 있고 앞에는 입암이 있으니, 다만 두 바위만 가지고도 한 구역의 좋은 경치를 점령할 수 있는데, 하물며 좌우와 원근이 모두 기이한 구경거리이다. 그리하여 형형색색(形形色色)으로 크고 작은 것이 나열되어 있어 기이함을 다투고 아름다움을 자랑하며 서로 신기한 구경거리가 되고 있음에랴.[103)]

여헌은 계구대(戒懼臺)에 대한 설명에서 '대 위에 앉으면 3면이 모두

---

103) 『旅軒集』, 〈立巖記〉.

높은 절벽이어서 반드시 항상 깊은 못에 임한 듯이 경계하고 두려워하는 마음이 생긴다'고 했고 그 뜻은 '참으로 많다'고 했다. 그는 '계구대가 있지 않다면 진실로 입암의 빼어난 기이함을 빛내어 스물여덟 곳의 아름다운 경치를 꾸미지 못했을 것이며, 또 스물여덟 곳의 아름다운 경치를 드러내어 입암의 빼어난 기이함을 돕지 못했을 것'이라고 하여 계구대의 입지에 대하여 언급한다. 실제로 나머지 27개의 명소는 모두 이 계구대에서 바라본 시지각을 바탕으로 '좌우와 원근의 기이한 구경거리'로 소개된다. 말하자면 계구대는 입암정사의 가장 전망이 좋은 자리이며 입암이라는 아름다운 정사를 만들 수 있게 된 입지 이유이기도 하다. 그런데 왜 이렇게 풍광이 좋은 장소에 어울리지 않는 '계구(戒懼)'라는 이름을 장소명으로 했는지 의문이 생긴다.

여헌은 기문에서 입암정사의 좋은 풍광에 대한 자신의 입장을 다음과 같이 논했는데, 이를 통해 28명소와 그 명칭간의 관계를 추측할 수 있다.

> ① 혹자가 다음과 같이 말하였다. "명칭에 대한 뜻은 그러하나 다만 우리 인간의 사업이 과연 시내와 산, 구름과 돌 사이에 있어 그대가 마침내 이것으로 몸을 깃들이고 즐거움을 붙이는 장소로 삼는가?"104)
>
> ② 계구라는 것은 공경함을 이르니, 반드시 고요할 때에도 공경하고 동(動)할 때에도 공경하고 말할 때에도 공경하고 행할 때에도 공경하여야 한다. 이렇게 한 뒤에야 나의 서 있는 바가 나의 인의예지의 덕이 되고 효제충신의 도가 될 것이니, 어디를 간들 나의 선 바를 잃겠는가. 이렇게

---

104) 위의 책, 같은 곳. "或曰 名號之意則然矣 但吾人事業 果只在於溪山雲石之間 而子乃以此爲棲身寓樂之所耶"

한 뒤에야 나의 선 바가 또한 천지에 참여될 수 있는 것이다. 바라건대 친구들이 조만간에 만약 우란재(友蘭齋)를 완성한다면 서로 더불어 이 이치를 강론하지 않을 수 있겠는가. 그런 뒤에야 입암을 대하고 스물여덟 곳의 아름다운 경치를 대함에 부끄러움이 없어 모두가 자신의 성정(性情)을 쾌적하게 할 것이다."[105]

③ 기여암(起予巖) 삼겨나셔 계구대(戒懼臺) 도여시니
임위계구(臨危戒懼) ᄒᆞ신 말ᄉᆞᆷ 닛ᄶᅢ예 뫼왓ᄂᆞᆫ 덧

〈입암별곡〉 부분

①에서는 혹자(或者)의 입을 빌어 산수 풍광을 즐기는 것이 유학자로서 과연 합당한가를 논하고 있다. 이어지는 글을 보면 산수(山水)에도 도(道)가 있다는 논리로 맞서고 있는데 이는 여헌 스스로 자연의 아름다움 그 자체에 매몰되지 않고 입암정사를 유자적 도를 닦는 장소로 삼으려는 의도를 나타낸 것이다. 다시 말해 풍광이 빼어나서 가장 유락적인 장소가 될 수 있는 명소에 '천하절경'이라는 의미 대신 오히려 '삼가한다'라는 의미를 명칭에 부여함으로써 자연의 외적 아름다움에 매몰되지 않고 도에 정진하고자 한 것이다. 그래서 ②에서처럼 도가 선 뒤에야 입암을 대하고 스물여덟 곳의 아름다운 경치를 대함에 부끄러움이 없을 것이라고 주장한 것이다. 이런 의도는 ③에서처럼 〈입암별곡〉의 서두에도 그대로 반영되어 있다. 〈입암별곡〉 자체도 유락적(遊樂的) 성격보다는 도(道)에의 정진(精進)을 표방하고 있다.

---

105) 위의 책, 같은 곳. "戒懼者 敬之謂也 必也靜而此敬 動而此敬 言而此敬 行而此敬 然後吾之所立者 卽吾仁義禮智之德 孝悌忠信之道 其何往而失吾之所立哉 然後吾之立也 亦可以參乎天地矣 惟諸友早晚若成友蘭一齋 盍相與講論此理哉 然後可以對立巖 而無愧二十八處之勝致 無非所以適我之性情者也"

① 일제당(日齊堂) 놉히 짓고 우란열송(友蘭悅松) 재호(齋號)ᄒᆞ셔
경전(經傳)을 사하 두고 도의(道義)을 강마(講劘)ᄒᆞ니

〈입암별곡〉 부분

② 負巖開小齋(부암개소재)
澗流當前過(간류당전과)
階因巖趾築(계인암지축)
簷與松柏摩(첨여송백마)
炎夏納潭涼(염하납담량)
凍寒來陽和(동한래양화)
同棲二三子(동서이삼자)
晝夜相切磨(주야상절마)
龕儲備經傳(감저비경전)
且便相講劘(차편상강마)
日晡數酌罷(일포수작파)
携上南臺哦(휴상남대아)
洞天時異趣(동천시이취)
立巖恒不頗(립암항불파)
老夫勖諸益(노부욱제익)
盍觀醜頭皤(합관추두파)
年齡及耳順(연령급이순)
進步坐蹉跎(진보좌차타)
立脚貴及早(입각귀급조)
勿追世奔波(물추세분파)
藏修宜惜日(장수의석일)
歲月疾如梭(세월질여사)

바위 등지고 작은 집 지어 놓으니
시냇물이 앞으로 지나가네
섬돌은 반석 위에 쌓고

처마는 송백과 가지런해
무더운 여름에는 못의 시원한 바람 불어오고
추운 겨울에는 온화한 양기가 들어오네
두서너 사람과 함께 머물며
밤낮으로 절차탁마한다오
상자에 경전을 구비해 놓으니
서로 강마하기 편리하며
해 저물면 몇 잔 술 마시고
함께 남쪽 누대에 올라가 시 읊노라
골짝은 때로 정취가 다르나
입암은 항상 변치 않네
노부가 친구들에게 당부하노니
이 못난 백발 늙은이 어이 보지 않는가
연령이 이순이 되었건만
진보를 못하고 그대로 머물러 있네
다리를 세움은 되도록 소년시절에 하여야 하니
세상의 시끄러운 파도 따르지 마오
학문을 닦음은 부디 날짜를 아껴야 하니
세월은 베짜는 북처럼 빠르다오

〈정사(精舍)〉

즉 입암은 산수유락의 장소가 아닌 도의(道義)를 닦는 장소로 인식하고 있고 이를 박인로가 노래한 것이다. 그래서 가장 중심이 되는 장소에 바로 '계구(戒懼)'라는 명칭을 부여한 것이다. 이 계구대와 입암은 여헌이 기문에서 말한 바와 같이 여러 명소의 우두머리가 되는 곳이다. 〈입암별곡〉의 경우에는 바로 '계구대'가 주공간이 되어 이를 중심으로 시선의 이동이 이루어진다고 볼 수 있다. 여헌도 공간을 소개할 때에 가장 중심이 되는 두 개의 공간 즉 입암과 계구대를 먼저 소개하고, 나머지 공간들을 나열한다. 28개의 명소도 다시 두 부류로 나누었는데 24개의 명소를 소개한 후 이를 정리하여 28명소 중 큰 것으로 분류했고 나머지를 작은 것으로 분류했다.

> 무릇 여러 기이한 절경을 거두어 입암(立巖)의 총관(總管)으로 돌아오는 것은 위로 욕학연(浴鶴淵)으로부터 아래로 세이담(洗耳潭)에 이르러 그치니, 그 사이 한 모래섬과 한 돌이 모두 이름을 얻을 만한 것을 어찌 이루 다 셀 수 있겠는가마는 지금 명칭한 것은 다만 가장 빼어나고 가장 큰 것을 취했을 뿐이다.

작은 공간은 입암정사에서 떨어진 마을로 들어오는 쪽에 있는 쪽다리(響玉), 상엄대(尙嚴臺)보다 규모가 작은 돌다리인 '답태(踏苔)', 기여암(起予巖) 옆에 차갑고 시원한 우물 '물멱(勿羃)', 입암 곁의 일곱 개의 돌 '상두석(象斗石)' 등 4개인데 모두 큰 공간에 보조적인 공간으로 되어 있다. 이렇게 여헌은 입암정사·계구대라는 '주공간'과 위로 욕학연(浴鶴淵)으로부터 아래로 세이담(洗耳潭)에 이르기까지의 큰 공간, 그리고 작은 공간의 층위를 두어 입암과 28명소를 분류하고 있어 그의 공간의식의 구체적 형상을 볼 수 있다. 이를 정리하면 다음 표와 같다.

<table>
<tr><td>전체</td><td colspan="4">입암정사</td></tr>
<tr><td></td><td>입암</td><td colspan="3">28명소</td></tr>
<tr><td></td><td></td><td>계구대</td><td colspan="2">27명소</td></tr>
<tr><td></td><td></td><td></td><td>큰 공간 23개소</td><td>작은 공간 4개소</td></tr>
</table>

이러한 공간의식은 〈입암별곡〉에도 그대로 반영되어 있다.

진세상(塵世上) 살암들아 입암풍경(立巖風景) 보앗는다
무릉(武陵)이 줓타 흔들 이예셔 나올쇼냐
봉두(峰頭)애 뜬 백학(白鶴)은 운간(雲間)애 츔을 츄고
심원(深源)의 숨은 두견(杜鵑) 월하(月下)의 슬피 운다
봉래(蓬萊)가 어듸메오 영주(瀛洲)가 녀긔로다

우선 서두를 보면 입암(立巖) 공간을 소개하고 있는데 입암(立巖)과 진세상(塵世上)을 구분하고 있다. 말하자면 〈입암별곡〉은 그 자체로 별(別)세계인 '입암'이라는 진(眞)세계를 진세상(塵世上) 사람들에게 보여주는 노래다. 이러한 입암(立巖)과 塵世上의 경계 구분 의식은 28명소 중 초은동(招隱洞)과 피세대(避世臺)의 명칭에서도 나타난다.

① 초은동(招隱洞) 추쟈 드니 숨는 사름 부르는 덧
…(중략)…
피세대(避世臺) 안쟈시니 世念이 전혀 업늬
…(중략)…
세이담(洗耳潭) 도라 드니 소부(巢父) 허유(許由) 긔 아닌가

〈입암별곡〉 부분.

② 隱有市中者(은유시중자)
何須深處覓(하수심처멱)
農人斷崖徑(농인단애경)
猶勝枝掃迹(유승지소적)

시중에 은자(隱者)가 있으니,
하필 깊은 곳에서 찾아야 할까.
농군들 벼랑 길을 끊어놓으니,
나뭇가지가 자취를 쓰는 것보다 낫구려.[106]

〈피세대(避世臺)〉

초은동과 피세대는 입암의 일부인 동시에 입암이 지향하는 의미의 구체적 표현이다. 초은동은 말 그대로 은자를 부르는 말이고 피세대는 세상의 사리사욕과 명리를 떠난다는 의미로 사실상 같은 의미(②)로 보아도 된다. 세이담(洗耳潭) 역시 소부, 허유의 고사로 볼 때 진세상과의 뚜렷한 경계를 의미하고 있다. 따라서 이러한 공간명 자체가 서정 주체의 성격을 반영하고 있다고 보아도 될 것이다.

일제당(日躋堂) 올나 안즈 이십팔경(二十八景) 도라보니
탁입암(卓立巖) 두렷ᄒᆞ야 청천(淸川)의 지주(砥柱)되고
기여암(起予巖) 삼겨나셔 계구대(戒懼臺) 도여시니
임위계구(臨危戒懼) ᄒᆞ신 말솜 닛때예 뫼왓ᄂᆞᆫ 덧

입암정사(立巖精舍)의 대청(大廳)인 일제당(日躋堂)에 앉아서 28경을 바라본다고 하고 주공간인 입암과 계구대를 먼저 소개한다. 사실 28경을 바라볼 수 있는 곳으로는 일제당보다는 계구대가 더 적합할 터인데 박인로는 일제당에 서정적 자아를 머무르게 하고 있다. 정사의 조영자(造營者)인 여헌의 입장에서 입암을 가능하게 한 시원적(始原的) 입지(立地)가 '계구대(戒懼臺)'였기 때문에 앞서 〈입암기〉에서 본 바와 같이 여헌에게는 가장 중요한 장소로 삼는 이유가 되었지만, 정사에 초대받은 손님으로서는 가장 좋은 관망의 위치는 바로 정자일 것이다. 또한 〈입암별곡〉 자체가 입암을 모르는 사람들을 대상으로 한 것이기 때문에 주공간을 손님이 머무를 수 있는 공간인 일제당으로 삼은 것이다.

106) 『여헌선생문집』 권1, 오언절구.

<u>구인봉(九仞峯)</u> 놉ᄒᆞᆫ 봉ᄋᆡ 공휴일궤(功虧一簣) 죠심ᄒᆞ쇼
<u>토월봉(吐月峰)</u> ᄃᆞᆯ 뜬 거동 봉두생출(峯頭生出) ᄒᆞᄂᆞᆫ 덧다
<u>소로잠(小魯岑)</u> 올나 안ᄌᆞ 천하(天下)을 젹단 말ᄉᆞᆷ
공부자(孔夫子)의 대관(大觀)이라 우리 어이 의논ᄒᆞᆯ니
<u>산지령(産芝嶺)</u> 올나가셔 紫芝歌(紫芝歌) ᄉᆡᆼ각ᄒᆞ고
<u>함휘령(含輝嶺)</u> ᄇᆡ래보니 옥온산함(玉蘊山含) 비치로다
<u>정운령(停雲嶺)</u> 놉흔 재예 가ᄂᆞᆫ 구ᄅᆞᆷ 머무는 덧
<u>격진령(隔塵嶺)</u> 둘려시니 세로(世路)을 긋쳐쎠라
<u>경운야(耕雲野)</u> 도라드니 은자(隱者)의 취미로다
<u>야연림(惹烟林)</u> 낙락송(落落松)에 모연(暮烟)이 ᄌᆞᆷ겨셔라
<u>초은동(招隱洞)</u> ᄎᆞ쟈 드니 숨ᄂᆞᆫ 사ᄅᆞᆷ 부ᄅᆞᄂᆞᆫ 덧
<u>심진동(尋眞洞)</u> 어드매오 송하(松下)의 동자(童子)로다
시문(柴門)에 무러 본들 백운(白雲)이 덥펏더라
<u>채약동(採藥洞)</u> 도라가니 백초(百草)을 심겨ᄂᆞᆫ 덧
<u>경심대(鏡心臺)</u>예 연비(鳶飛)ᄒᆞ고 <u>수어연(數魚淵)</u>에 어약(魚躍)이라
<u>피세대(避世臺)</u> 안쟈시니 세념(世念)이 전혀 업ᄂᆡ
<u>상암대(尙巖臺)</u> 건ᄂᆡ간이 부춘(富春)이 이곳진 덧
<u>욕학연(浴鶴淵)</u> 반결처(磐潔處)에 무학암(舞鶴巖)이 더욱 긔타
<u>화리대(畵裡臺)</u> 구어 보니 모든 景(景)을 긔렷ᄂᆞᆫ 덧
<u>합류대(合流臺)</u> 노힌 바희 일학(一壑)을 그렷더라
<u>조월탄(釣月灘)</u> ᄂᆞ려가셔 ᄇᆞᆯ근 달 말근 물에
은린(銀鱗)을 낙가 내니 ᄃᆞᆯ이 씌여 나오ᄂᆞᆫ 덧
<u>세이담(洗耳潭)</u> 도라 드니 소부(巢父) 허유(許由) 긔 아닌가
<u>향옥교(響玉橋)</u> 건네 오니 계성(溪聲)이 쟁종(琤琮)ᄒᆞ고
<u>답태교(踏苔橋)</u> ᄇᆞᆯ바 오니 석면(石面)에 태생(苔生)일쇠
<u>물막정(勿幕井)</u> ᄆᆞᆯ근 ᄉᆡᆷ이 정괘상륙(井卦上六) 깃쳐 잇고
<u>상두석(象斗石)</u> 노힌 돌이 칠성(七星)을 버렷더라

〈입암별곡〉에서의 28명소에 대한 소개는 〈입암기〉의 순차와 일치한

다. 아마도 여헌의 공간 배열을 그대로 받아들여 작품 속에 반영한 것으로 보인다. 각각의 공간명이 환기하는 의미는 〈입암기〉의 내용에 따라 다음과 같이 구분할 수 있다. 먼저 유교적 관념이 강하게 드러난 공간명으로는 '입암(立巖), 우란재(友蘭齋), 기여암(起予巖), 계구대(戒懼臺), 구인봉(九仞峯), 소로(小魯), 함휘령(含輝嶺), 정운령(停雲嶺), 물멱(勿羃)'으로 입암을 포함하여 모두 9개 명소이며, 자연미를 예찬한 공간명으로는 '토월(吐月), 惹煙(惹煙), 경심대(鏡心臺), 수어연(數魚淵), 욕학(浴鶴), 화리대(畵裏臺), 합류대(合流臺), 향옥(響玉), 답태(踏苔), 상두석(象斗石)'으로 10개 명소, 그리고 別의 의미를 구성하는 공간명으로는 '산지령(産芝嶺), 격진령(隔塵嶺), 경운(耕雲), 초은(招隱), 심진(尋眞), 채약(採藥), 피세대(避世臺), 상엄대(尙嚴臺), 조월(釣月), 세이담(洗耳潭)'까지 모두 10개 명소이다. 이 중 '별(別)의 의미'는 여러 가지 층위를 갖는다. 먼저 입암의 공간 전체가 진세계(塵世界)와는 구별되는 별세계(別世界)의 의미를 갖는다는 점은 위에서 논한 바와 같다. 이를 구체화 시킨 명소로는 초은(招隱), 피세대(避世臺), 세이담(洗耳潭)을 들 수 있었는데, '산지령(産芝嶺)'이나 '격진령(隔塵嶺)'도 별세계(別世界)의 의미를 구성한다.

> 산지령(産芝嶺) 올나가셔 자지가(紫芝歌) 싱각ᄒᆞ고
> …(중략)…
> 격진령(隔塵嶺) 둘려시니 세로(世路)을 긋쳐써라

산지령(産芝嶺)은 〈입암기〉으로 내용으로 보면, 지초(芝草)가 이곳에서 생산된다는 뜻이 아니고 옛날 상산(商山)의 사호(四皓)가 시서(詩書)를 불태우고 진(秦)의 학정(虐政)을 피하여 상산의 깊은 골짜기에 부쳐두고 홀로 멀리 당우(唐虞)의 태평성세를 그리워하였으니, 천 년이 지

난 뒤에 자지가(紫芝歌)를 외우고 읊어보면 또한 그 금회(襟懷)가 세속을 초탈하였음을 상상해 볼 수 있다고 하였다. 따라서 속세를 초탈한 공간명으로 사용한 것으로 알 수 있다.

이런 별의 공간이 지향하는 것은 '심진동(尋眞洞) 어드매오 송하(松下)의 동자(童子)로다'에서 볼 수 있듯이 진(眞)의 세계이다. 속세의 대칭점이라 할 수 있는 진경(眞景)의 구현이 바로 입암인 것이다. 또한 '경운(耕雲), 초은(招隱), 채약(採藥), 피세대(避世臺), 상엄대(尙嚴臺), 조월(釣月), 세이담(洗耳潭)'은 모두 현실 세계의 밖에 있는 관념적 공간명이라는 점에서 '외(外)'의 의미를 구성한다. 상엄대(尙嚴臺)과 釣月(灘)처럼 현실 정치의 바깥에 있었던 인물들(엄자릉(嚴子陵), 강태공(姜太公))의 모습을 연상키는 공간명은 그 자체로 탈속적 의미를 갖고 있다고 볼 수 있다.

이를 작품에 나타나는 순차에 따라 상술(上述)한 세 층위의 공간 양상을 분석하면 다음과 같다.

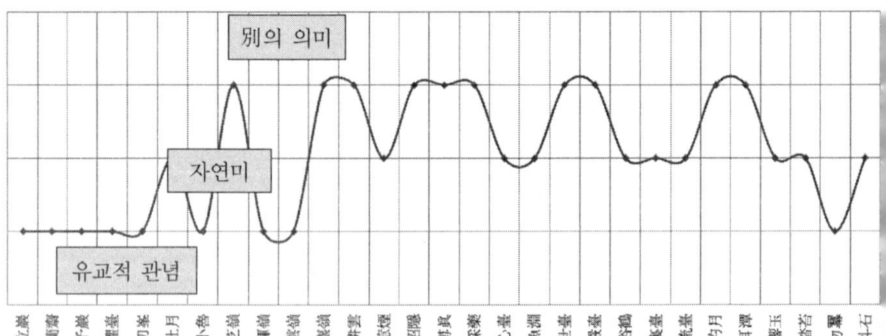

명소의 공간별 분포도

여헌이 〈입암기〉를 통해 입암과 계구대의 의미를 '도(道)의 수련을 통해 성정(性情)을 쾌적하게' 한다는 목적과 연관지었던 것을 볼 때, 유교적 관념의 공간이 많이 분포되는 것이 당연하다. 위 도표에서 유교적 관념에 드는 것이 10개소이며 입암을 포함한 총 29명소 중 주로 앞 부분에 집중되어 나타나는 것은 여헌의 입암(도(道)의 표상)에 대한 인식을 반영한 것이다. 자연미는 입암의 수려한 경관을 나타내는 명소에서 발견할 수 있는데 '별(別)의 의미'를 가지고 있는 명소와 교차되어 나타난다. 이는 〈입암기〉의 혹자와의 대화에서 볼 수 있듯이 입암정사가 산수유락을 위한 공간이 아니라 유자적 도를 실현하는 공간임을 역설하는 맥락과 맞닿아 있다. 아마도 자연미와 관련한 명소가 5개 이상 죽 연결된다면 자연의 아름다움만 추구하는 모습으로 보여 〈입암기〉의 혹자의 비판에서 벗어날 수 없었을 것이다. 그러나 여헌은 이러한 자연미를 그가 추구하는 불변(不變)의 도(道) 그리고 '외(外)·진(眞)' 등 '별(別)의 의미망'과 적절히 배합함으로써 그가 지향하는 인간화된 자연, 아름다움 속에 매몰되지 않고 도를 구현하는 공간을 창출한 것이다.

〈입암별곡〉에서의 공간화 양상은 조선 중기 이후의 성리학적 세계관과 관련이 깊다. 위에서 살핀 바처럼 유학자들의 천지관은 거시적으로는 天地·우주에 대한 관심과 미시적으로는 자신들의 은거지인 강호(자연공간)에 대한 긍정으로 나타났다. 그들이 생각하는 진(眞)·도(道)의 세계는 한마디로 성정지정(性情之正)이 발현되는 공간이며 그런 관념적 공간이 누정과 같은 구체적 공간을 매개로 하여 실현되었다. 한편으로 사대부의 자연공간은 정치적으로 중앙에서 떨어져 있는 변방(外)이면서도, 그곳이 사대부가 뜻을 얻지 못했을 때에 안주할 긍정적 공간으로 인식되었다.

또한 경기체가계 별곡에서 '-경(景)'에 의한 공간절편화 현상이 나타났던 것처럼 가사계 별곡에서도 대상 공간을 분할하여 선택적으로 형상화하는 공간절편화 현상이 나타난다. 〈입암별곡〉의 경우에는 28명소로 나타났고, 〈관동별곡〉의 경우에는 금강산을 내금강·외금강·해금강으로 분할하여 각 명소를 선택적으로 보여주고 있다.

별곡류 시가는 장르, 표현 방식, 주제, 음악, 관용구, 향유 계층 등 여러 부분에서 상이한 부류의 시가들이 하나의 작품군을 이루고 있다. 이 책에서는 제명 관습을 바탕으로 이 시가들이 하나의 작품군을 이루는 것으로 파악하였다. 별곡류 시가의 제명에는 공간명이 관습적으로 쓰였는데 이러한 제명 관습은 제명과 작품에 대한 이해가 선행한 것으로 보았다. 제명 관습이 작품의 문학적 형상화 방식과 관련하여 형성되었다고 볼 수 있다면, 별곡류 시가에서 '공간명'이 제명에 등장하는 것은 매우 큰 의미를 가질 수 있다.

앞 장에서 살핀 바처럼 별곡류 시가는 경기체가, 속요, 가사라는 장르적 상이성에도 불구하고 몇 가지 공통점을 가진다. 주공간을 중심으로 공간의 절편화 현상이 나타나는데 경기체가계 별곡의 경우에는 '-경(景)'을 단위 공간으로 하여 대체로 장 단위의 절편이 이루어지고, 속요계 별곡은 대상 공간 단위의 절편화 현상이 있었다. 가사계 별곡의 경우도 대상 공간을 분할하여 묘사하는 현상이 나타났다.

이러한 절편화 현상은 작가가 대상 공간을 선택적으로 분절한다는 점에서 주관적 성격을 지닌다. 경기체가의 경우 내용상으로 개인적 세계관보다는 집단적 세계관을 드러내고 있지만 그것을 드러내는 방식 자체는 주관화의 방식에서 벗어나지 못하고 있는 것이다. 이러한 주관화는 서정 문학의 본질적 속성에 속하는 바, 속요계 별곡이나 가사계 별곡 역시 주관화라는 관점에서 공통적 성격으로 볼 수 있겠다.

경기체가 〈한림별곡〉이 한림제유의 집단적 가치를 드러내기 위해 무인정권하에서의 굴종적 상황을 굴절·전도시켜 주관화시킨 것은 경기체가 역시 극단적 객관화를 본질로 하는 장르가 아니고 '-경(景)'을 독자들에게 직접 제시하는 객관화 방식을 채택한 주관적 시가 장르의 하나임을 의미한다. 또 '-어떠하니잇고'라는 투식어는 '객관화된 상황'에 대한 청자의 의견을 묻는 형식을 취하고 있는데 이 역시 객관화 장치이다. 다시 말해 객관화 장치를 통해 설득력을 획득하려는 교술적 목적을 가진 시가 장르가 바로 경기체가라는 것이며, 경기체가 역시 시의 본질인 주관화 양상의 범주 안에 있다는 것이다. 앞 장에서 고찰한 바와 같이 경기체가계 별곡은 구체적·가시적 공간화 양상을 보인다. 구체적·가시적 공간은 그 자체로 객관화를 목적으로 한 문학적 장치이다. 이런 의미에서 경기체가계 별곡은 '객관적 공간'을 지향하여 이를 공간 절편화를 거쳐 장 단위의 문학적 공간을 형상화했다고 하겠다.

속요계 별곡 〈서경별곡〉과 〈청산별곡〉은 모두 이질적 공간을 주공간으로 하고 있다. 서경과 대동강, 청산·바다와 에정지는 각각 화자가 머무르는 공간으로 주공간이라 할 수 있다. 그런데 이 공간은 만남과 이별, 이상과 현실이라는 이질적 공간 의미를 가지고 있다. 이렇게 각기 상반된 공간의 병렬은 공간 절편화로 설명할 수 있다. 공간이 분절되었다는 것은 경기체가처럼 '-景'이라는 형식적 지표에 의해 지시할 수도 있지만, 〈서경별곡〉이나 〈청산별곡〉에서와 같이 내용적으로 이질적인 문학 공간이 병렬됨으로써 공간 분절이 형상화될 수 있다. 그리고 이러한 공간 절편화 현상은 공간 의미의 괴리를 통해 주제를 부각시키는 효과를 갖고 있다. 또한 경기체가계 별곡이 객관적 공간을 보여주고자 하는 것에 반해, 속요계 별곡은 주관화된 공간을 형상화한다. 속요계 별곡에 형상화된 문학적 공간은 서정적 자아에 의해 주관화된 공간이다. 주관적 감정의 표출을 위해 이질적 공간이 병렬되고 있고, 그 공간들은 주관화된 공간이기에 공간 자체에 대한 관심보다는 서정적 자아의 내면 문제에 초점을 두고 작품을 감상하게 된다.

가사계 별곡은 〈관동별곡〉이 관동지방 전체를 시적 대상으로 삼고 있으면서도 이를 형상화하는 방식은 매우 주관적이며 선택적인 것처럼 대상 공간을 선택적으로 절편화 시켜 형상화 한다. 〈입암별곡〉의 경우에도 입암정사와 주변의 공간을 절편화시킨 후 이를 유기적으로 연결하여 형상화하고 있다.

속요계 별곡이 이질적 공간 양상을 보이는 것에 반해 경기체가계 별곡은 등질적이며 편집적 공간을 병렬시킨다. 〈한림별곡〉, 〈관동별곡〉, 〈죽계별곡〉, 〈상대별곡〉 등 경기체가계 별곡은 대상 공간과 관련하여 집단적 가치를 과시하려는 목적을 가지고 있는 바, 각 장 단위의 공간들은 모두 등질적이며 편집적인 성격을 갖는다. 각각의 공간들이 모여 하나의 대상 공간을 이룬다는 점에서 편집적인 공간이며 또한 같은 목적을 갖는다는 점에서 등질적이다.

가사계 별곡의 경우에는 대상 공간을 중심으로 여러 개의 주공간이 형상화되는데 이러한 공간들은 대상 공간을 유기적으로 보여주고 있다. 기행 가사의 경우에는 여정의 과정과 관련하여 순차적으로 주공간이 병렬되고 있고, 누정 가사의 경우에는 누정을 공간적 분할을 기준으로 형상화 한다. 이렇게 가사계 별곡은 유기적인 공간이 병렬되어 전체의 문학적 공간을 형상화한다.

또한 별곡류 시가의 공간 의식은 제명의 '별(別)'이 가지는 의미망인 '외(外), 진(眞), 실(實)'의 범주와 관련되어 있었다. 경기체가계 별곡은 연행 상황이 작품 속에 반영되었고(實), 사대부들의 진정한 모습을 형상화(眞)하려고 했다. 속요계 별곡의 경우에는 이질적 공간의 대비로 인간 감정의 괴리(外)를 형상화함으로써 민요적 진솔함(眞)을 가지고 있었고, 〈청산별곡〉과 〈서경별곡〉이 각각 역사적 현실을 창작 배경으로 삼고 있음으로 '실(實)'의 의미를 내함하고 있었다. 가사계 별곡은 우주공간에 대한 의식을 문학적으로 형상화하는 예로 〈관동별곡〉과 〈입암별곡〉을 살폈는데 유학자들이 관념하는 세계(眞)가 실제 대상물(자연, 정자; 實)을 통해 표상화되었고 이는 또한 문학적 공간양상으로 나타났다.

제5장

제명 관습과 공간의식을 중심으로 본 별곡의 의미

제명 관습은 문학적 관습(literary convention)의 하나이다. 문학적 관습은 당대 특유의 문학적 규범과 양식으로 장르·세계관적 특성·어휘 사용·기법·비평적 안목 등 다양한 층위에서 나타난다. 문학적 관습은 사회적 배경, 문화의 변천이 문학 내부의 여러 요소의 변화와 반드시 일치하지 않는다는 점을 전제하여 한 작품이 당대의 문학적 관습을 어떻게 조명하는가 고찰한다.[1] 문학적 관습의 예로 귀거래·귀자연·귀전원, 춘향전의 결연대목, 안빈낙도의 사상 등을 들 수 있으며, 최치원의 자연 및 사찰 지향적인 사상도 실천적인 측면보다는 일종의 문학적인 관습으로 이해된다.[2] 같은 유형의 제명 방식이 수백 년간 지속되는 현상도 문학적 관습으로 이해할 수 있을 것이다.

별곡류 시가의 제명 방식이 문학적 관습이라면 그것은 무엇을 의미

---

1) 이상섭, 『문학연구방법』(탐구당, 1980), p.53.

2) 위의 책, 같은 곳.

하는가. 별곡류 시가의 작가들이 주체적 인식의 결과로 제명 관습을 따른 것이라면 별곡류 시가의 '공간관계어+별곡'의 제명 방식은 어떤 목적을 가진 것이라 할 수 있다. 말하자면, 별곡류 시가의 제명에 보이는 '공간관계어'는 그냥 설정한 것이 아니라 어떤 목적을 겨냥해 터뜨려진 것이다. 요컨대 별곡류 시가의 작가들이 똑같은 제명 방식을 취하고 있는 것은 문학적 관습이라는 측면에서 선행 작품의 문학적 성취를 계승하며 그것의 문학적 기능과 효과를 기대한 것이다.

별곡류 시가의 제명은 '문학적 공간'을 환기한다. 하지만 그것은 다른 시가에서도 발견할 수 있는 문학적 장치이기도 하다. 그렇다면 별곡류 시가의 문학적 공간 양상은 어떤 점에서 다른 시가의 문학적 공간에 변별되는가. 별곡류 시가의 경우 문학적 공간에 대한 작가의 인식이 제명의 방식을 빌어 작품 밖으로 표출되었다는 점이 다른 시가의 문학적 공간 양상과 다른 점이다. 이는 작품 제목의 유무 또는 제명간 同異라는 정도 차원의 단순한 문제가 아니다. 작품 속에 만들어 놓은 문학적 공간을 제명으로 '표출'하였다는 점이 중요하다. 어떤 의미를 의식적으로 드러내 놓았는가 그렇지 않은가는 문학적 관습이라는 측면에서 매우 중요하다. 왜냐하면, 문학적 관습은 장르든 형식이든 또는 어떤 표현 방식이든간에 '드러남의 방식'으로 전승되기 때문이다. 그 의식적인 드러냄이 표출이다. 문장에서의 띄어쓰기도 문학적 관습의 측면에서 이해할 수 있다. 조선조의 한문 문장에서는 문장에 구두점이나 띄어쓰기를 사용하지 않았다. 하지만 같은 시대의 가사나 시조 작품들의 기록 상황을 보면 모든 작품이 한문 문장과 같이 문장 구분이 없는 이어쓰기 방법을 쓴 것은 아니었다. 그 중에는 읽기에 편하도록 문장이나 구 단위로 구분을 해서 기록한 작품들도 많이 발견된다. 이런 점을 보면 조선조 이전에 현대와 같은 문장 구분 개념이 없었다고 볼 수는 없다. 그 개념이나 의식은 있었지만 그것을 표출하지 않은 것은 당시의 한문학적 관습을 따른 것이라 하겠다. 주목할 점은 조선조의 문인들의 의식 속에 있던 문장의 구분 개념이 밖으로 표출되어 가사나 시조 등의 실제 글쓰기에 반영되었다는 점이다.

별곡류 시가에서의 공간 의식 역시 모든 문학 텍스트에서 찾아볼 수 있는 것이지만 그것이 표출되었다는 점이 중요한 사건이다. '문학적 관습'이란 옛 규범의 답습을 의미하지 않는다. 그것은 오히려 변동, 변화하며 이전 작품과 새 작품을 연계하는 문학적 장치의 성격을 띠고 있다. 이런 의미에서 별곡류 시가는 공간 개념을 문학양식으로 표출한 사례이다. 이 책에서 주목하는 논점은 별곡류 시가에서 보이는 문학적 공간 또는 그 의식이 그전 문예양식에 있었는가의 여부가 아니라, 그것이 어떻게 표출, 현출되었는가이다. 의식의 표출은 의도적 행위이기 때문에 무의식적, 잠재적 동기로 그 의미를 제한하는 것은 바람직하지 않다.

별곡류 시가들이 모두 '공간관계어'를 제명에 내보이고 있는 것은 문학적 공간의식을 표출하려는 의식적 행위이다. 작가들은 문학적 공간에 대한 인식을 시 문학 텍스트에 형상화하였고, 그것을 제명에 반영하는 관습을 만들어 냄으로써 하나의 작품군을 이루게 된 것이다.

한편으로 의식적 행위로서의 제명 관습은 분명한 목적의식과 결부될 수 있다. 문학적 공간을 이루는 것은 주관적 인식을 객관적으로 표출하려는 것이다. 시에 있어서 이미지는 공간화 양상과 밀접한 관련을 가진다. 주관적 장르로서 시가 가지는 특성 중의 하나는 화자 중심의 언어로 주관화된 세계상을 드러낸다는 것이다. 그런데 그 주관화된 세계를 보다 객관적으로 전달하는 표현방법이 이미지 기법이다. 이미지는 시인이 인식하는 세계를 좀더 객관적으로 표현함으로써 자신의 시 세계를 말하지 않고 보여준다. 만약 시인이 시 문학 텍스트에서 일방적인 말하기 차원이나 말로 주관화된 세계를 기술하는 데에 머문다면 이는 독자를 작가의 인식 세계로 적극적으로 끌어들이고자 하는 의도를 반영한 것이다. 그런데 보여주기 기법은 작가가 인식한 세계상에 대한 말(시 문학 텍스트)을 독자가 이해할 것을 요구하지 않고, 작가가 보는 세계상 그 자체를 독자에게 그대로 보여줌으로써 보다 객관적으로 시세계에 접근하도록 한다. 그대로 보여주는 기법으로서의 이미지는 문학적 공간을 구성하며 시적 화자의 공간을 환기하는 역할을 한다. 이러한 공간화 양상은 객관화이고, 그 객관화는 독자에 대한 의식이 전제된다는 점에서 별곡류 시가의 제명 관습과 공간화 양상은 작가들에 의해 의식적으로 형성된 문학적 관습이라 판단된다. 이렇게 볼 때 별곡류 시가에 보이는 공간화 양상은 대사회적 의사소통을 전제로 한 것으로 의식적 행위이다.

별곡류 시가의 제명이 의식적인 것이었다는 전제 하에서 문학적 공간을 중심으로 작품의 의미를 따지려 한다면, 먼저 문학적 공간이 작품 의미를 구성하는 데 부수적인 것인가, 본질적인 것인가에 대해 생각할 필요가 있다. 앞서 살핀 철학에서의 공간 논의에는 주관적 인식이냐, 객관적 실체냐의 대립적인 두 견해가 있었다. 하지만 문학의 경우에는 그처럼 양극단으로 공간을 파악할 수 없다. 문학 공간 자체가 객관적 순수공간이 아니라 이미 작가에 의해 조작된 공간이라는 점을 생각한다면 주관적 인식의 차원에서 문학적 공간을 바라보아야 하기 때문이다. 바로 주체의 주관적 인식이 표출된 것이 문학적 공간이기 때문에 문학 공간은 문학의 본질적 의미와 무관할 수 없다.

시문학에서 문학적 공간이 본질적 의미를 구성한다면, 공간의 설정과 주제는 그 본질적 의미와 매우 긴밀한 관계에 있는 것으로 생각할 수 있다. 작가가 어떤 공간을 설정하느냐는 작품의 지향점과 주제가 무엇이냐에 영향을 받는다. 또한 설정 공간에 따라 주제 역시 결정된다. 유학자들이 개인의 성정을 수련하기 위해 읊는 시에는 으레 '자연·강호'라는 공간이 설정된다. 공간 설정 자체가 그 속에서 표현할 내용까지 전제하고 있는 셈이다. 이런 현상은 현대시의 경우에서도 마찬가지다.

> "「罷場」과 「山 1 番地」 모두가 괴롭고 힘든 삶일 터인데 정서의 깊이와 방향이 이처럼 다른 것은 무엇 때문인가. …(중략)… 그것은 시적 공간의 차이다. 「罷場」의 공간은 추억의 공간, 고향과 동의어라고 할 수 있는 농촌이다. 그곳은 포근한 할머니의 무릎에서 옛날이야기를 듣던 곳이고, 유년의 기억들이 사실 이상으로 미화되거나 증폭되기 쉬운 곳이며 날카로운 기계음보다는 풀벌레소리와 잔잔한 바람소리가 살아있는 곳이다. 반면에 「山 1 番地」의 그것은 국가주도형 산업화의 과정에서 생겨난, 도시 변두리의 현실공간이다. 공통체적 인정보다는 이해타산이 앞서고 서서히 물신사상에 감염되고 있는 영악한 현대인의 삶이 투영된 공간이기도 하다. 이처럼 전혀 다른 공간 설정은 동일한 상황에서 전혀 다른 정서의 토대를 제공한다. 한 쪽이 궁핍하지만 서로가 서로에게 개방되어 돕고 의지하는 따뜻한 곳이라면, 그 건너편은 처절한 생존경쟁, 거기서 패배하여 쓰러진 자들의 절망으로 채워진, 그래서 심미적 정서라기보다는 분노와 원한서린 공간으로 인식되는 곳이다."[3] (강조점 : 필자)

3) 이종대, 「신경림시의 서사성 연구」(『東岳語文論集』 第三十輯, 1995), pp.316~317.

이렇게 어떤 공간을 설정하느냐는 작품의 주제 구현에 있어 매우 중요한 부분이다. 더군다나 그것이 제명으로 드러날 때에는 작가가 주제 구현 방식을 독자들에게 제시한 것으로 이해하고 작품 해석에 반드시 반영하여야 한다. 이런 논의는 작가가 선택하는 제명의 방식, 장르, 형식 등 여러 측면에도 똑같이 적용할 수 있다.

동일한 작가가 동일한 대상을 표현할 때 그 표현 방식을 어떤 것으로 선택하느냐는 매우 큰 차이를 만들어낼 수 있다. 같은 대상이라도 가사로 표현할 때와 한시로 표현할 때 그 정서와 주제가 다르게 나타난다. 예를 들어 안축(安軸)의 경기체가 〈관동별곡(關東別曲)〉과 한시 〈관동와주(關東瓦注)〉는 정서와 주제에 있어 서로 다른 양상을 보인다. 조동일은 이를 시(詩)와 가(歌)의 차이라고 보기도 했다.

> 〈관동와주〉에서는 생업이 침해된 백성이 어떤 참상을 겪고 있는가 찾아내서 안타까와하며, 왕의 덕화가 사실은 명분상에 그친다는 점을 문제로 삼고, 경치를 즐기려고 찾아오는 고관대작 때문에 백성의 고통이 얼마나 가중되는가를 실감있게 표현했다. 그런데 이 노래(관동별곡)에서는 그런 문제의식을 드러내서 처연한 느낌을 갖기보다는 곳곳의 경치를 서술하고, 자신의 거동을 자랑하는 데 치중했으니, 그런 차이점에서 경기체가의 특징을 다시 확인할 수 있다.[4)]

시와 가의 차이라고 보는 데에 멈추지 않고 이를 별곡과 그렇지 않은 시가의 차이로 보아도 표현방식의 차이가 주제나 정서를 다르게 보여준다는 점을 설명하는 데에는 무리가 없어 보인다. 안축 당시에

---

4) 조동일, 『한국문학통사』 2(지식산업사, 1989), p.187.

이미 '○○별곡'은 공간과 밀접한 관계를 지닌 것으로 이해되었기 때문에 〈관동와주〉와 〈관동별곡〉의 내용상의 차이는 단순히 한시와 국문노래의 차이가 아니라, 한시와 '○○별곡'에 대한 장르적 인식의 차이로 보아야 한다. 〈관동별곡〉과 함께 안축의 또 다른 작품 〈죽계별곡〉 역시 공간의식이 반영되어 있는 작품이다. 물론 이들 작품은 경기체가의 지표, 즉 '–景'이라는 장르적 형식이 공간의식을 유발한다고 할 수 있지만, 안축이 자신의 공간 의식을 굳이 '○○별곡'으로 공간명을 제명으로 표출한 것은 제명 자체가 가지는 표출 효과를 이용한 것이라고 하겠다. 〈관동와주〉와 〈관동별곡〉의 차이를 통해, 장르에 대한 이해나 시의 형식적 틀은 문학적 관습과 맞물려 있는 것이어서 이전의 문학적 형식으로 담을 수 없는 새로운 것을 표현할 때에는 새로운 형식의 문학적 틀이 필요하다는 점을 알 수 있다. 공간의 형성은 그 바탕에 어떤 욕망이 존재하고 있다. 그것이 누정 공간이든 문학적 공간이든 새로운 공간의 형성에는 새로운 동기가 있는 것이다. 〈한림별곡〉의 문학적 공간도 그 창작과 향유의 이면에는 욕망이 잠재되어 있다. 그것이 일반 선비들의 중앙 관리를 향한 욕망이거나 득의한 사대부의 자기 과시적 욕망이거나간에 새로운 욕망이 새로운 문학 형식을 창출한다고 보아야 하며, 공간의 선택과 설정은 그 자체가 욕망을 반영한 것이다.

하지만 문학 공간 자체가 작품 의미와 미적 구조를 규정한다고 볼 수는 없다. 똑같은 문학 공간이라 하더라도 각 작품 속의 독자적 구조에 의해 그 의미와 미적 판단이 달라지기 때문이다. 따라서 문학 공간은 그 안에 놓이는 구조물과 다양한 거리로 관계를 맺으며 미적 가치를 실현한다고 볼 수 있다.

별곡류 시가의 문학적 공간은 그냥 배경으로만 존재하는 부수적인 것이 아니라, 작품 의미의 핵심에 놓이는 자리로서 본질적인 것이다. 별곡류 시가의 문학적 공간은 현상학적으로 이해할 필요가 있다.[5] 별곡류 시가가 문학적 공간을 전제하고 있다는 것이 이 시가들의 특징을 구성하고 있으며, 또한 그 전제 하에서 미적 탐구가 이루어져야 한다는 점을 간과해서는 안 된다. '공간관계어+별곡'의 형식은 단순한 제명이 아니라 작품의 의미와 형식이 관계를 맺는 방식을 의미한다. 공간이라는 유의미한 전제를 설정함으로써 작품의 주제를 범주화하고, 이런 주제적 전제를 바탕으로 시적 형식이 전개된다. 즉 유다른 장르의 시가들이 '공간관계어+별곡 → 공간의 범주화'라는 장치에 의해 새로운 형식미를 창출하며 초장르적 범주화를 시도하는 것이다.[6]

제명은 단지 제목으로서의 의미를 넘어 작품의 본질을 표상한다. 무엇보다 작자(발신자)의 의도를 충분히 반영하여 독자(수신자)에게 구체적 작품의 형상을 제시하는 기능을 맡고 있기 때문에, 제명은 전달자와 수신자의 관계가 반영되어 있다고 볼 수 있다. 그래서 제명은 작

---

5) 현상학적 공간론은 공간을 생명과 주체성/의미, 사회-역사성이 깃들어 있는 그대로 파악하려는 시도이다. 감정의 문제는 내면의 문제로, 공간의 문제를 외면의 문제로 양분해서 다루기보다 공간과 감정, 그리고 의미를 함께 생각할 필요가 있다. 이것은 곧 감정에 대한 생리학적 설명과 공간에 대한 수학적-물리학적 설명을 동시에 벗어나는 것, 감정과 공간을 따로 과학적으로 탐구하기보다는 그들이 현실 속에서 관계 맺는 그대로를 기술하는 것이다. 이는 현상학적 방법이다.(이정우, 『담론의 공간』, 산해, 1994) 참조.

6) 초장르적 범주화의 양상은 공간의 범주화라는 장치를 통해 나타나기 때문에 별곡류 시가의 향유층과 작가들의 공간 의식과 관련 있다. 이 글에서는 이를 '사대부의 유학적 인식공간(유교적 천지관, 여말선초의 세계 인식, 은둔적 세계관)', '조형 예술에서의 형상공간(누정공간, 기행공간)', '지리 공간의 확대', '교유 공간', '심리적 치유 공간'으로 나누어 고찰한다.

품의 주제를 전달하며 이는 수신자에 의해 전승된다. 또한 제명은 유형적 이해[7], 장르적 이해를 돕는 관습적 기제다. 그렇기에 제명은 작가의 주관적 세계상을 객관화 시켜 수신자인 독자를 향해 던지는 함축적 언명이라 할 수 있다. 이런 관점에서 별곡류 시가의 제명 관습과 그 공간화 방식은 긴밀한 관계에 있다고 판단된다.

별곡류 시가의 제명의 공간관계어는 작품 내재적 공간과 관련된다. 앞 장에서 살핀 바와 같이 별곡류 시가의 공간의식은 '절편화된 공간의식', '병렬대립된 공간의식', '형상화된 공간의식'으로 나타났고, 이런 의식들은 '별(別)'의 의미망을 구성하는 '외(外)', '진(眞)', '실(實)' 등의 개념으로 공통된 특질을 보이고 있다. 이는 제명의 '별(別)'의 의미망이 작품 내재적 공간의 양상을 제한한 것이라고 할 수 있다.

별(別)의 의미망은 '신(新)·변(變)'과 '외(外)·진(眞)·실(實)'으로 나눌 수 있다. 5개의 의미망이 모두 작품 내재적 공간의 범주화에 영향을 준 것이지만, 특히 '신(新)'과 '변(變)'은 장르의 변이 발전을 설명할 수 있는 개념이라 할 수 있다.

고려와 선초의 경기체가계 별곡이 臣의 자족적 음악으로 정격 궁중악(왕을 위한 음악)의 개념으로부터 도피하여 장르적 변이(變移)를 창출하여 新장르인 경기체가의 발전을 이끌었다면(變·新), 조선 중기의 가사계 별곡은 궁중 공간의 노래가 아닌 개인 공간에서 자작자창(自作自唱)하는 양상을 보인다. 이는 전대의 별곡류 시가가 사대부의 집단 향유 양상을 보이는 것에서 탈피하여 개인 향유로 새로운 시가 문화를 창출해 낸 것이다.(變·新) 조선 후기로 가면서 가사계 별곡은 또 한 번의

7) 尹榮玉, 「古詩歌의 題名」(『嶺南語文學』 16輯, 영남어문학회, 1989), pp.1~14 참고.

변화를 겪게 되었다. 이전 단계까지 전승되어 오던 '공간관계어+별곡'의 제명 관습에서 일탈하여 '비공간관계어'가 제명에 등장하기 시작하고 '별곡(別曲)'의 의미가 '이별곡'으로 받아들여지면서 새로운 내용의 작품들이 만들어졌다.(變·新) 이렇게 '별(別)'의 의미는 '변(變)·신(新)'의 의미망을 축으로 일탈과 새로움의 과정을 통해 별곡류 시가를 변화 발전시켜왔다.

한편으로 '별(別)'에 내재된 '외(外)·진(眞)·실(實)'이라는 의미 범주는 별곡류 시가의 문학적 공간 양상을 제약하는 기능을 한다. 별곡류 시가는 '변(變)'을 그 본원적 속성으로 가지고 있는데 이는 장르 변화와 작품 공간 모두의 특징을 대변하는 것이기도 하다. 작품 공간에서의 '변(變)'의 구체적 모습이 바로 '외(外)·진(眞)·실(實)'의 의미 범주인데 이는 장르를 뛰어넘어 공통적으로 발견되는, 별곡류 시가의 본원적 속성으로 파악할 수 있다.

이 책에서 살핀 별곡류 시가의 제명의 의미와 공간 의식의 관계를 정리하면 다음과 같다.

	하위 작품군	장르별 공간화 방식	別의 의미	장르변이
경기체가	〈한림별곡〉류 〈상대별곡〉류	-景에 의한 절편화	객관적 공간· 연행상황(眞/實) 臣의 음악(外)	신궁중악의 탄생(新/變)
속요	〈청산별곡〉류	공간 병렬에 의한 이질화	진솔(眞) 현실공간(實) 감정의 파탄(外)	정아한 악에 대한 대칭어(新/變)
가사	〈관동별곡〉류	대상 공간 분절에 의한 유기적 공간의 병렬	性情之正(眞) 천지관(實) 은둔(外)	성리학적 공간 창출(新) 개인공간(變)
	〈상사별곡〉류	탈공간화	진솔(眞) 민중의 실상(實) 소외·이별(外)	제명 관습일탈(新/變)

요컨대 제명 관습은 작가의 의식적 행위로서 제명은 작품의 본질적 의미를 표상한다. 별곡류 시가 제명의 공간관계어는 작품 내의 공간의식과 관련 있는데, 제명의 '별(別)'이 작품 내적 공간의 특성을 규정짓고 그 의미를 일정하게 범주화하는 것으로 볼 수 있었다. '별(別)'의 의미는 크게 '신(新)·변(變)'과 '외(外)·진(眞)·실(實)'로 대별되었다. 이 중 '신(新)·변(變)'은 장르 변이적 요소로서 시기별 장르의 변이와 신장르의 파생과 의미적으로 관련이 있었다. '외(外)·진(眞)·실(實)'은 작품 내 공간 의식의 층위로서 문학적 공간 양상의 구체적 범주로 파악했다. 총괄하면, 별곡류 시가의 제명 관습은 문학적 공간양상을 범주화시키며, 별곡류 시가에 일정한 공간화 원리가 전승되도록 하는 문학적 장치였고 이는 또한 장르의 변이, 발전 속에서 일정한 의미를 갖게 하는 장치이기도 했다.

ঌ 제6장 ଓ

결론

지금까지 우리 시가사에서 논란이 되었던 '○○별곡(別曲)'의 명칭과 그 함의에 대해 고찰하였다. '별곡'이라는 제명이 경기체가, 고려속요, 가사 등에 걸쳐 나타나기 때문에 현재까지의 연구자들은 그 제명 방식을 매우 자의적인 것으로 판단하였다. 하지만 별곡류 시가들을 시기별로 구분하여 고찰해 본 바, 〈한림별곡〉단계에서 〈관동별곡〉단계 즉, 조선 중기까지는 '공간관계어+별곡'의 방식으로 제명되었으며, 〈상사별곡〉단계에 와서 제명 관습의 일탈이 일어나는 것으로 나타났다. 더 나아가 '별곡'이라는 명칭 자체도 가변적 의미와 본원적 의미의 두 층위를 가지고 있었는데, '別曲'이라는 명칭이 여러 분야에서 관습적으로 사용됨으로써 민요로서의 '별곡', 장르적 개념으로서의 '별곡', 악곡 또는 기법으로서의 '별곡', 사대부가 창작하고 민간에서 유행했던 노래로서의 '별곡', '변(變)' 개념의 '별곡' 등 여러 가지의 가변적 의미를 파악할 수 있었다. '별곡' 명칭의 본원적인 의미는 바로 '별(別)'이라는 축어적 의미에서 파생하는 바, 어떤 기준으로부터 떨어져 있는 것이며, 무엇에 대한 대립항으로서 규범이나 규칙을 벗어나려는 어떤 속성이라고 파악하였다. 별곡류 시가는 '공간관계어+별곡'이라는 제명 방식을 지속적으로 전승하면서, 동시에 '별(別)'의 의미를 범주화시키며 '공간관계어'로 표상되는 문학적 공간을 일정한 방식으로 유형화시키고 있다. '별(別)'의 의미 범주는 '변(變)-신(新)-외(外)-진(眞)-실(實)'으로 파악되는데, '변(變)-신(新)'은 장르의 변이와 관련되고, '외(外)-진(眞)-실(實)'은 공간화 양상과 관련되었다.

또한 별곡류 시가를 몇 개의 단계로 나누어 그 관습적 의미가 어떻게 축적되고 있는지 살펴본 결과, 별곡류 시가는 '별곡'의 본원적 의미 즉 '일탈적 속성'으로 인해 일정한 관습(正)이 형성되면 이를 벗어나(別-變) 새로운 공간의식(新)을 담아낼 신장르로 이행하는 현상을 파악할 수 있었다. 말하자면 별곡류 시가는 오랜 동안 '○○별곡'에 대한 향유자들의 의식이 축적되어 관습화되면서, 일정한 의미의 틀을 만들어낸 것이다. 이 책에서 주안점으로 삼은 '관습화 현상'은 시가의 제명 방식이 만들어진 배경을 설명하는 것이기도 하고, 동시에 문학 작품에 남아있는 여러 가지 장치들(제명, 후렴구, 공간절편화 등)이 궁극적으로는 관습화의 결과물이라는 관점을 제시하는 것이기도 하다. 그러한 관습화는 자의적, 무의식적인 것이 아니라, 결코 자의적일 수 없는 문학사적 영향이며 의식적인 성격으로 파악된다. 따라서 별곡류 시가의 제명 관습은 의식적인 영향으로 형성된 것이며, 이 시가군에 보이는 공간화 양상 역시 제명에 드러난 '공간관계어'와 '別'의 의미와 깊은 관련을 가질 수밖에 없었다.

별곡류 시가의 공간화 양상은 〈소상팔경도〉의 영향으로 공간절편화 의식이 형성된 것과 관련이 깊다. 특히 경기체가계 별곡은 '-경(景)'에 의해 공간을 절편화함으로써 공간을 객관적으로 제시하려고 했다.

속요계 별곡도 이질적인 공간을 병렬시킴으로써 절편화된 단위 공간들을 대비적으로 제시한다. 가사계 별곡은 하나의 대상 공간을 나누어 파악한다는 점에서 공간절편화가 계승된 것이라 할 수 있다. 〈관동별곡〉이 대상 공간인 금강산을 나누어 소개하고 있고, 〈입암별곡〉 역시 28경으로 나누어 대상 공간을 형상화했다. 다만 경기체가와 달리 절편화된 공간들이 유기적인 관계로 엮여 있는 점이 가사계 별곡에 나타난 공간화 양상의 특질이다. 이렇게 별곡류 시가는 장르를 넘나들면서도 '공간화 양상'이라는 문학 현상을 계승하고 있는데 이는 바로 제명 관습에 의해 이 유형의 텍스트 내적 표현 방식이 규정되었기 때문이었다.

참고문헌

1. 資料

· 『四庫全書』

· 『史記』

· 『書經』

· 『詩經』

· 『高麗史節要』

· 『高麗史』

· 『國朝寶鑑』

· 『東國輿地勝覽』

· 『東國李相國集』

· 『東文選』

· 『續東文選』

· 『三國史記』

· 『三國遺事』

· 『晉書』

· 『通鑑』

· 『淮南子』

· 『五洲衍文長箋散稿』

· 『增補文獻備考』

· 『芝峯類說』

· 『谿谷先生集』

· 『交翠堂集』

· 『企齋集』

·『蘆溪先生文集』

·『農巖集』

·『陶谷集』

·『東岳集』

·『栗谷先生全書』

·『武陵雜稿』

·『文谷集』

·『柏谷集』

·『象村稿』

·『西坡集』

·『西浦漫筆』

·『星湖僿說』

·『松巖集』

·『松泉筆譚』

·『旬五志』

·『陽村先生文集』

·『陽村集』,

·『於于集』

·『旅軒集』

·『柳下集』

·『益齋亂藁』

·『帝王韻紀』

·『秋江集』

·『退溪先生文集』

·『鶴洲全集』

·『槿域書畵徵』

·『玄琴東文類記』

· 증보판 CD-ROM 국역 조선왕조실록, 서울시스템 한국학데이타베이스연구소.

2. 單行本

· 가스통 바슐라르 저, 곽광수 옮김, 『공간의 시학』, 동문선, 문예신서 183, 2003.
· 강명관, 『조선시대 문학 예술의 생성 공간』, 소명출판, 1999.
· ______, 『조선후기 여항문학 연구』, 창작과 비평사, 1997.
· 권석환, 『한중팔경구곡과 산수문화』, 상명대학교 한중문화정보연구소, 이회, 2004.
· 金起東, 『國文學槪論』, 精硏社, 1969.
· 金文基, 「고전시가론」, 새문사, 1984.
· 金思燁, 『李朝時代 歌謠의 硏究』, 學園社, 1962.
· 金宅圭, 『高麗時代의 言語와 文學』, 螢雪出版社, 1975.
· 김대행 편, 『고려시가의 정서』, 개문사, 1985.
· 김성룡, 『여말선초의 문학사상』, 한길사, 1995.
· 김열규 편, 『古典文學을 찾아서』, 문학과 지성사, 1987.
· 김종진, 『불교가사의 연행과 전승』, 이회, 2002.
· 김학성, 「한국고전시가의 연구」, 원광대출판국, 1980.
· 김학성·권두환, 『고전시가론』, 새문사, 1984.
· 김학주, 『중국문학개론』, 新雅社, 1977.
· 김흥규, 『한국시가문학연구』, 신구문화사, 1981.
· 로만 인가르덴 저, 이동승 역, 『文學藝術作品』, 이데아총서 20, 民音社, 1985.
· 박노준, 「靑山別曲의 재조명」, 국어국문학회 편, 『고려가요·악장 연구』, 태학사, 1997.
· 박명희, 『18세기 문학비평론』, 경인문화사, 2002.
· 朴晟義, 「高麗歌謠硏究」, 『民族文化硏究』 제4호, 高大民族文化硏究所.
· ______, 『韓國歌謠文學論과 史』, 선명문화사, 1974.
· 박은순, 『金剛山圖 연구』, 韓國文化藝術大系⑥, 일지사, 1997.
· 변학수, 『문학치료』, 학지사, 2005.
· 서수생, 「청산별곡 소고」, 『국문학논고』, 문이당, 1965.
· 宋芳松, 『韓國音樂通史』, 一潮閣, 1995.
· 신동욱, 「청산별곡의 평민적 삶의식」, 『고려가요 연구』, 김열규·신동욱 편, 새문사, 1982.
· 신영명·우응순 외, 『조선중기 시가와 자연』, 태학사, 2002.

· 안장리, 『한국의 팔경문학』, 집문당, 2002.
· 安輝濬, 『韓國繪畵의 傳統』, 文藝出版社, 1988.
· 梁柱東, 『麗謠箋注』, 乙酉文化社, 1955.
· 여기현, 『고전시가의 표상성』, 월인, 1995.
· 염은열, 『국문학과 문화』, 한국고전문학회, 월인, 2001.
· 劉若愚 著 李章佑 譯, 『中國詩學(The Art of Chinese Poetry)』 中國學叢書, 同和出版公社, 1984.
· 유홍준, 『조선 후기 화론 연구』, 학고재, 1998.
· 윤주필, 『한국의 방외인문학』, 집문당, 1999.
· 이강로·장덕순·이경선 공저, 『문학의 산실 누정을 찾아서 Ⅰ』, 시인신서23, 시인사, 1987.
· 이민홍, 『사림파문학의 연구』, 형설출판사, 1985.
· 李敏弘, 『朝鮮中期 詩歌의 理念과 美意識』, 成均館大學校 出版部, 1993.
· 李秉岐, 白鐵 共著, 『國文學全史』, 新丘文化社, 1957.
· ______, 『國文學槪論』, 一志社, 1965.
· 이상섭, 『문학연구방법』, 탐구당, 1973,
· 이승남, 『고전시가의 작품세계와 형상화』, 역락, 2003.
· ______, 『사대부가사의 갈등표출 연구』, 역락, 2003.
· 이정우, 『담론의 공간』, 산해, 1994.
· 李 燦, 『海東地圖』, 서울대학교 규장각, 1995.
· 임기중 외, 『경기체가 연구』, 태학사, 1997.
· ______ 편, 『歷代歌辭文學全集』 1~50, 亞細亞文化社, 1992.
· ______, 『불교가사연구』, 동국대학교출판부, 2001.
· ______, 『연행가사 연구』, 아세아문화사, 2003.
· 황패강, 『한국문학연구입문』, 지식산업사, 1982.
· 張師勛, 『國樂論考』, 서울大學校出版部, 1993.
· 정기철, 『한국 기행가사의 새로운 조명』, 역락, 2001.
· 鄭炳昱, 『國文學散藁』, 新丘文化社, 1960.
· ______, 『한국고전시가론』, 新丘文化社, 1993.
· 조기영, 『한국시가의 정신세계』, 북스힐, 2004.

· 조동일, 『한국문학통사』 2, 지식산업사, 1989.
· 趙潤濟, 『韓國詩歌史綱』, 乙酉文化社, 改正版, 1954.
· 차용주, 『韓國 委巷文學作家 硏究』, 경인문화사, 2003.
· 최규수, 『송강 정철 시가의 수용사적 탐색』, 월인, 2002.
· 崔炳植, 『동양회화미학』, 東文選, 1994.
· 최유찬, 『문학 텍스트 읽기』, 소명출판, 2004.
· 최재남, 『서정시가의 인식과 미학』, 보고사, 2003.
· 한국어문학회, 『고려시대의 언어와 문학』, 형설출판사, 1975.
· 허경진, 『충남지역 누정문학연구』, 태학사, 2000.
· 홍문표, 『문학비평론』, 양문각, 1993.

3. 學位論文

· 琴知雅, 「王士禎·申緯 詩歌創作論 比較硏究」, 延世大 博士論文, 1998.
· 김영란, 「八景의 類型과 空間構成에 관한 硏究 -新增東國輿地勝覽의 23處 230景을 중심으로-」, 동아대 석사논문, 1991.
· 金榮洙, 「朝鮮初期 詩歌論 硏究」, 연세대학교 대학원 박사논문, 1989.
· 김종찬, 「국립국악원 전승 '군악'과 지영희가 계승한 "취타풍류 한바탕"의 '별곡타령' 비교고찰」, 중앙대학교 교육대학원 석사논문, 2002.
· 문덕수, 「한국모더니즘시 연구」, 고대 박사논문, 1981.
· 박경립, 「全一的 世界觀으로 본 한국전통건축의 공간적 특성에 관한 연구」, 한양대 박사논문, 1991.
· 성호경, 「경기체가 구조연구」, 서울대 석사논문, 1980.
· 손공자, 「蘆溪詩歌의 特質에 관한 硏究」, 이대 석사논문, 1985.
· 안장리, 「한국팔경시 연구」, 한국정신문화연구원 박사논문, 1996.
· 유수열, 「사설시조의 텍스트 구성 원리 연구」, 서울대 국어교육과 석사논문, 1996.
· 尹德鎭, 「江湖歌辭 硏究」, 延世大學校 博士論文, 1989.
· 李啓洋, 「高麗俗謠에 나타난 時間現象 硏究」, 조선대학교 박사논문, 1991.
· 정요일, 「韓國 古典文學 理論으로서의 道德論 硏究」, 서울대 박사논문, 1984.
· 鄭漢琪, 「기행가사의 진술방식 연구」, 서울대 박사논문, 2000.

4. 一般論文

· 姜榮祚·金永蘭, 「韓國八景의 形成과 立地特性에 關한 研究」, 韓國庭苑學會紙 通卷 第10號, 1991.
· 강전섭, 「傳율곡선생작 가사에 대한 관견」, 『한국언어문학』 21, 한국언어문학회, 1982.
· 고연희, 「瀟湘八景, 고려와 조선의 詩·畵에 나타나는 受容史」, 『東方學』 제9집, 한서대학교 동양고전연구소, 2003.
· 권상준, 「청주경관과 청주8경」, 『産業科學研究』 Vol.21 No.2, 청주대학교 산업과학연구소, 2004.
· 金禹昌, 「慣習詩論 -그 構造와 背景」, 서울대학교논문집 『人文社會科學』 제10권, 서울대학교, 1964.
· 金台俊, 「別曲의 研究」, 「東亞日報」, 1932年 11月 15日字 以後 13回分 連載.
· 金慶洙, 「卞季良과 鮮初의 文學 意識」, 『語文研究』, Vol.28 No.1, 2000.
· 김기덕·이재헌, 「동양화를 통해서 본 정자건축의 입지성에 관한 연구(조선후기 동양화를 대상으로)」, 大韓建築學會 學術發表論文集 第16卷 第1號, 1996.
· 김기영, 「〈관동별곡〉의 유통 양상에 대하여」, 『자연시가와 시가교육』, 이회, 2002.
· 김기형, 「건암 권숙의 동유금강녹 연구」, 『어문연구』 29, 충남대학교, 1997.
· 김상억, 「청산별곡 연구」, 『국어국문학』 30, 국어국문학회, 1965.
· 김석현, 「라이프니츠-클라크의 시·공간 논쟁과 칸트의 입장」, 『철학연구』 제53집, 대학철학회, 1994.
· 김영필, 「후설과 칸트의 공간이론」, 『철학연구』 제53집, 대한철학회, 1994.
· 김완진, 「청산별곡 사슴에 대하여」, 『낙산어문』 1호, 서울대 국어국문학과, 1966.
· 김용헌, 「조선 후기 실학적 자연관의 몇 가지 경향」, 『한국사상사학』 제24집, 한국사상사학회, 2004.
· 김우진, 「거문고 구음의 변천과 기능에 관한 연구」, 『관재 성경린 선생 팔순기념 국악학논총』, 國樂高等學校 同窓會, 1992.
· 김주석·박한규, 「東洋畵와 東洋建築의 聯關性에 관한 研究」, 大韓建築學會 學術發表論文集 第9卷 第1號, 1989.
· 都龍昊, 「儒學的 生活規範에 의한 朝鮮時代 住居建築의 空間構造에 관한 研究, 大韓建築學會論文集 14卷1號 通卷111號, 1998年1月.
· 박경우, 「'別曲' 名稱의 含意에 對한 考察」, 『동방고전문학연구』 5집, 東方古典文

學會, 2003.

· 박경우, 「고려속요의 문학적 공간과 그 분류」, 『洌上古典硏究』 제20집, 洌上古典硏究會, 2004.12.

· ______, 「金剛山 紀行歌辭의 文學的 空間 比較를 通한 '○○別曲'의 意味 考察」, 『洌上古典硏究』 제21집, 洌上古典硏究會, 2005.6.

· 박미용, 「고구려는 독자적 천문학 지닌 한민족 국가 -고분벽화에 새겨진 고구려의 뛰어난 천문관측기술」, 『동아사이언스』, 과학동아 2004년 9월호.

· 박병철, 「은유와 의미」, 『大同學會』 제11집, 大同哲學會, 2000. 12.

· 박성규, 「翰林別曲 硏究 -作家層의 歷史的 性格을 中心으로-」, 『漢文學論集』 第二輯, 檀國大學校 漢文學會, 1984.

· 배우성, 「서구식 세계지도의 조선조 해석, 〈천하도〉」, 『한국과학사학회지』 제22권 제1호, 2000.

· 徐首生, 「靑山別曲 小考」, 『敎育硏究』 1輯, 慶大師大, 1963.

· 성현경, 「청산별곡고」, 『국어국문학』 58~60 합병호, 국어국문학회, 1972.

· 손미정, 「오징吳澄과 한국 주자학의 심학적 특성 -권근權近을 중심으로-」, 『동양사회사상』 제7집, 2003.

· 孫貞姬, 「楊村 權近 硏究 -〈禮記淺見錄〉을 통해 본 그의 文獻學者的 性格을 中心으로」, 『釜山漢文學』 第3輯, 1988.6.

· 심상도, 「양산팔경 선정에 관한 연구」, 『문화관광연구』 Vol.4 No.1, 한국문화관광학회, 2002.

· 양보경, 「조선시대의 古地圖와 북방 인식」, 『地理學硏究』 제28집, 1997.

· 呂基鉉, 「瀟湘八景의 受容과 樣相」, 『中國文學硏究』, Vol.25, 한국중문학회, 2002.

· 오용원, 「김창협의 문예의식과 시론 연구」, 『한국어문학연구』 제42집, 한국어문학연구학회, 2004.

· 兪漢根, 「現代詩에 있어서의 空間問題」, 『하르트만 硏究』, 東岳語文論集 14輯, 1981,

· 유호진, 「卞季良 詩의 변모와 그 문학사적 의미」, 『韓國詩歌硏究』, 제14호, 2003.

· 윤대식, 「상앙 변법의 정치적 함의」, 『동양정치사상사』, Vol.3, No.1, 한국동양정치사상사학회, 2004.

· 윤덕진, 「16~17세기 가사 문학의 양상」, 『한국시가연구』 9집, 2001.

· 윤일이, 「16세기 嶺南士林 建築觀의 比較硏究 -컴퓨터를 이용한 建築物의 復元을

중심으로-」, 2002년도 신진교수 연구과제, 한국학술진흥재단, 2003.12.31.

· 윤일이, 「聾巖 李賢輔와 16세기 樓亭建築에 관한 研究」, 大韓建築學會 學術發表論文集 第19卷 第6號, 2003.6.

· 尹弘澤, 「自然觀이 建築空間 構造에 미치는 影響」, 『大韓建築學會誌』 28卷 86號, 1979.2.

· 이동찬, 김동영, 김정재, 「시지각에 따른 조선중기 상류주거 외부공간의 구성」, 大韓建築學會論文集 計劃系 20권 1호(통권183호) 2004년 1월.

· 이상보, 「백광홍의 관서별곡」, 『韓國 歌辭文學의 研究』, 螢雪出版社, 1974.

· 이원교, 「사대부가의 공간도식적 특성」, 『이상건축』, 1999.

· 李廷國·朴光圭·李海成, 「朝鮮時代 鄕校建築의 配置와 空間構成에 관한 研究-全羅道와 慶尙道를 中心으로」, 大韓建築學會 學術發表論文集 第6卷 第5號, 1990.

· 이종대, 「신경림시의 서사성 연구」, 『東岳語文論集』 第三十輯, 1995.

· 李鍾默, 「16세기 한강에서의 宴會와 詩會」, 『한국시가연구』 9집, 2001.

· 이진길·남해경·박한규, 「한국전통건축의 사이공간적 특성에 관한 연구 -조선시대 상류주택을 중심으로-」, 『대한건축학회 논문집』 제17권 1호, 2001.

· 李眞吉·朴漢圭, 「한국전통건축의 공간특성에 대한 한思想的 해석에 관한 연구 -조선후기 상류 주택을 중심으로-」, 大韓建築學會學術發表論文集 第13卷 第1號, 1993.

· 이한수, 「조선초기 변계량의 시대인식과 권도론」, 『역사와 사회』, 제27호, 2001.

· 이현식·온영태, 「朝鮮後期 建築圖에 表現된 視方式 및 空間槪念 分析」, 大韓建築學會 學術發表論文集 第23卷 第1號, 2003.

· 全壹煥, 「玉鏡軒 孤山別曲 研究」, 『국어국문학』 102, 국어국문학회,1989.

· 정 민, 「16.7세기 조선 문인지식인층의 강남 동경과 서호도」

· 정운채, 고전시가론에 대한 문학치료학적 조명, 『韓國詩歌研究』 제10집, 한국시가학회, 2001.8.31.

· 정인하, 「현대 건축사상의 이해:해체와 구축 사이에서」, 『세계사상』, 1997년 겨울호 제1권 3호 통권 3호, 동문선

· 조관성, 「현상학과 존재론 -후설과 잉가르덴의 현상학 이해-」,

· 조규익, 「卞季良 악장의 문학사적 의미」, 『국어국문학』 제101호, 1989.

· 조동일, 「경기체가의 성격」, 『학술원논문집』 15집, 1976.

· 조병한, 「동양에서의 변법과 개혁 청말 법치관념의 수용과 개혁운동」, 『법철학연구』 Vol.7, No.2, 한국법철학회, 2004.

· 陳寧寧, 「帝王韻紀研究」, 『韓國語文學研究』 Vol.9, 1969.
· 崔敬桓, 「樓亭集景詩의 장르상의 특성과 作詩 原理」, 『동양한문학연구』 제16집, 2002.11.
· 최보근, 「로만 인가르덴(Roman Ingarden)과 볼프강 이저(Wolfgang Iser)의 문예학적 불확정성 이론」, 『Fachzeitschrift für Deutschlandkunde』 Bd. 12, 2000.
· 최재남, 「藏六堂六歌와 六歌系 時調」, 『어문교육논집』 제7집, 부산대 국어교육과, 1983.
· 崔正如, 「別曲의 諸問題」, 제6회 全國語文學研究發表大會 要旨, 『어문학』 제25호, 1971.11.
· 海野一隆, 「李朝朝鮮における地圖と道教」, 『東方宗教』 57, 1981.
· 홍원식, 「퇴계학 그 존재를 묻는다」, 『오늘의 동양사상』 제4호 봄호, 예문서원, 2001.
· 황위주, 「方外人文學의 概念과 性格」, 『국어교육연구』 18집, 경북대, 1986.

찾아보기

ㄱ

가(假) 61
가변적 28, 76, 201
가변적 의미 77, 235
가사(歌辭) 13, 14, 20, 22, 24, 34, 68, 72, 73, 77, 79, 81, 82, 96, 97, 99, 218, 224, 225, 235
가사계 별곡 29, 127, 185, 218-220, 231, 237
가사별곡(歌詞別曲) 74, 80
가시리 167
가시성 135
감군은(感君恩) 44, 54, 55
감사별곡(憾死別曲) 80, 81, 98
감상 27
강촌별곡(江村別曲) 80, 98
강호별곡(江湖別曲) 80
개인악 94, 105
결정적 65, 66
경(景) 129, 131, 135, 136, 140, 149, 218, 219, 229, 236
경기체가 13-15, 17, 18, 20, 41, 68, 73, 77, 79, 81, 83-86, 94, 95, 99, 105, 123, 129, 130, 141, 163, 218, 219, 228, 235
경기체가계 별곡 29, 127, 128, 130, 150, 163, 164, 218-220, 231, 236
경호별곡 80
계승 64
고려사 176-178
고려속요 13-15, 20, 79, 86, 99, 235
고전시가 15, 19
곡(曲) 31-33, 38, 62, 70, 91, 92, 106
공간 88, 90, 105, 108, 117, 119, 124, 126, 127, 130, 167, 169, 171, 172, 174, 175, 182, 184, 191, 196, 205, 210, 212, 215, 217, 218, 220, 226-229
공간 양상 29
공간 의식 20, 29, 64, 221, 225,

232, 233
공간 절편화 220
공간 절편화 현상 126, 130
공간관 29
공간관계어 14, 16, 65, 73, 74, 77, 80, 82, 86, 87, 98, 99, 106, 119, 129, 175, 224, 225, 230, 231, 232, 235, 236
공간명 15
공간의 절편화 119, 120
공간의식 21, 77, 127, 174, 186, 193, 195, 223, 225, 231
공간절편화 218, 236, 237
공간절편화 현상 141
공간화 양상 119, 120, 127, 129, 146, 154, 217, 219, 225, 226, 236, 237
공무도하가 169
과시 83-85, 94-96
과음보 33
관동별곡(關東別曲) 14, 24, 28, 29, 35, 40, 67, 68, 73, 77, 49, 81, 86, 94, 97-99, 105, 126, 127, 164, 185, 191, 192, 218, 220, 221, 228, 237
관동속별곡(關東續別曲) 80, 81, 98
관산별곡(關山別曲) 68
관서별곡(關西別曲) 42, 68, 73, 79, 96, 97
관습 15, 23, 24, 26-28, 64, 71, 73-75, 105, 119, 120, 168, 218, 225, 235, 236
관습시 25, 26
관습적 66
관습적 의미 62
관습화 24, 25, 149
관용구 26
교술 130, 131, 219
교주별곡(交州別曲) 80
구월산별곡(九月山別曲) 79, 127, 164
구조주의 106
구체성 135
국악 36, 44, 45, 54
궁중 72, 131, 150, 156, 175
궁중악 40, 48, 61, 63, 69, 71, 73, 75, 85, 90, 93, 94, 98, 101, 105, 128, 164, 175, 231
권근(權近) 81, 88, 89, 91, 92, 158
근대 26
글쓰기 225
금강별곡(金剛別曲) 73, 80, 81, 98
금강산 52
금당별곡(金塘別曲) 80
금성별곡(錦城別曲) 79, 127, 164
금션별곡 80
기생 136
기성별곡(箕城別曲) 80, 98
기의(記意) 62
기제 5, 94, 103, 231
기표(記表) 28, 35, 62, 64, 77, 101

기호 22, 64, 65, 66, 77, 78
김우창 25, 26
김종직 94

ㄴ

낙은별곡(樂隱別曲) 80
남창별곡(南昌別曲) 80
낯설게 하기 75, 106
내(內) 103
내재적 공간 231
내포 26
녕삼별곡(寧三別曲) 80, 98

ㄷ

단산별곡(丹山別曲) 80, 98
담당층 96
당악 47
대립항 75
대칭어 32, 34, 35, 39
ᄃᆡ동별곡 80
도(道) 201, 202, 204, 208, 209, 217, 218
도산별곡(陶山別曲) 80
독자 21–24, 27, 28, 65, 66, 109, 114, 129, 226, 228, 230
동점별곡 80

ㅁ

마천별곡 80, 115
만전춘별사(滿殿春別詞) 174
매호별곡(梅湖別曲) 80, 98
면신지례 156
명칭 16, 19, 20, 23
모더니즘 109
모순형용 140
몽환별곡(夢幻別曲) 74, 80
문생좌주연 157, 158, 160
문예관 61
문예미학 22, 23
문학사 19, 20, 22
문학적 공간 85, 86, 88, 99, 118, 127, 150, 163, 165, 170, 172, 184, 185, 196, 219, 221, 224–227, 229, 230, 232, 233
문학적 관습(literary convention) 15, 27, 28, 63, 69, 224–226, 229
문학적 장치 16, 129, 131
문학적인 공간 180
물레별곡 80, 81, 98, 99
미인별곡(美人別曲) 79
미학 96
민요 36, 38–40, 53–56, 62, 77, 174, 221, 235

ㅂ

바슐라르 66
박성의 18, 19
박인로 196, 210
배시황 46, 47
ᄇᆡ시황 48

백상루별곡(百祥樓別曲) 14, 40, 41, 79
백석정별곡(白石亭別曲) 80
변(變) 29, 57, 59-62, 77, 78, 101, 103, 105-107, 111, 114, 115, 119, 176, 231-233, 235, 236
변음(變音) 57, 58, 61
별(別) 29, 63, 70, 71, 75, 77, 101, 103, 105, 108, 112, 114, 115, 119, 127, 128, 149, 154, 175, 176, 178, 217, 221, 231, 232, 235, 236
별곡(別曲) 13-16, 20, 21, 29, 34, 36, 39, 44, 47, 48, 50, 54, 57, 64
별곡계 141
별곡류 146, 149
별곡류 시가(別曲類 詩歌) 13-15, 19-21, 23, 25, 29, 34, 64, 67, 68, 75, 77, 79-81, 87, 88, 94, 95, 98, 100, 105, 108, 117, 119, 127, 148, 196, 218, 221, 224, 225, 226, 230-233, 236
별곡체 14
별사(別詞) 32
보양별곡(普陽別曲) 80
보조적인 공간 211
보허사 44, 47
본원적 의미 77, 235
본원적 의미망 127
봉래별곡(蓬萊別曲) 80
불교 131
불우헌곡(不憂軒曲) 18, 95
비결정적 65, 66
비별곡계 141
비별곡류 128, 146, 148, 149, 173, 176
비유 63, 140

ㅅ

사(詞) 15, 32, 33, 47
사대부 48, 53, 55, 58, 63, 72, 73, 81-83, 101, 105, 131, 150, 164, 191, 192, 195, 221, 235
사림파 94, 95
사산별곡 49
산외별곡(山外別曲) 80
상대별곡(霜臺別曲) 29, 72, 73, 77, 79, 81, 83, 85, 88-90, 93, 127, 128, 149, 150, 154, 156, 157, 160, 162-164, 220
상사별곡(相思別曲) 28, 29, 74, 75, 80, 81, 97-99, 106
생경함 99
서경별곡(西京別曲) 14, 19, 20, 79, 86, 165, 167, 168, 172, 174, 176, 178, 184, 219, 221
서민 23
서정별곡(西征別曲) 80
서정시 130

서정자아 130
서정적 자아 100, 118, 167, 169, 171, 174, 213
서포 108
서호별곡(西湖別曲) 42, 79, 105
석촌별곡(石村別曲) 80
선루별곡(仙樓別曲) 80
선사별곡(僊槎別曲) 50-53
성덕가 18
성리학 89, 94, 95, 123, 128, 131
성산별곡(星山別曲) 42, 79
성정(性情) 82, 217, 227
성정미학(性情美學) 95
소상팔경(瀟湘八景) 119-121, 123-126
소수자(minority) 106
소악부 37, 39
속신기별곡(續新基別曲) 80, 115
속요 17, 77, 173, 176, 218
속요계 별곡 29, 127, 165, 174, 176, 219, 220, 237
송강 81, 191
송도 127
송사(宋詞) 44
숑양별곡(崧陽別曲) 80, 98
수용 23, 27, 68, 86, 99
수용자 64
시경(詩經) 60
시문학 117, 118, 130, 227
시조 26, 82, 97, 224, 225
신(新) 29, 101, 110-112, 114, 115, 119, 184, 231-233, 236
신기별곡 80
신(臣)의 음악 73, 101, 165, 232
신장르 28, 70, 72, 74, 233, 236
신흠(申欽) 57-59
실(實) 29, 101-103, 110, 115, 119, 149, 150, 154, 163, 164, 178, 184, 221, 231-233, 236
쌍화점 61, 173

ㅇ

아악 18
악곡(樂曲) 34, 43, 48, 51, 62, 77, 92, 93, 235
악보 44
악부(樂府) 33, 51, 92, 93
악장 33, 81, 90, 101, 127
악학궤범(樂學軌範) 57, 58
안축(安軸) 71, 73, 162, 228
양반사대부 23
여민락 44, 47, 48
여악(女樂) 87
여항인 103
연악(宴樂) 128
연행 156
연행별곡 80
연향 15, 150, 157, 163
영산회상 44
오륜가 18
완산별곡(完山別曲) 55, 56

외(外) 29, 101–103, 105, 114, 115, 119, 164, 165, 184, 216, 217, 221, 231–233, 236
우주설(宇宙說) 193
유교 177, 215, 217
유몽인 42
유학 187, 227
유학자 202
유행 27, 73
유형 24
육가(六歌) 41, 42
율격 74
의미 66
의미망 20
이미지 109, 135, 140, 167, 168, 201, 203, 225, 226
이별곡(離別曲) 36, 37
이병기 14
이상섭 28
이수광 68
28수 188, 193–196, 205
이이(李珥) 59, 60
이제현 53, 160
이황 41, 42
인간사 185
인식 117, 118
일탈 71, 73, 74, 76, 78, 175, 232, 235, 236
임천별곡 80
입암(立巖) 193, 195–197, 200, 201, 203, 205, 207, 210, 212, 213, 217, 220
입암별곡(立巖別曲) 80, 126, 185, 193, 196, 208, 210, 212, 213, 214, 217, 220, 221, 237

ㅈ

자연(自然) 185
자연관 193, 201, 203
자연사 203
자의 34
자하동(紫霞洞) 91, 92, 94
작가 21, 22, 23, 27, 28, 64–66, 119, 226–228, 233
작자 230
잡가 74, 98
장가(長歌) 18, 41
장르 14–17, 19–23, 26–29, 31, 36, 40, 41, 43, 48, 62, 75, 77, 84, 85, 94, 95, 131, 149, 163, 218, 224, 229, 231–233, 235, 236
장르명 18
장치 21, 101, 119, 120, 175, 224, 225, 236
장현광(張顯光) 193
전근대 26
전사(塡詞) 32, 33
전승 21, 66, 67, 75, 79, 91, 236
절편화 135
절편화 현상 131, 218

정(正) 60, 61, 102-104, 111
정도전 90
정병욱 14, 18
정철 98
제명 13-16, 21, 22, 25, 28, 36, 65, 66, 73, 74, 76, 77, 86, 91, 106, 118, 172, 174, 175, 195, 218, 224, 225, 228-232, 235, 236
제명 관습 13, 21, 28, 65, 74, 76, 77, 79, 82, 98, 115, 129, 218, 223, 225, 226, 231-233, 235, 237
제명 방식 24, 71, 86, 105, 223, 236
제명 원리 23, 24
제명 의식 28, 29, 65, 94
제시 형식 130
조동일 85, 96, 228
조어 66, 77
조어법 93
조윤제 18
좌주문생연 161-163
주공간 167, 210, 213, 218-220
주관화 130, 131, 219, 220, 225, 226
주술 191
주제적 공간 135
주체 22, 85, 117, 213, 226
죽계별곡(竹溪別曲) 40, 65, 71, 72, 79, 81, 86, 127, 164, 220
진(眞) 29, 61, 101-103, 108-110, 115, 119, 149, 150, 163, 164, 178, 184, 216, 217, 221, 231-233, 236

ㅊ

창기 156
창작 23, 25
창작자 24
천문 189, 191, 192
천문학 191, 192
천지(天地) 185, 186, 191, 193, 200
천지관 186, 187, 195, 196, 200
철학 226
청루별곡 80
청루원별곡(青樓怨別曲) 80
청산별곡(青山別曲) 19, 20, 28, 77, 79, 86, 87, 167, 169, 172, 174, 176, 179, 180, 182-184, 219, 221
청음(清音) 57, 58
청회별곡(清淮別曲) 79
초장르 19, 20, 230
축어 64
축어적 75
축어적 의미 20, 62, 63, 67, 69, 76, 98, 99, 235
축자적 의미 119

ㅌ

타령 36

타자(他者) 106
탐라별곡(耽羅別曲) 80, 98
텍스트 21, 22, 24, 27, 28, 119, 225, 226

ㅍ

팔경시(八景詩) 122-124

ㅎ

한림별곡(翰林別曲) 13, 28, 29, 35, 40, 44, 61, 65-73, 77, 79, 81-83, 85, 88, 90, 93, 98, 103, 105, 126, 127, 136, 149, 150, 154-156, 160, 161, 163, 164, 219, 220, 229
한림별곡지류(翰林別曲之類) 41, 42
함의 14
향가 15
향산별곡(香山別曲) 80, 98
향유 15, 24, 40, 69, 85, 86
향유자 14, 84, 91
향유층 22
허참면신지례(許參免新之禮) 162, 163
현상학 230
현실시 25, 26
형식주의 106
호정별곡(湖亭別曲) 80
화산별곡(華山別曲) 79, 127, 128, 150, 154, 156, 163, 164
화양별곡(華陽別曲) 80, 98
화자 88, 119, 128, 129, 135, 140, 141, 143-145, 148, 166, 167, 171, 174, 184, 225, 226
화전별곡(花田別曲) 79, 95, 127, 164
환산별곡(還山別曲) 79
환향별곡 80
황남별곡(黃南別曲) 80, 98
황산별곡 80
회심가(回心歌) 112-114
회심곡(回心曲) 112-114
후렴구 174, 236
훈구파 123

기타

○○가(歌) 16
○○곡(曲) 16
○○록(錄) 16
○○별곡(別曲) 16, 21, 28, 34, 43, 62, 70, 71, 73, 77, 79, 80, 91, 93, 98-101, 105, 128, 148, 149, 154, 175, 197, 229, 235, 236

박경우(朴慶禹)

현 중국 산동대학교 한국학대학 객원교수
전 연세대학교 International Summer School/Winter Abroad at Yonsei 초빙교수
전 산동대학교(위해) 한국학연구원 연구원
전 연세대학교 BK21사업단 연구원
전 연세대학교 미래교육원 한자지도자과정 책임교수

주요 저서 및 논문

『향가의 수사와 상상력』(공저, 보고사, 2010)
『향가의 깊이와 아름다움』(공저, 보고사, 2009)
『근대 기생의 문화와 예술(자료편1)』(공저, 보고사, 2009)
『근대 기생의 문화와 예술(자료편2)』(공저, 보고사, 2009)
『여헌 장현광의 학문 세계2:자연과 인간』(공저, 예문서원, 2006)
「시조 종장 첫구의 율격적 지향에 대한 통계적 고찰」(『국어국문학』 173호)
「말뭉치 검색 시스템을 활용한 고려속요의 관용적 패턴 연구」(『한국문학과예술』 16집)
「言語 慣習과 文學的 慣習이 韻律 層位 形成에 미친 影響에 대한 研究」(『국어국문학』 171호)
「융합형 한국학 인재 양성을 위한 교육 과정 개발 연구」(『한국어교육』 24-3호) 등 다수

별곡이란 무엇인가

2016년 3월 22일 초판 1쇄 펴냄

지은이 박경우
펴낸이 김흥국
펴낸곳 도서출판 보고사

등록 1990년 12월 13일 제6-0429호
주소 경기도 파주시 회동길 337-15 보고사 2층
전화 031-955-9797(대표)
02-922-5120~1(편집), 02-922-2246(영업)
팩스 02-922-6990
메일 kanapub3@naver.com / bogosabooks@naver.com
http://www.bogosabooks.co.kr

ISBN 979-11-5516-533-1 93810

정가 16,000원

이 도서의 국립중앙도서관 출판시도서목록(CIP)은 서지정보유통지원시스템 홈페이지(http://seoji.nl.go.kr)와 국가자료공동목록시스템(http://www.nl.go.kr/kolisnet)에서 이용하실 수 있습니다. (CIP제어번호 : CIP2016005695)